Strandboten
Elke Bergsma

Elke Bergsma

Strandboten

Impressum
Copyright: © 2015 Elke Bergsma, www.elke-bergsma.de
Am alten Handelshafen 1, 26789 Leer
Lektorat und Korrektorat: Michael Mogel
Satz: Corinna Rindlisbacher, www.ebokks.de
Cover: Susanne Elsen, www.mohnrot.com
unter Verwendung eines Fotos von © sunnychicka / fotolia.com
Druck: Libri Plureos GmbH, Friedensallee 273, 22763 Hamburg

ISBN: 978-3-7693-5327-3

Verlag: BoD · Books on Demand GmbH, Überseering 33, 22297 Hamburg, bod@bod.de

Für Janka

Über Ostfriesland liegt brütende Hitze, als am Strand von Dornumersiel eine vom Sand verschüttete Leiche gefunden wird. Hauptkommissar David Büttner übernimmt die Ermittlungen und trifft dabei unverhofft auf seinen Assistenten Sebastian Hasenkrug, den er eigentlich fernab im Sommerurlaub vermutete. Pech für Hasenkrug, wird er doch sogleich von seinem Chef in die Pflicht genommen, ihm bei den Ermittlungen behilflich zu sein – eine Entscheidung, die Büttner schon bald zutiefst bereut, als sein Assistent daraufhin dem Angriff eines offensichtlich skrupellosen Täters zum Opfer fällt …

„Strandboten" erscheint als Sommer-Special und läutet als 11. Fall die zweite Staffel der Büttner/Hasenkrug-Reihe ein. Freuen Sie sich auf ein spannendes Wiedersehen nicht nur mit dem beliebten Ermittlerduo, sondern auch mit Maarten und Tomke aus „Windbruch" sowie Uroma Wübkea aus „Tödliche Saat"!

1

Ganz sicher würde sie diesen Tag nicht überleben. Je häufiger sie sich in seine Nähe wagte, desto entschiedener betete Maarten Sieverts diesen Satz wie ein Mantra vor sich hin. Doch war sein Wunsch, sie zu erwischen, leichter formuliert als umgesetzt. Sie entkam ihm, wann immer er meinte, sie zwischen seinen Fingern zerquetschen zu können.

Er wünschte, er hätte eine Fliegenklatsche zur Hand.

Als er einen erneuten Stich verspürte, fluchte er laut und schlug sich reflexartig mit der flachen Hand auf die Schulter. Für einen kurzen Augenblick war er sich sicher, sie diesmal zermalmt zu haben. Doch folgte die Enttäuschung auf dem Fuße, denn schon malträtierte wieder dieses Summen seine Ohren. Ein Summen, wie es nur die gemeinsten aller Schmeißfliegen von sich geben konnten. So durchdringend, so hinterhältig, so abgrundtief …

„Na, seid ihr immer noch keine Freunde geworden?", lachte seine Frau Tomke, die für ein paar Minuten beim Strandkiosk gewesen war und nun, in einen Bikini gekleidet, in den Schatten des Sonnenschirms zurückkehrte. Herzlich gerne hätten sie sich für diesen Tag einen der bunten Strandkörbe gemietet, doch waren sie dafür zu spät angereist. Bei diesem herrlichen Wetter waren die Körbe schnell ausgebucht. „Vielleicht solltest du zukünftig ein anderes Sonnenöl benutzen, die Fliege scheint auf deines abzufahren. Ganz eindeutig findet sie dich zum Anbeißen. Und ich auch", fügte sie raunend hinzu, als sie sich mit zwei Eistüten in der Hand neben ihn auf das im Sand ausgebreitete Saunatuch setzte und ihm spielerisch in die Schulter biss.

Maarten verzog nur kurz das Gesicht, nahm ihr eine der Eistüten ab und deutete auf eine Gruppe Menschen, die sich vor wenigen Minuten an einem provisorisch am Strand aufgestellten Netz eingefunden hatten und nun mit lautem Gejohle Beachvolleyball spielten. Gerade schmetterte ein gut durchtrainierter Mann den Ball mit so viel Schwung über das Netz, dass seine Gegner keine Chance hatten, ihn zu erreichen. „Sag mal, ist das nicht einer der Polizisten, die damals bei uns in der Firma ermittelt haben?"

Tomke folgte seinem Finger in die angegebene Richtung, während ihr Mann genüsslich an seinem Eis schleckte. „Ja", nickte sie nach kurzem Zögern, „der jüngere von den beiden Kommissaren. Ich denke, das ist er. Er hatte einen etwas außergewöhnlichen Namen, wenn ich mich richtig erinnere."

„Hasenkrug. Sebastian Hasenkrug", kam es von Maarten wie aus der Pistole geschossen. Er verfügte über ein deutlich besseres Namensgedächtnis als seine Frau. Nachdenklich schleckte er an der zu einer Spitztüte gerollten Waffel, über die bereits dünne Rinnsale des Schokoladeneises hinabliefen. Bei den sommerlichen Hitzerekorden, wie sie derzeit in Ostfriesland gemessen wurden, konnte man sein Eis gar nicht so schnell verschlingen, wie es zerfloss und einem als klebrige Masse auf die Oberschenkel tropfte.

„Richtig. Hasenkrug. Und der andere? Sein Chef? Ist der

auch da?", fragte Tomke und verscheuchte nun ihrerseits eine Fliege, die es sich auf ihrer Wange bequem gemacht hatte, während eine andere immer noch um Maartens Kopf herumsurrte und ihn zum ständigen Herumfuchteln mit den Armen veranlasste – was schon so manchen Badegast zu verstohlenen Blicken in ihre Richtung veranlasst hatte. *Was will diese junge, hübsche Frau nur mit diesem offensichtlich von einem Handikap geplagten Mann*, schienen diese Blicke zu fragen.

So schnell fanden Vorurteile ihren Platz.

„Möchte mal wissen, woher die ganzen Viecher kommen", maulte Tomke, „die treiben sich doch sonst nicht am Strand herum. Bestimmt liegt irgendwo 'ne verwesende Möwe herum oder so was."

„David Büttner", beantwortete Maarten Tomkes Frage, ohne auf ihr Gemaule einzugehen. „Aber der scheint nicht hier zu sein. Ist wohl kein Betriebsausflug." Wie zur Absicherung seiner Worte schaute Maarten einmal in die Runde und schien dabei jeden Badegast einzeln zu fixieren. Er grinste. „Ich kann mir den allerdings auch weder in Badehose noch beim Beachvolleyball vorstellen."

„Stimmt." Auch Tomke konnte sich bei der Vorstellung eines sich sportlich verausgabenden Hauptkommissars Büttner ein Schmunzeln nicht verkneifen. „Allerdings hätte ich auch nie gedacht, welch knackiger Körper unter den Klamotten seines Assistenten Hasenkrug hervorkommt. Irgendwie hätte ich bei ihm deutlich weniger trainierte Muskelmasse vermutet. Respekt!"

„Seine Freundin ist aber auch nicht von schlechten Eltern", parierte Maarten schmatzend.

„Seine Freundin?" Tomke, die sich kurz unter dem Sonnenschirm hinwegbewegt hatte, hielt schützend eine Hand über ihre Augen und blinzelte zu dem Polizisten hinüber, der sich nach einem scharfen Schmetterball nun zu einer schlanken Frau mit langem, blondem Haar hinab- beugte und ihr einen flüchtigen Kuss auf den Mund gab. „Woher willst du wissen, dass die beiden nicht verheiratet sind?"

„Sie gucken sich so verliebt an", entgegnete Maarten und lachte laut auf, als Tomke ihm im nächsten Moment eine angedeutete Kopfnuss gab.

„Eigentlich war das ja unser Platz", hörten Maarten und Tomke nur wenige Augenblicke später eine näselnde Stimme hinter sich. „Aber ist ja immer so, dass manche Leute keine Rücksicht nehmen. Und wo, bitte schön, sollen wir jetzt unsere Sandburg bauen?"

Maarten war sich keiner Schuld bewusst, drehte sich aber dennoch um, als die Stimme jetzt in ein aufforderndes Hüsteln überging. „Sie meinen aber nicht uns", stellte er mit einem kritischen Blick auf seinen Strandnachbarn mehr fest, als dass er fragte.

„Wen denn sonst? Sie sind es doch, die sich mitten in unseren Bereich gesetzt haben." Der Mann mit aus- ladendem Bierbauch und eindeutig sonnengeschädigter Körper- und Gesichtsfarbe machte eine unbestimmte Be- wegung in Maartens Richtung und deutete dann auf seine vielleicht zehn und zwölf Jahre alten Söhne, die nur mit stumpfen Blicken glotzten und damit beschäftigt waren, sich Pommes in ihre ketchupverschmierten Münder zu schieben. „Gleich heute Morgen haben wir hier überall

Fähnchen in den Sand gesteckt, damit jeder sieht, dass das unser Bereich ist. Und kaum ist man mal für ein paar Minuten weg, um sich was zum Essen zu holen, da setzt sich da jemand rotzfrech hin. Manchmal glaubt man ja gar nicht, wie unverschämt manche Leute sind."

Während Maarten den Mann so perplex ansah, als hätte der ihm bei fast vierzig Grad im Schatten einen Glühwein angeboten, brach Tomke in ein verhaltenes Glucksen aus, das sich jedoch nur Sekunden später zu einem veritablen Lachanfall auswuchs.

„Wüsste nicht, was es da zu lachen gibt", schnaubte der bierbäuchige Mann und sah sie angriffslustig an.

„Natürlich nicht. Weil Sie völlig humorfrei sind", konterte Tomke und sprang auf. „Komm, Maarten, lassen wir die Spießer Spießer sein. Ich sehe dir doch an, dass du sowieso näher an das Volleyballfeld heranrücken wolltest. Und da hast du auch recht. Sportler scheinen mir die angenehmeren Zeitgenossen zu sein als gut durchgebratene Sandburgfetischisten."

„Nun werden Sie mal nicht unverschämt!" Hatte Tomke angenommen, dass das Gesicht des Mannes bereits den ultimativ erreichbaren Rotton angenommen habe, so sah sie sich jetzt getäuscht. Es schaffte tatsächlich noch eine Nuance dunkler, ein wenig ins Violette hinein. „Sie sollten auf Ihren Blutdruck achten", sagte sie in gespielt besorgtem Tonfall, als sie ihm ein Fähnchen mit brasilianischer Flagge vor die Füße schmiss, das sie unter ihrem weißen Saunatauch hervorgezogen hatte. „Sie wären nicht der Erste, der sich beim Hausbau übernimmt."

„Hat dir keiner beigebracht, dass du freundlich zu benachteiligten Menschen sein sollst?", schüttelte Maarten den Kopf, als er wenig später einige Meter vom Volleyballfeld entfernt den Sonnenschirm erneut in den Sand rammte. Diesmal hatte er die Umgebung sorgfältig nach etwaigen Spuren fremden Eigentums abgesucht, da er nicht vorhatte, seine Revieransprüche erneut gegen deutsche Biedermann-Allüren verteidigen zu müssen. Außer einem vergessenen Kindersocken aber hatte er nichts entdecken können. Unschlüssig drehte er den Socken in seiner Hand hin und her. Ob der zum Problem werden könnte?

„Was ist denn an dem Kerl benachteiligt?" Tomke strich sich eine blonde Haarsträhne aus der verschwitzten Stirn und ließ sich wieder aufs Handtuch sinken. „Außer seinem Verstand, meine ich."

„Alles", antwortete Maarten knapp und setzte sich neben seine Frau.

Tomke wollte etwas erwidern, hob jetzt jedoch ihren Blick, weil plötzlich ein Schatten auf ihren Platz fiel. Wollte man sie etwa schon wieder vertreiben? „Moin. Kennen wir uns nicht?", hörte sie, geblendet von der Sonne, eine Stimme fragen.

Nun sah auch Maarten auf. „Oh. Moin, Herr Hasenkrug. Gar nicht mehr am Spielen? Ist kein Spaß bei dieser Affenhitze, oder?"

„Herr Dr. Sieverts und Frau Coordes, jetzt weiß ich's wieder", grinste Sebastian Hasenkrug und reichte ihnen die Hand. „Da hat es Sie also nicht wieder zurück nach New York gezogen, wie ich feststelle." Er nahm einen kräftigen Schluck aus der Wasserflasche, die er bei sich trug.

„Nur ab und zu", erwiderte Maarten, „wenn es der Job

erfordert." Er legte einen Arm um Tomkes Schultern. „Und meine Frau heißt jetzt auch Sieverts. Sie wollte es altmodisch."

„Romantisch. Ich wollte es romantisch", korrigierte ihn Tomke und schob seinen Arm weg. „Und jetzt könntest du mich mal wieder loslassen, ist viel zu warm heute für Körperkontakt. Und Sie, Herr Hasenkrug", fragte sie an den Polizisten gewandt, „gar nicht auf Mörderfang?"

„Urlaub. Muss ja auch mal sein. Wir haben erst kürzlich einen Fall in Groothusen abgeschlossen. Das reicht dann auch an Leichen für dieses Jahr, wenn Sie mich fragen."

„Kann ich gut verstehen", nickte Maarten, und für einen kurzen Augenblick umwölkte sich seine Stirn. „Wir haben mit der Geschichte von damals immer noch zu kämpfen. Die ganzen Toten …" Er räusperte sich. „Vor Ihrem Job kann ich nur den Hut ziehen. Ich glaube, ich könnte ihn nicht machen. Zu viel Leid und Elend."

„Sebastian, kommst du? Es geht weiter!", klang eine Stimme zu ihnen herüber, noch bevor Hasenkrug etwas darauf erwidern konnte.

„Ihre Gattin?", fragte Maarten und sah zu der winkenden Frau hinüber.

„Meine Freundin", antwortete Hasenkrug. Er grinste verschmitzt. „So lange kennen wir uns noch nicht, als dass wir unbedingt schon heiraten müssten." Er wischte sich mit einem Handtuch, das über seiner Schulter hing, den Schweiß von der Stirn. „So. Dann will ich mal wieder. Sind Sie noch länger hier? Dann könnten wir später noch ein Bier miteinander trinken, wenn Sie Lust haben. Es würde mich brennend interessieren, wie es Ihnen in den

letzten Jahren ergangen ist." Er deutete auf den Strandkiosk mit den Biertischgarnituren davor, in dem Tomke
ihr Eis erstanden hatte.

„Gerne. Wir sehen ja, wenn Sie aufhören zu spielen.
In der Zwischenzeit werden wir von unserem angenehm
schattigen Plätzchen aus genau beobachten, wie Sie sich
beim Volleyball schlagen. Erstaunlich, dass Sie sich das bei
diesen Temperaturen zumuten."

„Hitze macht mir nichts aus", zuckte Hasenkrug die
Schultern. „Hier oben in Ostfriesland kann man doch froh
sein, wenn der Sommer nicht nur auf einen Tag im Jahr
fällt. Da sollte man jedem Sonnenstrahl huldigen."

Maarten lachte. „Da haben Sie auch wieder recht."

Während Maarten sich in der nächsten halben Stunde
damit begnügte, dem Spiel der Volleyballer zuzuschauen,
legte sich Tomke der Länge nach auf das Handtuch, schob
sich ein kleines Kissen unter den Kopf und griff nach
ihrem E-Reader. Eigentlich hatte sie vorgehabt, das erst vor
wenigen Tagen fertiggestellte Manuskript ihres nächsten
Kinderbuches zu überarbeiten; aber dazu war sie eindeutig
zu träge.

Sie blätterte ein wenig in ihrem Roman herum, doch
bereits nach wenigen Minuten wurde ihr bewusst, dass
sie sich auch darauf nicht würde konzentrieren können.
Also legte sie den E-Reader wieder beiseite und schaute
zwischen ihren aufgestellten Beinen hindurch aufs Wasser
hinaus.

Auch wenn sie vor einigen Jahren, als es in einem
Offshore-Windpark zur Katastrophe mit zahlreichen Toten
kam, am eigenen Leib hatte erfahren müssen, wie bedroh-

lich die Nordsee sein konnte, so liebte sie sie doch nach wie vor von ganzem Herzen.

Und das selbst, wenn das Wasser gerade nicht da war, so wie jetzt.

Es war tiefste Ebbe, und es würde noch einige Stunden dauern, bis ihnen das frische Nass wieder zur Abkühlung zur Verfügung stehen würde. Viele Urlauber hatten deswegen den Strand bereits wieder verlassen und sich dazu entschlossen, stattdessen ein Freibad aufzusuchen.

„Wenn ick jewusst hätte, dat et inna Nordsee tachsüber keen Wasser jibt, dann wär ick mal schön nach Majorca jeflogen", hatte Tomke eine unverkennbar aus Berlin stammende Frau um die sechzig sagen hören, als sie ihren Wagen auf dem Parkplatz abstellten. „Nee, nee, nee", hatte sie empört abgewinkt, als ihr Mann versuchte, ihr das Prinzip der Gezeiten zu erklären, „dit muss ick mir von die Ostfriesen nich jefallen lassen, dasset ausjerechnet zur Urlaubszeit keen Wasser jibt. Wat sagste, Heinz? In een paar Stunden isset wieder da? Dann brauch ick et aber och nich mehr. Die könnten sich damit ruhig mal een bisschen beeilen, schließlich hamwa teuret Jeld dafür bezahlt, dat wa hier Urlaub machen."

Tomke ließ ihren Blick über das Watt schweifen, in dem das Wasser bei Ebbe lediglich noch in den Prielen stand, um Tieren, die das Trockenfallen nicht vertrugen, das Überleben zu sichern. Im Sonnenschein funkelte es wie tausend Diamanten, und nicht wenige Menschen waren unter der Anleitung von Wattführern in den weichen Schlick hinausgelaufen, um sich über die Besonderheiten des Nationalparks mit seiner einzigartigen Artenvielfalt aufklären zu lassen. Als UNESCO-Weltnaturerbe zählte das Niedersächsische Wattenmeer zu den letzten intakten Naturlandschaften Europas, die, weitgehend verschont durch menschliche Eingriffe, sich selbst überlassen blieben und einer Vielzahl von Tieren und Pflanzen einen geschützten Lebensraum boten.

Eine heftige Sturmflut hatte im Frühjahr entlang der ostfriesischen Küste für Aufregung gesorgt, weil sie an den Stränden, die gerade für die nächste Saison instandgesetzt worden waren, große Schäden angerichtet hatte. Auch der herrliche Sandstrand von Dornumersiel, an dem heute alles so friedlich schien, war von den über ihn hereinbrechenden Wassermassen stark in Mitleidenschaft gezogen worden.

Chronische Bedenkenträger hatten damals die Behauptung aufgestellt, die Sommersaison werde im wahrsten Sinne des Wortes ins Wasser fallen. Kein Sand – kein Strand – keine Urlauber – keine Saison, so lautete ihre Logik.

Doch hatten sich die Verantwortlichen durch die destruktiven Unkenrufe nicht ins Bockshorn jagen lassen, sondern sich ohne langes Lamentieren an die Arbeit gemacht. Mit Erfolg, wie man an dem harmonischen Bild, das sich dem Gast an diesem idyllischen Ort bot, unschwer erkennen konnte.

„Na, wenn sie *den* Ball kriegt, dann …", hörte Tomke ihren Mann in ihre Gedanken hinein sagen. Vermutlich hätte sie diesem Satz keinerlei Beachtung geschenkt, wenn ihm nicht unmittelbar danach ein greller Schrei gefolgt wäre.

„Verdammter Mist! Ich glaube, Hasenkrugs Freundin

hat sich verletzt! Voller Körpereinsatz und dann der Länge nach hingeschlagen!" Maarten war aufgesprungen und lief nun, gefolgt von einer Schar anderer Strandbesucher, auf die Beachvolleyballer zu. Alarmiert von der plötzlichen Aufregung stand nun auch Tomke auf, wischte sich rasch den Sand vom Körper und lief hinter ihrem Mann her.

Normalerweise war es ihr fremd, sich in die Gruppe Schaulustiger einzureihen, die sich naturgemäß überall dort einfanden, wo es etwas – bevorzugt das Unglück anderer – zu begaffen gab. Da es sich bei der offensichtlich verunglückten Frau aber um die Freundin von Sebastian Hasenkrug handelte, wollte sie zumindest ihre Hilfe anbieten.

„Ist es schlimm?", fragte sie, als sie schließlich neben Maarten stand. Durch die Menschenreihen hindurch, die sich vor ihr aufgebaut hatten, konnte sie nichts sehen, während ihr Mann die meisten um eine Kopflänge überragte und daher einen deutlich besseren Überblick über das Geschehen hatte.

„Bitte bleiben Sie zurück!", hörte Tomke die Stimme Sebastian Hasenkrugs, noch bevor Maarten etwas sagte, und sie fand, dass sein Tonfall sich nun sehr offiziell anhörte. „Bitte bleiben Sie zurück! Ich wäre Ihnen dankbar, wenn jemand die Polizei rufen könnte, aber halten Sie sich bitte von dieser Düne fern!"

„Die Polizei?", zischte Tomke und zwickte ihren Mann in den Arm. „Nun sag doch endlich, was da los ist! Ist sie schwer verletzt?"

„Nein", antwortete Maarten zögernd und schlug die Arme vor dem Körper zusammen, als wäre ihm plötzlich

17

kalt. „Nein. Ihr scheint nicht viel passiert zu sein. Außer dass sie wohl …"

„Dass sie wohl was?"

„Dass sie wohl über eine Leiche gestolpert ist."

2

Im Nachhinein sollte Hauptkommissar David Büttner den Geistesblitz, der ihn dazu veranlasste, sich nicht als der Vorgesetzte von Sebastian Hasenkrug zu erkennen zu geben, als völlige Idiotie einstufen. Andererseits war es auch kein Wunder, dass er auf solch einen blöden Gedanken überhaupt gekommen war, befand er, denn in dieser Affenhitze hatte er ja fast schon Schwierigkeiten, sich seinen eigenen Namen zu merken.

Natürlich war er perplex, als er ausgerechnet seinen Assistenten am Strand in Dornumersiel antraf, denn Hasenkrug befand sich seit einigen Tagen in Urlaub, und Büttner hatte angenommen, er würde diesen irgendwo im Süden verbringen, wie er es in seiner Affinität zu großer Hitze so gerne tat. Aber genau genommen machte es dieser Tage ja auch keinen Unterschied, ob man sich an der Nordsee oder in der Sahara aufhielt, man fühlte sich überall wie in zu heißem Brei gekocht.

Büttner war eher zufällig hier im äußersten Norden Ostfrieslands, denn Dornumersiel gehörte nicht mehr zum Einsatzgebiet seiner Mordkommission. Da es aber hinten und vorne an Urlaubsvertretungen mangelte, hatte man ihn kurzerhand aus seinem angenehm klimatisierten Büro hinaus in den hitzegeplagten

Sielhafen beordert, was ihn nur bedingt glücklich stimmte.

„Kennt Sie hier jemand?", raunte er Hasenkrug nun zu, nachdem dieser mit langen Schritten am Strand auf ihn zugekommen war und ihn genauso überrascht ansah wie Büttner ihn.

Hasenkrug deutete auf eine hübsche blonde Frau, die abseits der glotzenden Masse auf einer Bank saß und von zwei anderen Frauen mit Getränken versorgt wurde, und sagte: „Nur Tonja, meine Freundin. Sie ist über die Leiche gestolpert. Wieso?"

Büttners Blick folgte dem Zeigefinger seines Assistenten. Er zog die Stirn in Falten und sah Hasenkrug missbilligend an: „Sie haben eine Freundin? Und warum weiß ich nichts davon?"

„Ich wusste nicht, dass ich für sie auch ein Antragsformular ausfüllen muss", konterte Hasenkrug.

„Hm." Sein Chef musterte ihn von oben bis unten und schien, ebenso wie Tomke, erstaunt darüber, welch gute Figur sein Assistent in Badeshorts machte. Nach einem verstohlenen Blick auf seinen eigenen Bauch, den er unter einem luftig geschnittenen Hemd versteckte, beschloss er, sich doch lieber auf den Fall zu konzentrieren als einen direkten Vergleich anzustellen.

„Ich hatte gerade eine Idee", sagte er schnell. Als Hasenkrug nichts auf diese Offenbarung erwiderte, sondern ihn nur abwartend ansah, erläuterte er: „Noch kann keiner wissen, wohin uns die Ermittlungen führen. Deshalb wäre es mir ganz lieb, wenn Sie sich zunächst nicht als mein Kollege zu erkennen geben. Manchmal erfährt man mehr von den Leuten, wenn man so tut, als sei man einer von ihnen." Er rieb sich das Kinn, bevor er hinzufügte: „Bei den Ostfriesen sowieso. Die machen sonst dicht."

„Ich habe Urlaub, schon vergessen?", erwiderte Hasenkrug. „Also ist dies sowieso nicht meine Mordermittlung – falls sich die Leiche denn überhaupt als Opfer eines Tötungsdeliktes herausstellt."

„Ich wusste, dass Sie nun wieder kleinlich werden", seufzte Büttner. „Aber da Sie nun mal hier herumstehen und nichts Besseres zu tun haben, können Sie mich ja auch ein wenig unterstützen. Und das am besten so, dass es keiner merkt." Er zögerte kurz. „Ich hoffe, Ihre Freundin ist keine Plaudertasche und hat nicht bereits überall herumgetratscht, dass wir beide zusammenarbeiten?"

Hasenkrug verzog entnervt das Gesicht. „Erstens: Ich habe Urlaub. Zweitens: Meine Freundin hat Sie doch noch nie gesehen. Drittens: …"

„Drittens kümmere ich mich jetzt mal um die Zeugenbefragung", schnitt Büttner ihm das Wort ab. Er warf einen Blick zum wolkenlosen Himmel, bevor er auf den Strandkiosk deutete: „Wenn Sie so nett wären, alle relevanten Personen zum Kiosk zu schicken. Sagen Sie ihnen einfach, dass ich Sie heute mal dazu auserkoren habe, mich zu unterstützen. Am Kiosk werde ich mir jetzt einen schönen Platz im Schatten suchen und ein eisgekühltes Getränk zu mir nehmen. Noch eine Minute in dieser mörderischen Sonne, und Sie können bei Frau Doktor Wilkens ein Kühlfach für mich reservieren." Während er sich zum wiederholten Male mit einem Stofftaschentuch den Schweiß von der Stirn wischte, grüßte er mit der anderen Hand zur Gerichtsmedizinerin Dr. Anja Wilkens hinüber, die gerade eingetroffen und war und sich von einem Polizisten in Uniform zum Fundort der Leiche führen ließ. Inzwischen hatten sich auch ein paar weitere Kollegen darum gekümmert, die Menschenansammlung hinter das eilig gespannte rot-weiße Flatterband zurückzudrängen, sodass keine Unbefugten während der Untersuchungen im Weg standen.

„Aber ich …", setzte Hasenkrug zum Protest an, wurde jedoch im selben Moment von seiner Freundin abgelenkt, die zu ihnen getreten war. Kurz überlegte er, Tonja darüber aufzuklären, dass sie seinen Chef vor sich hatte, entschied sich dann jedoch dagegen. Denn eigentlich fand er Büttners Idee, seinen Assistenten bis auf Weiteres inkognito auftreten zu lassen, gar nicht so schlecht.

Wenn Büttner dabei nur nicht so stoisch ignorieren würde, dass er eigentlich nicht im Dienst war.

„Wie mir Ihr Begleiter gerade erzählte, haben Sie die Leiche gefunden", wandte sich Büttner an Tonja. „Freundlicherweise hat er angeboten, mich hier an Ort und Stelle ein wenig zu unterstützen und wird nun einige Zeugen zum Kiosk bitten. Ich schlage vor, dass wir jetzt auch rübergehen."

Den fragenden Blick, den Tonja Hasenkrug daraufhin zuwarf, bemerkte Büttner nicht mehr, denn er lief nun eiligen Schrittes auf seinen Platz im Schatten zu.

„War das nicht gerade Hauptkommissar Büttner?"

Sebastian Hasenkrug, der gerade gemeinsam mit seiner Freundin hinter seinem Chef hergehen wollte, stutzte für einen Moment, dann drehte er sich langsam um – und blickte in die Augen von Maarten und Tomke Sieverts, die sich beide ein T-Shirt übergezogen hatten und ihn sichtlich erfreut anstrahlten. „Wir wussten ja gar nicht, dass Sie beide auch für Dornumersiel zuständig sind", stellte Tomke arglos fest. „Wir gehen jetzt einfach mal rüber und sagen Ihrem Chef guten Tag. Oder meinen Sie, er hat etwas dagegen?"

„Tja, ich – ähm – also … Puh!" Hasenkrug strich sich durch sein lichtes Haar und wusste nicht so recht, was er jetzt sagen sollte. Die Sieverts hatte er in all der Aufregung völlig vergessen. Ein Blick auf Tonja, die ihn nun mit fragend hochgezogenen Brauen ansah, sagte ihm, dass sie eine Erklärung erwartete. Zu Recht. Er seufzte. Es sah Büttner ähnlich, ihn in eine solch missliche Situation zu bringen.

„*Das* war David Büttner, dein Chef?" Tonja hatte ihre Fäuste in die Hüften gestemmt und sah nicht eben erfreut aus. „Aber wieso sagst du denn nichts? Bin ich dir peinlich, oder was?"

„Ups", entfuhr es Tomke, und sie legte die Fingerspitzen der rechten Hand auf die Lippen. „Da war ich wohl etwas voreilig, scheint mir."

„Nein, nein, alles halb so wild", winkte Hasenkrug mit einer Handbewegung ab und wandte sich dann an Tonja: „Mein Chef hatte eine seiner glorreichen Ideen und meinte, wir sollten so tun, als würden wir uns nicht kennen. Ich solle hier so eine Art verdeckten Ermittler geben. Deshalb unser zugegebenermaßen etwas seltsames Verhalten."

„Also doch. Ich hab's vermasselt", stellte Tomke fest und kaute unangenehm berührt auf ihrer Unterlippe herum. „Lässt sich nun wohl auch nicht wieder gutmachen."

„Und wieso überhaupt verdeckter Ermittler?", meldete sich Tonja erneut zu Wort. „Du hast doch Urlaub! Oder war das auch nur so dahergesagt?"

Hasenkrug zuckte die Schultern. „Glaub mir, ich hatte nicht vor, in die Ermittlungen mit einzusteigen."

„Und deswegen machst du den Mist hier mit." Tonja schien nun echt sauer zu sein.

„Nee, mach ich nicht. Und das werde ich ihm jetzt auch noch mal sagen. Er scheint mich nicht richtig verstanden zu haben." Hasenkrug sah entschlossen zum Kiosk hinüber, konnte seinen Chef dort aber nirgends entdecken. Stattdessen erblickte er ihn bei Dr. Wilkens, die sich gerade über die Leiche beugte und wild gestikulierend auf Büttner einredete.

„Am besten gehe ich jetzt zu ihm und sage ihm, dass ich es vermasselt habe", meinte Tomke und schickte sich an, sich nun ebenfalls zum Fundort der Leiche zu begeben.

Doch Hasenkrug hielt sie am Arm zurück. „Entschuldigung", sagte er, „aber das halte ich für keine gute Idee. Der Tote bietet keinen schönen Anblick. Er muss dort schon ein paar Tage liegen. Die Fliegen haben schon ihre Eier …" Er brachte den Satz nicht zu Ende, sondern machte lediglich eine wegwerfende Handbewegung.

„Ach, daher die Fliegen." Maarten verzog angeekelt das Gesicht und strich sich reflexartig über die Arme. „Erst fressen sie sich durch die Leiche und dann finden sie an mir Gefallen. Reizende Vorstellung."

Jede weitere Überlegung, was nun zu tun sei, erübrigte sich, als Büttner sich von dem Toten abwandte und direkt auf sie zusteuerte. Als er bis auf wenige Meter herangekommen war, blieb er kurz stehen, schürzte die Lippen und ließ seinen Blick von einem zum anderen wandern.

„Gehe ich recht in der Annahme, dass Sie aufgeflogen sind, Hasenkrug?", brummte er dann. „Sie geben einen ganz erbärmlichen verdeckten Ermittler ab. Ich hätte es wissen müssen."

„Ich habe Sie verraten", beeilte sich Tomke zu sagen und streckte ihm mit einem entschuldigenden Lächeln die Hand hin. „Freut mich, Sie mal wiederzusehen, Herr Kommissar. Ich hoffe, es geht Ihnen gut."

„Moin, Frau Coordes." Büttner war selbst erstaunt, dass ihm der Name nach so langer Zeit noch einfiel. „Wie's einem eben so geht, wenn man an einem solchen Tag wie diesem zu einer Leiche gerufen wird." Er warf einen Blick über die Schulter. „Na ja, wenigstens bekommt unser Tote in dem glühendheißen Sand schon mal ein Vorgefühl davon, wie es sich in der Hölle anfühlt."

„Ihren schwarzen Humor haben Sie wenigstens nicht verloren", bemerkte Maarten grinsend und reichte Büttner nun seinerseits die Hand. „Wir heißen übrigens nun beide Sieverts."

„Glückwunsch."

„Danke. Ich schlage einen Deal vor." Maarten deutete mit dem Kopf auf die versammelte Gruppe. „Wir halten einfach die Klappe und tun so, als hätten Sie uns als Zeugen befragt. Dann können Sie Ihren verdeckten Ermittler weiterhin einsetzen, ohne dass Ihre Ermittlungen Schaden nehmen."

„Erstmal gucken, ob es überhaupt was zu ermitteln gibt", meinte Büttner. „Ich lasse gerade die Vermisstenanzeigen der letzten Wochen checken. Frau Doktor Wilkens meint, der Mann sei seit ein paar Tagen tot. Sieht auch nicht mehr so dolle aus, wenn Sie mich fragen." Er deutete zum Kiosk hinüber. „Nun würde ich mich aber wirklich gerne in den Schatten setzen. Einer der Kollegen lässt gerade einen Tisch für die Zeugenbefragung räumen. Am besten fangen wir mit Ihnen an, Frau …" Büttner sah Hasenkrugs Freundin fragend an.

„Feldmann. Tonja Feldmann."

„Heißen Sie nicht auch Tonja?", wollte Büttner von Tomke wissen.

„Nee. Mein Name ist Tomke. Klingt nur ein bisschen ähnlich."

„Prima. Tomke und Tonja. Und beide haben Sie blonde, lange Haare und eine schlanke Figur. Dann werde ich ja gewiss kein Problem damit haben, Sie zu verwechseln", verzog Büttner das Gesicht und schaute Hasenkrugs Freundin an. „Also, Frau Feldmann." Er stutzte. „Mit dem Richter Feldmann, der mir ständig das Leben schwermacht, haben Sie aber nicht zufällig was zu tun", stellte er dann fest.

„Ich weiß nicht, ob mein Vater *der* Richter ist, der Ihnen das Leben schwermacht", lachte Tonja und zeigte dabei eine Reihe strahlendweißer Zähne. „Aber Richter ist er. Er heißt Friedrich Feldmann."

„Na gut. Dann hätten wir diesen Fettnapf also auch nicht ausgelassen", brummte Büttner und seufzte. „Können wir dann?"

„Sie erinnern sich, dass Sebastian Urlaub hat?", fragte Tonja, als sie nebeneinander dem Kiosk zustrebten.

„Sie können es mir beizeiten ja noch mal sagen", antwortete Büttner ausweichend.

Als sie wenig später ihren etwas abseits stehenden Biertisch erreicht hatten, ließ er sich stöhnend auf eine der Bänke sinken und keuchte: „Ich will ein Bier. Alkoholfrei natürlich. Oder besser gleich zwei. Meine Kehle, ach was, mein ganzer Körper fühlt sich an wie Dörrobst."

Maarten erbot sich, die Bestellung beim Kiosk aufzugeben. Als er mit einem Tablett voller kühler Getränke zurückkam und sie auf dem Tisch verteilte, trat eine junge Polizisten zu ihnen und reichte Büttner ein Smartphone. „Einer der Zeugen hat den Fund der Leiche zufällig per Video aufgenommen, als er das Volleyballspiel filmte. Er meinte, der Film könne vielleicht nützlich sein."

Büttner nahm das Smartphone in die Hand, hielt es Tonja vor die Nase und sah sie fragend an. „Wenn es für Sie okay ist?"

„Ich bin froh, wenn ich es nicht erzählen muss. Aber es mir angucken werde ich auch nicht." Durch Tonjas Körper lief ein Schaudern, und Hasenkrug legte beruhigend einen Arm um sie. Er kannte seine Freundin als starke und selbstbewusste Frau. Aber beim Beachvolleyball über eine halbverweste Leiche zu stolpern und praktisch auf sie drauf zu fallen, war natürlich auch für sie keine Situation, mit der sie alltäglich umzugehen hatte. Da konnten einem in der Erinnerung daran schon mal die Knie weich werden.

Büttner nahm einen großen Schluck seines kühlen Biers und hielt Hasenkrug das Smartphone entgegen. „Sie können ja sicherlich damit umgehen. Wenn Sie den Film bitte mal starten würden."

Fast drei Minuten lang war auf dem Video lediglich eine Gruppe von acht Leuten zu sehen, die ausgelassen einen Ball über das Netz baggerten, pritschten oder ploggten. Ab und zu setzte jemand zum Sprung an, um den Ball zu erwischen, bevor er im Sand aufschlug.

„Jetzt gleich", sagte Hasenkrug leise und drückte Tonja die Hand. Doch schaute diese wohlweislich gar nicht hin, sondern versuchte, sich auf ein Gespräch mit Tomke zu konzentrieren, das diese mit der Absicht begonnen hatte, sie abzulenken.

„Jetzt."

Büttner schob sein Gesicht noch näher an das Smartphone heran, um möglichst kein Detail zu verpassen. Worauf er dabei genau hoffte, wusste er auch nicht zu sagen. Schließlich geschah hier auf dem Bildschirm kein Mord, sondern es stolperte lediglich jemand über – ja, über was genau?

Das sollte er nun erfahren, denn in diesem Moment setzte Tonja nahe einer Düne zum Hechtsprung an, und es war deutlich zu erkennen, wie sie ins Stolpern geriet, noch bevor sie sich auch nur halbwegs auf der Höhe des Balles befand.

Büttner schluckte schwer. Denn das Nächste, was er sah, waren die halbverwesten Finger einer Hand, die Tonjas rechte Schulter zu umfassen schienen.

„Scheiße, ich glaub, ich bin über einen Ast gestolpert!", hörte er Tonja rufen, während Hasenkrug ins Bild sprang, um ihr zur Hilfe zu eilen.

Dann plötzlich – im Bild war jetzt nur Hasenkrugs Rücken zu sehen – ein markerschütternder Schrei, gefolgt von einer hektischen Bewegung seines Assistenten, der seine kreischende Freundin von der grausam entstellten Hand wegriss und versuchte, sie zu beruhigen, indem er ihren Kopf an seine Brust drückte.

Und nun wurde auch der Oberkörper des Leichnams sichtbar, was wirklich kein schöner Anblick war.

Büttner strich über den Bildschirm, woraufhin das Video stoppte. Er spürte ein flaues Gefühl im Magen und sah Tonja von der Seite an. Sie schien eine tapfere Frau zu sein. Nicht jeder, der solch einen furchtbaren, ja horror-mäßigen Moment erlebt hatte, würde jetzt anderen beim Biertrinken Gesellschaft leisten, sondern seinen Schock-zustand im Krankenhaus behandeln lassen.

„Gibt es schon Hinweise, um wen es sich bei dem Mann handeln könnte?", wandte sich Büttner an Hasenkrug.

Der zuckte die Achseln. „Ich bin hier nur als Badegast. Da müssten Sie einen Kollegen fragen."

„Scheiß Spiel", brummte Büttner, stand jedoch tat-sächlich auf und ging zu dem Polizisten, den er mit der Recherche der Vermisstenanzeigen beauftragt hatte. Minuten später setzte er sich wieder an den Tisch, sah von einem zum anderen und sagte dann: „Ich gehe jetzt mal davon aus, dass Sie die Klappe halten können."

Als keiner etwas darauf sagte, sondern alle ihn nur stumm ansahen, sagte er: „Gut möglich, dass es sich bei dem Toten um einen Banker handelt, der sich hier in Dornumersiel zeitlebens keiner großen Beliebtheit erfreute. Er war sechs-undvierzig Jahre alt, als er vor einer Woche von seiner Frau als vermisst gemeldet wurde. Seither gab es keine Spur von ihm."

„Vermutlich ist er irgendwo ins Wasser geworfen und hier wieder angespült worden", mutmaßte Hasenkrug.

„Gut möglich. Frau Doktor Wilkens ist auch der Ansicht, dass die Leiche eine Weile im Wasser gelegen haben muss."

„Aber nur, weil er hier angespült wurde, heißt es doch noch lange nicht, dass der Mann auch aus Dornumersiel kam. Im Prinzip kann der Kerl überall herkommen. Die Nordsee ist groß und geduldig", gab Maarten zu bedenken.

„Stimmt", nickte Büttner. „Ansonsten liegt uns aber keine Vermisstenmeldung vor. Also, zumindest keine aus der Region. Wenn der Kerl allerdings aus Kapstadt oder Kuala Lumpur im Tauchgang hier angereist ist, müssten wir die Recherche geographisch noch ein wenig ausweiten. Aber zunächst einmal warten wir die DNA-Analyse ab."

„Gut." Hasenkrug schlug sich mit den flachen Händen auf seine nackten Oberschenkel. „Dann war's das ja für mich." Er stand auf. „Ich geh dann mal wieder Urlaub machen."

„Und wer, bitte schön, soll mir in all dem Elend beiseite stehen?", schnaubte Büttner empört. „Da kommt einmal im Jahr eine Leiche daher und …"

„Aber nur, wenn man die anderen Toten in Pewsum, Groothusen und Woltzeten aus diesem Jahr nicht mitzählt. Ich kann mich noch gut an sie erinnern", unterbrach Hasenkrug ihn spitz. „Außerdem ist doch gar nicht klar, dass das hier überhaupt ein Fall ist. Womöglich ein bedauerlicher Unfall. Dafür werde ich doch wohl kaum meinen Urlaub unterbrechen. Komm, Tonja." Er streckte seiner Freundin die Hand entgegen. „Wir sollten uns hier nicht länger als irgend nötig aufhalten. Wenn Herr Büttner noch Fragen hat, kann er ja gerne auf dich zukommen. Ich jedenfalls könnte jetzt was zu essen gebrauchen."

An der Antwort, die ihm Tonja auf diese klare Ansage hin gab, sollte Hasenkrug noch Wochen später zu kauen haben.

„Du glaubst doch nicht wirklich, dass ich meine Leiche einfach so wildfremden Leuten überlasse", sagte sie entschieden. „Woher soll ich denn wissen, dass meine Interessen in dieser Angelegenheit ausreichend gewahrt bleiben, wenn du jetzt kneifst?"

„Ähm – welche Interessen?", entgegnete Hasenkrug hörbar irritiert. „Außerdem wolltest du doch, dass ich …"

„Nun, ich hab's mir anders überlegt", sagte Tonja und verschränkte mit einer beinahe trotzigen Geste die Arme vor ihrem Körper.

„Gesunde Einstellung", bemerkte Büttner, stand auf und reichte Tonja die Hand. „Wir sprechen uns morgen, Frau Feldmann." Mit einem verschmitzten Blick auf Hasenkrug fügte er hinzu: „Und vergessen Sie nicht, Ihren Freund mitzubringen. Ich für meinen Teil fahre jetzt nach Hause zu Familie und Hund. Die weiteren Zeugenbefragungen sollen die Kollegen machen. Wenn Sie so freundlich wären, mir zu mailen, wo ich Sie morgen finde, dann würde mir das sehr helfen."

Noch bevor jemand der Anwesenden etwas erwidern konnte, verschwand er hinter dem Kiosk und damit aus ihrem Sichtfeld.

Ein unverkennbar perplexer Sebastian Hasenkrug seufzte schwer und ließ sich dann ergeben auf die Bank zurücksinken.

3

Auch am nächsten Tag war es noch ungewöhnlich heiß und windstill, und nicht nur die Meteorologen bemühten auf inflationäre Weise den Begriff des Jahrhundertsommers. In den frühen Morgenstunden war am Strand noch nicht viel los, lediglich ein paar Jogger ließen es sich trotz der bereits hohen Temperaturen nicht nehmen, ihre Runden zu drehen. Vereinzelt sah man einen von ihnen zwischendurch im angenehm kühlen Wasser der Nordsee abtauchen, um nach wenigen Minuten erfrischt wieder ins Laufen zu verfallen.

Nur selten erlebte man die Nordsee so ruhig wie in den letzten Tagen. Selbst die Möwen schienen nicht mehr ganz so grell zu schreien, wie sie es sonst taten. Vermutlich war auch ihnen jede Anstrengung zu viel.

Für viele, die in diesen Tagen hier Urlaub machten, unterschied sich die Nordsee in nichts von den Stränden Südeuropas, wie die Touristen nicht müde wurden zu betonen. Tatsächlich fiel es angesichts dieses durch und durch friedlichen Bildes schwer sich vorzustellen, dass hier erst vor wenigen Tagen ein kurzer, aber heftiger Orkan gewütet hatte, der die Wellen mit ungebändigter Kraft gegen Dünen und Deiche hatte krachen lassen.

Nein, dachte Hauptkommissar David Büttner, als er

an diesem Morgen in aller Herrgottsfrühe seinen Wagen in unmittelbarer Strandnähe abstellte, wenn man die beschauliche Nordsee unter dem pastellfarbenen und leicht diesigen Himmel so seicht vor sich hin plätschern sah, dann käme man wohl kaum auf die Idee, dass sie sich eines vermutlich nicht allzu fernen Tages wieder in ein vor Wut schäumendes, nimmer sattes Ungeheuer verwandeln und ganze Stücke sicher geglaubten Festlandes in ihrem Rachen verschlingen würde.

„Moin." Büttner setzte sich zu den anderen an einen Tisch, der extra für sie an einem schattigen Platz in unmittelbarer Nähe zum Kiosk aufgestellt worden war. Mit Sebastian Hasenkrug, Tonja sowie auch Maarten und Tomke hatte er sich per Whatsapp darauf verständigt, sich schon sehr früh zu treffen, um sich den Fundort der Leiche noch mal in Ruhe ansehen und die ersten Ermittlungsergebnisse besprechen zu können.

Büttner hatte in der Nacht lange hin und her überlegt, ob er das Ehepaar Sieverts in die Ermittlungen mit einbeziehen sollte. Es war ihm klar, dass sowohl der Staatsanwalt als auch der Polizeipräsident ihn einen Kopf kürzer machen würden, wenn sie davon erführen. Andererseits hatten Maarten und Tomke sich damals, als sie im Umfeld des Offshore-Windparks ermittelt hatten, als zuverlässige und vor allem unverzichtbare Partner herausgestellt. Ohne die beiden, da war sich Büttner sicher, hätten sie den Fall zu keinem so guten Ende gebracht.

Also hatte er letztlich beschlossen, sie einfach mal zu fragen, ob sie ihn auch diesmal wieder unterstützen würden. Nach kurzem Zögern hatten sie zugestimmt und nur angemerkt, dass sie nicht Vollzeit zur Verfügung stehen würden, da auch ihr regulärer Job so manches an Einsatz erfordere.

Nun aber saßen sie zunächst einmal alle fünf beisammen, um zu diskutieren, wie jetzt am besten vorzugehen sei, um den Fall schnellstmöglich abzuschließen.

„Frau Doktor Wilkens hat eine Nachtschicht eingelegt, sodass wir jetzt schon ein wenig schlauer sind als noch gestern Abend", teilte Büttner mit und nickte der Kioskbetreiberin dankbar zu, die gerade fünf Tassen Cappuccino vor ihnen abstellte, obwohl sie eigentlich noch gar nicht geöffnet hatte. „Nachher will hier sowieso niemand mehr was Warmes trinken", hatte sie mit einem Augenzwinkern gesagt, „da bin ich doch froh, wenn der Kaffee nicht alt wird. Den kannste anpreisen wie du willst, alle wollen sie bloß kühle Getränke oder Eis. Die wiederum kannste gar nicht so schnell einkaufen, wie sie hier verbraucht werden."

„Also", fuhr Büttner in seinen Ausführungen fort, als sie wieder alleine waren, „Frau Doktor Wilkens schätzt das Alter unserer männlichen Leiche auf irgendwas zwischen dreißig und vierzig. Sie geht davon aus, dass sie tatsächlich angespült wurde. Da sie unter dem Sand begraben lag, schließt sie daraus, dass es bei dem Orkan geschehen ist."

Büttner nahm einen Schluck des belebenden Cappuccinos. „Bei der Todesdauer hat sie allerdings Abstriche gemacht. Sie ist der Ansicht, dass der erbärmliche Zustand der Leiche weniger dem fortgeschrittenen Verwesungsprozess zuzuschreiben sei, als der Tatsache, dass die Wassermassen nicht eben schonend mit ihr umgegangen sind, als sie von ihnen über Stunden am Strand hin und her geschleudert wurde. Sie meint, der Körper habe sich an Steinen und Sand wundgescheuert."

„Wundgescheuert." Tonja zog eine Fratze. „So, wie der aussah, wäre mir dieser Begriff nicht in den Sinn gekommen. Vielmehr fiel mir spontan das Wort *zerfetzt* ein. Die Haut-, Fleisch- und Muskellappen hingen zum Teil wie zerrissener Stoff an seinem Körper und …"

„Ist gut", unterbrach Hasenkrug sie mit einer Handbewegung, als er sah, wie Tomkes Gesichtsfarbe bei diesen Schilderungen um einige Nuancen blasser wurde. „Auf solch plastische Beschreibungen können wir, denke ich, verzichten. Wenn es jemand genau wissen will, kann er sich ja jederzeit die Fotos ansehen."

„Arbeiten Sie selbst als Pathologin?", wollte Büttner von Tonja wissen. Auch er hatte sein Salamibrot, in das er gerade hatte beißen wollen, wegen plötzlichen Appetitverlusts wieder auf den Tisch sinken lassen.

„Wieso?"

„Derartige Ausführungen bekomme ich sonst nur in der Gerichtsmedizin zu hören. Pietät wird dort nicht eben großgeschrieben, was schon so manchem Angehörigen das halbverdaute Essen wieder aus dem Gesicht fallen ließ."

„Ich bin Tierärztin. Da sieht man so Einiges."

„Tierärztin?" Büttner warf Hasenkrug einen spöttischen Blick zu. „Ich erinnere mich noch gut an einen Fall, als wir bei der Geburt eines Kälbchens dabei sein durften. Wenn ich mich richtig entsinne, kam bei meinem Kollegen der Anblick der Nachgeburt nicht so gut an."

„Was wissen wir sonst noch über den Toten?", fragte Hasenkrug schnell. Auf eine längere Story, wie es ihm im besagten Fall mit Uroma Wübkea Beekmann ergangen war, hatte er keine Lust. Und schon gar nicht wollte er vor Tonja als Memme dastehen.

„Ist bestimmt Geert Wibben."

„Was?" Alle wandten sich nun der Stimme zu, die sich praktisch aus dem Off gemeldet hatte. Ohne, dass jemand darauf geachtet hätte, war die Kioskbetreiberin wieder an ihren Tisch getreten.

„Geert Wibben. Er wurde seit vier Tagen nicht mehr gesehen. Nach Kanada zurück ist er nicht. Wer also soll's wohl sonst sein?" Ungefragt stellte die Frau einen Teller mit frisch geschmierten Käsebrötchen auf den Tisch, raffte ihre Kittelschürze über ihren stämmigen Oberschenkeln zusammen und setzte sich neben Maarten auf die Bank.

„Und warum sind Sie davon so überzeugt?" Büttner sah sie aus schmalen Augen an. Er war sich nicht sicher, was er davon halten sollte, dass sie sich so einfach ins Gespräch eingemischt hatte.

„Geert Wibben war achtunddreißig Jahre alt. Ich weiß das so genau, weil er mit meiner lütten Schwester zur Schule gegangen ist. Mit sechzehn ist er dann wech. Nach Kanada. Wollte da reich werden. Ist ihm aber nicht gelungen. Hatte immer zwei linke Hände. So was können die da auch nicht gebrauchen." Sie wischte ein paarmal mit dem Unterarm über den Tisch, bevor sie weitersprach: „Und plötzlich stand er vor drei Wochen wieder vor der Tür. Sein Stiefvater, Tjark Wibben, war gestorben und hat ein Haus zu vererben. Seine Frau, Gerlinde, ist ja schon lange tot. Also die von Tjark, die Frau. Aber das Haus ging natürlich an den großen Bruder, Tebbe Wibben. Weil

Tebbe und seine Frau sich doch die ganze Zeit um Tjark gekümmert haben, als er so krank war. Jo. Gut möglich, dass Tebbe dann die Hand ausgerutscht ist, als sein Bruder nach mehr als zwanzig Jahren man einfach so wieder vor der Tür stand und gesacht hat, dass er das Haus will."

„Klingt zumindest nach einem Motiv", stellte Hasenkrug fest. „Dürften wir Ihren Namen erfahren?"

„Regine Lütjes."

„Und diesen Geert hat keiner mehr gesehen? Seit vier Tagen, sagen Sie?", hakte Büttner nach. „Eine Vermisstenanzeige liegt uns aber nicht vor."

„Weil ihn wohl keiner vermisst hat", meinte Regine Lütjes in bestechender Logik und zuckte die Schultern. „Waren nur alle froh, dass Geert nicht mehr alle verrückt gemacht hat. Ein unangenehmer Typ. Mir hat er auch gesacht, dass ich nichts erreicht hab' in meinem Leben. Aber ein Strandkiosk ist ja nun immer noch besser als nichts, will ich doch meinen. Und er hatte nichts."

„Und sein Bruder? Was ist das für ein Typ?", wollte Hasenkrug wissen.

„Tebbe? Das ist 'n wirklich patenter Kerl. Verkauft hier Gebrauchtwagen im Ort. Bescheißen tut der aber nicht. Ist immer nett und freundlich. Genau wie seine Frau."

„Und trotzdem beschuldigen Sie ihn, seinen Bruder umgebracht zu haben?"

„Ich?" Die Frau tippte sich mit dem Zeigefinger an die Brust und sah Hasenkrug aus großen Augen an. „Nee. Das hab ich nicht gesacht. Ich meinte nur, dass ich das verstehen könnte, wenn er es gemacht hätte. Und ich dachte, ich sach Ihnen mal, wer der Tote ist, damit Sie die Sache schnell abschließen können. Ist ja nicht schön, wenn man bei dieser Hitze arbeiten muss."

„Sie arbeiten doch auch bei dieser Hitze", stellte Tomke fest.

„Ja. Aber das ist ja auch mein Job." Mit diesen Worten erhob sie sich wieder, um sich um die ersten Kunden zu kümmern, die anscheinend vom Joggen kamen und nun lautstark nach eiskaltem Wasser verlangten.

„Okay." Büttner schlug einmal mit der flachen Hand auf den Tisch. „Dann wissen wir ja schon mal, um wen wir uns als Erstes kümmern. Tebbe Wibben. Ist doch wenigstens mal ein Hinweis."

„Noch wissen wir ja gar nicht, ob es sich bei dem Toten um diesen Geert Wibben handelt", wandte Hasenkrug ein. „Vermisst wird ja auch ein Banker. Hatten wir zu dem schon einen Namen?"

„Markus Köhler, glaube ich", antwortete Büttner und strich sich durchs schweißnasse Haar. „Hm. Wenigstens so ähnlich."

„Und wenn der unsere Leiche ist?"

„Dann gucken wir, ob der auch einen Bruder hat, dessen Erbe er einkassieren wollte", brummte Büttner.

Maarten grinste. „Vielleicht sollten Sie zunächst einfach mal die DNA-Analyse abwarten. Dann stochern wir nicht so im Dunkeln."

„Ich fürchte, dass wir auf die Ergebnisse noch eine Weile warten müssen", seufzte Büttner. „Irgendwie hat es da in der Urlaubsplanung wohl einen Fehler gegeben, und nun sind sie im Labor total unterbesetzt. Was wir allerdings haben, sind einige Stofffetzen, die am Körper des Toten klebten. Anhand dieser könnten wir vielleicht schon weiterkommen, wenn sich irgendwer noch daran erinnert, was dieser Geert Wibben – oder meinetwegen auch dieser Markus Köhler – am Tag seines Verschwindens getragen hat."

„Gut." Hasenkrug warf seinem Chef einen langen Blick zu. „Da Sie ja derzeit der einzige offizielle Ermittler sind, würden wir vier", er zeigte einmal in die Runde, „uns hier einfach mal unauffällig ein wenig im Ort umhören. Bleibt nur zu hoffen, dass nicht noch irgendjemand irgendwen vermisst. Dann wird's unübersichtlich."

„Okay", nickte Maarten. „Einer von Tomkes Brüdern lebt hier in der Nähe und ist in der Regel über alles bestens auf dem Laufenden. Und was er nicht selbst weiß, weiß seine Frau. Ich könnte mir vorstellen, dass wir dort die Toten- und Vermisstenfälle der letzten fünf Jahre chronologisch aufgezählt bekommen."

„Ich meine sogar, mich zu erinnern, dass mein Bruder Keno mal über einen Mann gesprochen hat, der nach Kanada ausgewandert ist", ergänzte Tomke. Sie grinste. „Es kann ja nicht schaden, mal nachzufragen, was der heute so treibt."

„Überhaupt wäre es mir ganz lieb, wenn Sie alle", Büttner machte eine Armbewegung in die Runde, „hier in Dornum und Dornumersiel mal ein wenig die Hühner scheu machen. Will heißen, dass Sie an verschiedenen Stellen die Behauptung streuen, dieser – ähm – wie hieß unsere Leiche noch gleich, Hasenkrug?"

„Geert Wibben. Oder Markus Köhler."

„Genau. Den Ersten meine ich. Streuen Sie bitte überall, wo Sie gehen und stehen, dass es sich bei der Leiche um Geert Wibben handelt. Mal gucken, ob dann nicht irgendwer, zum Beispiel sein Bruder, das Flattern kriegt. Und wenn das nicht der Fall ist, scheuchen wir die Verwandtschaft des Bankers auf. Hier bräuchten wir dann auch noch das Mordmotiv. Hm." Büttner zog die Stirn in Falten. „Obwohl es davon bei dieser Finanz-Spezies in der Regel ja mehr gibt, als einem lieb sein kann. Schlimmer wird's nur bei Politikern."

„Heinz, ick geh jetzt mal zu die Polizisten und verklicker denen, dat ick weeß, wer die Leiche ist." Noch ehe Büttner sich's versah, stand eine recht korpulente Frau neben ihm und stupste mit dem Finger mehrmals auf seine Schulter. „Herr Kommissar", vermeldete sie, „ick will ne Aussaje machen."

Büttner räusperte sich und nickte seinen vier Begleitern zu. „Ich denke, das war's dann fürs Erste. Falls Ihnen noch etwas einfällt, melden Sie sich bitte bei mir."

Hasenkrug und Tonja sowie Maarten und Tomke verstanden den Wink und machten sich wortlos auf den Weg.

„Setzen Sie sich doch", wandte sich Büttner nun an die Frau mit dem Berliner Dialekt. „Darf ich fragen, was Sie zu mir führt?"

„Dürfen Se. Ick war jestern leider nich da, als die Leiche jefunden wurde." Im Blick der Frau lag nun ehrliches Bedauern. „Aber wissen Se, det war ja nur, weil det Wasser wech war, sonst hätt ick ja allet mitjekricht."

„Aha."

„Ja. Aber trotzdem weeß ick, wer der Tote is. Wissen Se, wir, also meen Heinz und icke, ham nämlich vor vier

Tagen jesehn, wie da jemand mitten inne Nacht int Wasser jejangen is." Sie deutete mit einer vagen Geste in Richtung Nordsee. „Ick hab noch zu Heinz jesacht, dat der ja wohl total plemplem is, wenn der im Dunkeln schwimmen jehn tut." Sie straffte ihren Rücken, verschränkte die Arme vorm Körper und sagte in besserwisserischem Tonfall: „Tja, und dit hatta nu davon."

„Ich glaube, Sie verstehen da was falsch, Frau …"

„Kloppke. Ursula Kloppke."

„Frau Kloppke. Es ist nämlich keineswegs so, dass …"

Weiter kam Büttner nicht mit seiner Erwiderung, denn die Frau klopfte nun einmal mit der flachen Hand auf den Tisch und sagte: „So. Nun können Se sehn, wat Se draus machen. Ick jedenfalls hab allet jesacht, wat ick weeß. Schönen Tach och."

„Aha." Büttner schüttelte den Kopf. In seiner Laufbahn als Polizist war ihm ja schon so manch skurrile Gestalt über den Weg gelaufen; aber diese Dame, so beschloss er, gehörte definitiv in die Kategorie *Best of*.

4

„Gerüchte gibt es viele, was mit Geert Wibben passiert sein könnte. Darauf muss man in einem Ort wie Dornumersiel ja auch nicht lange warten." Tomkes Bruder Keno zuckte die Schultern und goss seinen Gästen kalten Tee mit frischer Minze in die Gläser.

Beim Klirren der Eiswürfel fühlte sich Maarten bereits auf seltsame Weise erfrischt. Als er nun den ersten Schluck nahm, seufzte er wohlig auf und schaute beinahe verliebt auf sein Glas. „Ich glaube, das Zeug könnte ich literweise trinken. Bei dieser Hitze ist es besser als eine kalte Dusche."

„Und was glaubst du persönlich?", kam Tomke wieder auf den Vermissten zu sprechen. „Bist du auch der Meinung, dass ihn jemand umgebracht hat?"

Bevor Keno antwortete, zog er den Kinderwagen zu sich heran und fing an, ihn hin und her zu rollen, weil seine kleine, erst vor drei Wochen geborene Tochter sich leise weinend in Erinnerung rief. Auch sie fühlte sich bei den Temperaturen alles andere als wohl, was den Eltern schon so manche Nacht den Schlaf geraubt hatte.

„Vom Gefühl her würde ich auch sagen, dass Geert nicht mehr lebt. Der war in den Wochen, die er hier war, so dermaßen aufdringlich, dass ich mir nicht vorstellen kann, dass er sich ohne ein Wort wieder aus dem Staub gemacht hat." Keno schob der kleinen Ida, die sich nicht so recht beruhigen wollte, einen Schnuller in den Mund. Es wirkte. Sie nuckelte sich selig schmatzend in den Schlaf. „Vor allem wollte er ja das Haus seines Stiefvaters, da hat er nicht locker gelassen. Sein Bruder Tebbe war nur noch dabei, irgendwelche Telefonate mit Anwälten zu führen."

„Vielleicht hatte Tebbe auf den Stress keine Lust mehr und hat seinen Bruder um die Ecke gebracht", mutmaßte Tomke.

„Tebbe?" Keno schüttelte den Kopf, während er einen Teller mit Wassermelone herumreichte. „Kann ich mir nicht vorstellen. Das ist einer, der sogar Regenwürmer von der Straße sammelt, damit sie nicht austrocknen."

„Regenwürmer machen auch keinen Ärger", konstatierte Maarten.

„Trotzdem. Tebbe wäre wirklich der Letzte, dem ich einen Mord zutrauen würde."

„Muss ja kein Mord gewesen sein. Vielleicht Totschlag im Affekt", gab Maarten zu bedenken.

„Und seine Frau? Wie stand die zu ihrem Schwager?", fragte Tomke.

„Marion?" Keno wiegte den Kopf hin und her. „Marion ist natürlich ein ganz anderes Kaliber als ihr Mann. Wenn ihr mich fragt, hat der arme Tebbe bei ihr nichts zu lachen. Aber anscheinend braucht er das. Man hat nicht den Eindruck, dass er unglücklich ist." Keno lachte laut auf und strich sich durch seine blonden Locken. „Vielleicht liegt's daran, dass sie, so sagt man, geradezu sexsüchtig ist. Zumindest in dieser Hinsicht dürfte er dann keinen Notstand haben."

„Zu viel des Guten kann auch anstrengend werden", brummte Maarten. „Würdest du ihr denn zutrauen, ihren Schwager aus dem Weg geräumt zu haben?"

„Bei Marion würde ich für nichts garantieren, wenn man ihr doof kommt", antwortete Keno. „Ich hab einige ihrer Auftritte erlebt, wenn sie in Rage war. Da heißt es den Kopf einziehen und Land gewinnen. Kürzlich hat sich eines ihrer vier Kinder getraut, eine Stunde später als vereinbart nach Hause zu kommen. Noch drei Straßen weiter wurde man dank ihrer durchdringenden Stimme unüberhörbar über das Strafmaß auf dem Laufenden gehalten."

„Und weißt du, ob Geert ihr doof gekommen ist?", fragte Tomke.

Keno sah seine Schwester mit gerunzelter Stirn an. „Warum interessiert euch das eigentlich alles so brennend?", stellte er die Gegenfrage. „Ihr hört euch ja fast an wie damals, als ihr unbedingt den Mörder von Hauke dingfest machen wolltet. Seid ihr auf den Geschmack gekommen, oder was?"

Maarten und Tomke warfen sich einen schnellen Blick zu, doch noch ehe sie antworten konnten, trat eine Frau, die sie nicht kannten, zu ihnen auf die Terrasse. Mit ihrem dunklen, verwuschelten Kurzhaarschnitt und den lachenden Augen war sie Tomke auf Anhieb sympathisch.

„Ariane!" Keno stand auf und drückte ihr einen Kuss auf die Wange. „Wo hast du denn deine bessere Hälfte gelassen?"

„Michael ist zum Hochseeangeln raus. Und da dachte ich, ich geh mal bei Ines auf einen Tee vorbei." Ariane schielte durch die Terrassentür ins Wohnzimmer. „Ist sie nicht da?"

„Nee. Meine mir Angetraute hat heute Morgen in den Spiegel geguckt, schlechte Laune gekriegt und ist dann zum Friseur. Keine Ahnung, wie lange das dauert." Er deutete auf die schlafende Ida. „Zum Stillen wollte sie aber wieder da sein. Magst du einen Tee mit Minze?"

„Gerne." Bevor sie sich setzte, streckte Ariane Maarten und Tomke die Hand hin. „Hi, ich bin Ariane. Ariane Klobe. Ich glaube, wir kennen uns noch nicht."

Tomke wollte gerade etwas erwidern, als Keno schon sagte: „Das ist meine Schwester Tomke mit ihrem Mann Maarten. Gerade haben wir über Geert gesprochen."

„Geert Wibben?" Ariane schmunzelte. „Ist ganz egal, wohin man heute kommt, überall ist er Thema. Würde ihm gefallen, so im Mittelpunkt zu stehen. Aber im Allgemeinen scheint man wohl der Meinung zu sein, dass er die Leiche am Strand ist. In diesem Fall hätte er wenig Grund, sich zu freuen." Ariane schüttelte sich. „Gruselige Geschichte. Die arme Frau, die über ihn gestolpert ist! Mich könntste nach so einem Erlebnis gleich in die Hoppla einweisen."

Tomke nickte. „Wir waren dabei. War nicht schön. Aber Tonja, also die Frau, die über die Leiche gestolpert ist, hat sich tapfer geschlagen." Sie machte eine kurze Pause und besann sich dann ihrer Mission. „Du kanntest Geert Wibben?"

Ariane schüttelte den Kopf. „Nicht wirklich. Wir sind uns in der letzten Woche ein paarmal begegnet. Wir, also mein Mann und ich, sind nicht von hier, sondern machen hier nur mehrmals im Jahr Urlaub. Wir wohnen dann bei Tebbe und Marion in der Ferienwohnung. Da ließ es sich kaum vermeiden, Geert über den Weg zu laufen. Ehrlich gesagt hätte ich gut darauf verzichten können. Ich frage mich, wie so ein Gestörter Tebbes Bruder sein kann."

Maarten wollte etwas erwidern, doch wurde er durch das Klingeln seines Smartphones davon abgehalten. Er verschwand in Richtung Gartenhaus und winkte kurz darauf Tomke, zu ihm zu kommen.

„Es war Kommissar Büttner. Anhand der Analyse der Klamotten, die die Leiche getragen hat, geht man nun davon aus, dass es sich bei dem Toten tatsächlich um Geert Wibben handelt."

„Ein etwas vager Hinweis. Er wird ja wohl kaum Haute-Couture-Einzelstücke getragen haben."

„Die Zeugen, die ihn kurz vor seinem Verschwinden noch gesehen haben wollen, sagen alle das Gleiche: Jeans, schwarzes T-Shirt, braune Schuhe."

„Wie außergewöhnlich", spottete Tomke.

„Ich gebe nur das wieder, was Büttner mir gesagt hat. Die Ermittlungen laufen jetzt in Richtung Geert Wibben. Es gibt wohl inzwischen einige Aussagen, die vermuten lassen, dass er tatsächlich getötet wurde. Außerdem hat irgendwann mal ein Messer in seinem Rücken gesteckt, sagt Frau Doktor Wilkens, was ein deutliches Indiz für einen Mord sein dürfte."

Tomke runzelte die Stirn. „Trotzdem muss es nicht seine Leiche sein, die am Strand lag. Macht man nicht in solchen Fällen ein Zahnprofil?"

„Hat man."

„Und?"

„Die Haftcreme hat den außergewöhnlichen Belastungen wohl nicht standgehalten."

„Er hatte ein künstliches Gebiss? In seinem Alter?"

„Nun nicht mehr. Aber eben auch keinen Zahn mehr im Mund."

„Na ja. Allzu viele Zahnprothesenträger dürfte es wirklich nicht mehr geben. Wer macht so was heute schon noch."

„Du klingst immer noch nicht überzeugt."

„Tomke? Maarten? Seid ihr noch da?" Keno kam von der Terrasse aus auf sie zugeschlendert. „Wieso versteckt ihr euch hier beim Gartenhaus? Großes Geheimnis?"

„Als würde hier irgendwas geheim bleiben", frotzelte Maarten ausweichend.

„Ines fragt, ob ihr zum Mittagessen bleiben wollt."

„Ines ist zurück?" Tomke schaute zur Terrasse hinüber und entdeckte Kenos Frau, die gerade das Baby an die Brust legte und sich dabei angeregt mit Ariane unterhielt.

„Du solltest damit zur Polizei gehen", hörten sie Ines sagen, als sie wenig später wieder zu den beiden Frauen an den Tisch traten.

„Und wenn die Leiche am Strand doch nicht Geert ist, sondern jemand ganz Fremdes?", meinte Ariane zweifelnd. „Außerdem bin ich mir doch gar nicht sicher, dass es wirklich André und Manuela waren, die den Teppich getragen haben. Es war dunkel und noch dazu tobte der Orkan, da konnte ich nicht so viel erkennen."

„Wer soll der Tote denn sonst sein, außer Geert?", erwiderte Ines. „Beim Friseur war von nichts anderem die Rede als von der Strandleiche. Fast alle meinen, dass es Geert Wibben ist. Nur wenige glauben daran, dass es sich um Markus Köhler, also den vermissten Banker, handelt. Bei ihm sind sie eher der Meinung, dass er sich einfach aus dem Staub gemacht hat. Vermutlich mit Koffern voller Geld."

„Wie kommen sie denn darauf?", fragte Keno stirnrunzelnd. „Woher sollte er denn plötzlich so viel Geld haben?"

„Aus seiner Bank natürlich."

„Davon hätte man doch gehört."

„Quatsch!" Ines sah ihren Mann nun beinahe wütend an und hob ihre Stimme. „Die kehren so was doch unter den Tisch. Kein Mensch hätte jemals davon erfahren. Ist doch immer so. Kriminelles Pack!"

„Nun rede dich doch nicht in Rage, Ines, das ist es doch nicht wert. Außerdem wird die Milch für die Kleine dann sauer." Keno legte seiner Frau beruhigend die Hand auf die Schulter, drehte sich dann aber von ihr weg und sagte: „Ich geh mal den Salat machen."

„Was gibt's denn so Interessantes, womit Ariane zur Polizei gehen sollte?", fragte Tomke, während sie sich eine der von Ines mitgebrachten Erdbeeren in den Mund schob.

Ariane zögerte einen Augenblick und warf Ines einen fragenden Blick zu. Als diese ihr aufmunternd zunickte, sagte sie: „Ich habe in der Nacht, bevor Geert verschwand, gesehen, wie die Leute von Gegenüber etwas Schweres aus dem Haus zu ihrem Auto getragen haben. Ich habe noch gedacht, dass es aussieht, wie eine in einem Teppich verschnürte Leiche. So sieht man es doch immer in Kriminalfilmen." Sie strich sich nachdenklich über das Kinn. „Eigentlich hatte ich es längst wieder vergessen, aber als ich von der Leiche am Strand hörte, musste ich wieder daran denken."

„Wer wohnt denn bei deiner Ferienwohnung gegenüber?", wollte Maarten wissen.

„Die Viskers."

„Wer sind die Viskers?"

„André und Manuela Visker. Er ist wohl mit Geert in die Schule gegangen, allerdings ein paar Klassen über ihm, und Geert muss ihn damals ziemlich tyrannisiert haben, obwohl er so viel jünger war. Und als er hier war, auch wieder. Ständig hat Geert irgendwelche gemeinen Sprüche über den Gartenzaun gerufen, wenn er an dem Haus vorbeilief. Manuela hatte schon richtig Angst vor ihm und hat sich kaum noch rausgetraut. Tebbe hat seinem Bruder gesagt, er solle das gefälligst lassen. Aber da hat Geert nur gelacht und ihn ein Weichei geschimpft. Er war einfach wie eine Zecke, die man nicht mehr loswird."

Tomke warf Maarten einen verunsicherten Blick zu. Sie fühlte sich nicht wohl in ihrer Haut. So langsam dämmerte ihr, dass es ihr gar nicht lag, die Leute auszuhorchen, und Maartens Gesichtsausdruck nach schien es ihm nicht anders zu gehen. Es war doch etwas anderes, ob man – wie damals im Offshore-Geschäft – im eigenen Interesse handelte, oder ob man ganz einfach nur Zuträger für polizeiliche Ermittlungen war, die einen im Grunde nichts angingen. Sie räusperte sich und sagte zu Ariane: „Ich würde damit auf jeden Fall zur Polizei gehen. Vielleicht ist ja nichts dran, aber dann musst du dir nicht mehr vorwerfen, nichts unternommen zu haben."

Insgeheim dachte sie, dass sie sich, wenn Ariane zur Polizei ginge, keine Gedanken mehr darüber machen musste, ob sie ihr Wissen an Hauptkommissar Büttner weitergab oder nicht. Das käme ihr sehr entgegen.

Ariane schnaubte verhalten. „Ich kann nicht sagen, dass

mein Drang besonders groß ist, die Viskers bei der Polizei anzuschmieren. Geerts Verhalten war wirklich widerlich. Alle haben aufgeatmet, als er plötzlich nicht mehr auftauchte. Warum sollte ausgerechnet ich jetzt die Spaßbremse geben?"

Für eine ganze Weile sagte niemand etwas, zu hören war lediglich das zufriedene Schmatzen Idas, die nach wie vor an Ines' Brust saugte.

„Fahrt ihr heute noch nach Emden zurück oder wollt ihr hier übernachten?", fragte Ines schließlich an Maarten und Tomke gewandt. „Wir könnten heute Abend den Grill anschmeißen. Ihr wisst ja, mit welcher Begeisterung Keno dann bei der Sache ist."

„Nicht nur der", grinste Tomke und zwinkerte ihrem Mann zu.

„Also?"

„Ja, gerne", sagten Maarten und Tomke gleichzeitig.

„Und ihr, Ariane? Kommt ihr auch? Dann hätten wir hier 'ne richtig nette Runde."

Ariane schaute sie bedauernd an. „Tebbe und Marion hatten uns auch schon zum Grillen eingeladen."

„Das macht doch nichts." Ines stand auf und legte Ida in den Kinderwagen zurück. „Da rufe ich jetzt gleichmal bei Marion an und sage ihr, dass sie hierher kommen sollen. Wir schmeißen dann einfach unser Grillzeug zusammen. Ist doch viel lustiger."

„Irgendwie klang es bei Keno vorhin nicht so, als sei diese Marion eine besonders tolle Entertainerin", sagte Tomke und zog die Stirn in Falten.

„Ach was", winkte Ines lachend ab. „Marion ist super.

Die würde für jeden ihr letztes Hemd geben – solange man sie nicht ärgert." Als sie Tomkes zweifelnden Blick sah, fügte sie hinzu: „Ganz im Ernst, sonst würde ich sie sicherlich nicht zu mir einladen."

„Ines hat recht", nickte nun auch Ariane. „Sie ist manchmal ein wenig – nun ja – laut, aber eigentlich ein herzensguter Mensch. Ich würde mich freuen, wenn sie dabei wäre. Sie kann so herrlich Witze erzählen."

„Und außerdem würdet ihr die beiden dann mal kennen lernen", ergänzte Keno, der mit der Salatschüssel in der Hand auf die Terrasse trat. Er zwinkerte Tomke und Maarten zu. „Irgendwie hatte ich vorhin das Gefühl, dass ihr ein gewisses Interesse daran haben könntet."

„Ich muss mal zur Toilette", sagte Tomke und drehte sich schnell weg, damit die anderen nicht sahen, wie ihr die Röte ins Gesicht stieg. Für den Job als verdeckte Ermittlerin fehlte ihr ganz klar das Talent, stellte sie fest.

Aber das war vielleicht auch ganz gut so.

5

Während Maarten und Tomke sich bei Keno aufhielten, hatten sich Sebastian Hasenkrug und Tonja auf den Weg zu Tebbe Wibben begeben, um sich auf Anweisung von Büttner ein Bild vom Bruder ihres potenziellen Mordopfers zu machen. Zwar hatten die zur Befragung der Dorfbewohner abgestellten Polizisten einhellig zu hören bekommen, dass man sich Tebbe nicht als Mörder vorstellen könne, doch ließ sich Büttner von solch einer Aussage schon lange nicht mehr beirren. Dafür hatte er im Laufe seiner Karriere schon zu viel scheinbar friedliebende Menschen unter gewissen Umständen zu Bestien mutieren sehen.

Außerdem war da ja auch noch Marion Wibben. Bei ihr waren die Einschätzungen schon weniger eindeutig gewesen. Fast schien es, als wären die meisten der Befragten einhellig zu dem Schluss gekommen, dass man Tebbes Ehefrau so ziemlich alles zutrauen würde. Mehrere Nachbarn wollten sogar mit eigenen Augen beobachtet haben, wie Marion ihren Schwager kurz vor dessen Verschwinden bratpfanneschwenkend aus dem Haus gejagt hatte. Vielleicht, so äußerte man die Vermutung, hatte ja einer ihrer wahllos gesetzten Hiebe sein Ziel gefunden?

Die Hitze stand flimmernd über dem betonierten Hof

des Gebrauchtwagenhandels, als Hasenkrug und Tonja durch das geöffnete Schiebetor traten. Beim Anblick der in mehreren Reihen geparkten Autos, deren Lack in der Sonne zu glühen schien, brach sogar dem hitzeliebenden Hasenkrug unwillkürlich der Schweiß aus allen Poren. Alleine die Vorstellung, sich nun in eines der Fahrzeuge setzen zu müssen, rief einen unangenehmen Schwindel in ihm hervor. Umso mehr bedauerte er die Menschen, denen auch an Tagen wie diesen nichts anderes übrigblieb, als sich in einem solchen Glutofen fortzubewegen, statt – wie Tonja und er – zu Fuß auch noch den kleinsten Schatten auszunutzen und zwischendurch das eine oder andere eisgekühlte Wasser zu trinken.

Bisher hatte Hasenkrug noch keine überzeugende Strategie gehabt, unter welchem Vorwand er den Gebrauchtwagenhändler in ein Gespräch verwickeln sollte. Dass er sich als Urlauber für den Kauf eines neuen Autos interessierte, würde man ihm vermutlich nicht abnehmen. Als er nun aber seinen Blick über den Hof schweifen ließ, fiel ihm ein gutes Dutzend Gokarts ins Auge, die unter einer Art Carport standen und über denen ein Schild mit der Aufschrift *1 Stunde 4 Euro* hing. Zwar reizte ihn auch diese Art der Fortbewegung nicht gerade, aber als Vorwand, ein wenig mit dem Inhaber der Firma plaudern zu können, taugte sie allemal.

„Vielleicht sollten wir uns solch ein Gefährt mieten", hörte er Tonja in seine Gedanken hinein sagen.

„Genau das war auch gerade mein Gedanke", nickte er. „Scheint mir ein guter Anlass zu sein, den Laden zu betreten. Komm, wir gucken mal, ob wir den Chef personlich erwischen." Er griff nach Tonjas Hand, und sie schlenderten in gemächlichem Tempo auf die erstaunlich modern wirkende, rundum verglaste Ausstellungshalle zu, in der sie auch das Büro vermuteten.

„Moin." Schon gleich, nachdem sie durch die Tür in die angenehm klimatisierte Halle getreten waren, kam ein Mann mittleren Alters auf sie zu. Er lächelte ihnen freundlich zu und reichte ihnen die Hand.

„Moin. Sie sind Herr Wibben?", fragte Hasenkrug.

„So ist es. Heute ist alles Chefsache. Meine Angestellten haben hitzefrei." Er lachte über seinen eigenen Scherz, dann fragte er: „Sie interessieren sich für ein Fahrzeug?"

„Nicht wirklich." Hasenkrug zeigte mit einer unbestimmten Geste zur verglasten Fassade. „Ist ein bisschen zu heiß, um sich über ein neues Auto Gedanken zu machen. Außerdem sind wir in Urlaub. Beides auf einmal können wir uns nicht leisten."

Wieder ließ Tebbe Wibben sein sonores Lachen hören. „Hab' mich schon gewundert. Sie wären auch die Ersten, die bei dieser Hitze auf den Geschmack kommen. Hab' mir schon überlegt, in der nächsten Saison lieber auf Schlauchboote umzusatteln. Ist sowieso ein zukunftsträchtiges Geschäft hier an der Küste, wenn es mit dem Klimawandel so weitergeht. Autos braucht dann keine Sau mehr."

Hasenkrug grinste. Dieser Mann mit der Figur eines Teddybären und den unzähligen Lachfalten um die Augen war ihm sympathisch. Und nun wunderte es ihn auch nicht mehr, dass die gesamte Nachbarschaft bei der Frage, ob er womöglich seinen Bruder auf dem Gewissen haben könne, sofort abwinkte. Dass dieser gutmütig dreinblickende Mann auch nur die Hand gegen jemanden erheben sollte, schien völlig abwegig.

„Wir hätten Lust auf eine Fahrt mit dem Gokart", mischte sich Tonja ins Gespräch.

„Auch keine ganz gewöhnliche Idee bei diesem Wetter, aber durchaus machbar. Doppelsitzer?"

„Natürlich. Ich habe doch keine Lust zu treten", antwortete Hasenkrug prompt und kassierte von Tonja einen Rippenstoß. Während Tebbe Wibben wieder laut auflachte, überlegte Hasenkrug angestrengt, wie er das Thema nun am besten auf dessen Bruder Geert lenken konnte. Während sie dem Geschäftsmann zum Verkaufstresen folgten, fiel sein Blick auf eine Schwarzweiß-Fotografie, auf dem ein junges Paar mit seinen drei Kindern abgebildet war. Sie standen vor einem kleinen Laden, an dem ein ausgeblichenes Schild mit der Aufschrift *Kolonialwarenhandel* hing. „Ist das Ihre Familie?", fragte er und deutete mit dem Kopf auf das Bild.

„Ja", nickte Tebbe Wibben ohne von seinem Schriftstück, das er hervorgekramt hatte, aufzublicken. „Das sind meine Eltern mit mir und meinen Geschwistern vor dem Laden meiner Großeltern. Hm." Er schaute Hasenkrug von unten herauf an. „Es war damals einer der letzten Läden, die noch ein solches Schild hatten, weil Opa sich nicht davon trennen mochte. Nur wenige Monate nach der Aufnahme starb mein Großvater, und mein Vater hat es ruckzuck abmontiert. Er wollte modern sein und tauschte es gegen ein Schild mit der Aufschrift *Lebensmittel* aus." Er kratzte sich nachdenklich am Kinn. „Das Ganze hat noch rund fünf Jahre überlebt, und das auch nur, weil im Sommer die Touristen kamen und es nostalgisch fanden, in einem Tante-Emma-Laden voller Schubladen, Porzellantiegel und Bonbongläser einzukaufen. Doch von Nostalgie lässt sich schlecht leben, wenn die Großeinkäufe dann doch in den Supermärkten auf der grünen Wiese erledigt werden."

„Was hat Ihr Vater dann gemacht?"

„Er hat sich das Leben genommen", antwortete Tebbe Wibben so emotionslos, als hätte er festgestellt, dass am nächsten Tag die Sonne aufgehen würde.

Tonja schluckte schwer und ließ ihren Blick genau wie Hasenkrug noch mal zu dem gerahmten Foto schweifen. „Das muss Ihre Familie tief erschüttert haben", stellte sie nach kurzem Zögern fest. „Auf dem Bild sehen Sie alle so fröhlich aus."

„Fröhlich?" Es war, als zöge ein Schatten über Wibbens Gesicht. Dennoch sagte er in demselben gleichgültigen Tonfall wie zuvor: „Fröhlichkeit gab es bei uns nur, wenn unser Vater die Erlaubnis dazu gab. Also nie." Als er Hasenkrugs und Tonjas betretene Gesichter sah, fügte er wie zur Entschuldigung hinzu: „Er war ein Kriegskind. Seine drei Geschwister wurden vor seinen Augen verschüttet. 1944, im Bombenhagel, als Emden von den Briten in Schutt und Asche gelegt wurde. Krieg hat nichts Schönes."

Hasenkrug wusste nicht, ob es klug war, den Mann jetzt auf seinen womöglich getöteten Bruder anzusprechen. Andererseits hatte er keine Lust auf die Standpauke seines Chefs, wenn er bei seinem Vorsprechen hier nichts erreichte. Also nahm er einen tiefen Atemzug und sagte: „Ihre Familie scheint vom Unglück verfolgt zu sein. Gerade heute Morgen erfuhren wir, dass Ihr Bruder womöglich einem Verbrechen zum Opfer gefallen ist." Er zögerte einen Moment, bevor er hinzufügte: „Meine Lebensgefährtin war es, die ihn am Strand – ähm – gefunden hat, wissen Sie."

Tebbe Wibben schaute mit unbeweglicher Miene auf. „Ach, Sie sind das", sagte er dann. „Hab' natürlich gehört, wie das passiert ist. Kann nicht sagen, dass mich das besonders glücklich stimmt. Besser, er wäre für immer verschwunden geblieben. Geert macht immer nur Ärger, egal, wo er auftaucht. Selbst, wenn er tot aus dem Wasser kommt. Und nun müssen wir auch noch seine Beerdigung bezahlen." Er schnaubte, und erstmals, seit sie am Tresen standen, zeigte sich so etwas wie eine Gefühlsregung auf seinem Gesicht, die jedoch mit Schmerz oder Trauer nichts zu tun hatte. Vielmehr schien er nun verärgert zu sein. „Nicht mehr lang, dann wird die Polizei hier auftauchen. Ich wundere mich schon, dass von denen noch keiner hier war, wo die doch gestern anscheinend schon das ganze Dorf interviewt haben. Aber ist ja auch egal, ob die kommen oder nicht. Was soll ich denen schon sagen?"

„Die Wahrheit", schlug Hasenkrug nach einem kurzen Räuspern fort.

„Die Wahrheit?" Tebbe Wibben lachte bitter auf. „Glauben Sie mir, die Wahrheit will keiner hören. Dieses Gejammer von wegen der hatte 'ne schwere Kindheit und so."

„Hatte er?", fragte Tonja.

Tebbe Wibben drehte sich um, schürzte die Lippen und betrachtete die Schwarzweiß-Fotografie so eingehend, als sähe er sie zum ersten Mal. Zwischen seinen Augen bildete sich eine steile Falte. Kurz sah es so aus, als wollte er seinen Gefühlen freien Lauf lassen, doch dann sagte er bloß: „Hatte er."

„Ihr Vater war schuld daran?", mutmaßte Hasenkrug.

„Nee. Er selbst. Man kann die Schuld für sein verpatztes Leben nicht immer auf die anderen schieben, auch wenn es einfach ist. Schließlich sind meine Schwester und ich ja auch normal geblieben, obwohl unser Vater 'nen Hau hatte. Außerdem hat der uns ja früh von seiner Gegenwart erlöst. Da hatten wir Zeit genug, uns von ihm zu erholen, auch wenn es meine Mutter nach seinem Tod verdammt schwer hatte. Aber das war typisch für ihn, dass er sich einfach aus dem Staub machte und sie mit allem sitzen ließ."

„Dennoch mein herzliches Beileid zum Tod Ihres Bruders", sagte Tonja nun etwas hilflos.

„Kein Grund zu leiden", knurrte der Mann. „Ich tu's ja auch nicht."

„Ist vielleicht auch ein bisschen früh", stellte Hasenkrug fest. „Noch scheint man ja gar nicht genau zu wissen, ob es sich bei dem Toten um Ihren Bruder handelt."

„Na, nun malen Sie mal nicht den Teufel an die Wand", knurrte Tebbe Wibben. „Das fehlt ja gerade noch, dass das plötzlich die Leiche von jemand anderem ist. Meine Frau macht mir die Hölle heiß, wenn Geert womöglich doch eines Tages wieder vor der Tür steht."

„Sie war wohl nicht so gut auf ihn zu sprechen."

„Sollt mich nicht wundern, wenn sie ihn umgebracht hat. Die waren wie Feuer und Wasser, die beiden", meinte der Mann schulterzuckend, zwinkerte Hasenkrug dann jedoch verschwörerisch zu. „War natürlich ein Witz. Nicht, dass die Gerüchte im Dorf noch befeuert werden. Nachher sitz ich alleine mit meinen vier Kindern da, und das kann ich nun wirklich nicht gebrauchen."

Hasenkrug war sich nicht sicher, ob er dem Humor seines Gegenübers viel abgewinnen konnte, ließ sich seine Irritation jedoch nicht anmerken, sondern verzog den Mund zu einem breiten Grinsen. „Verstehe", sagte er und zwinkerte nun ebenfalls. „Und Ihre Schwester? Was sagt sie zum – ähm – Verschwinden Ihres Bruders? Lebt sie auch hier in der Nähe?"

„Edda? Nee. Die lebt schon seit ewigen Zeiten am Bodensee. Hab' sie schon lange nicht mehr gesehen. Seit der Beerdigung unserer Mutter vor rund fünf Jahren, glaube ich."

Gerne hätte Hasenkrug noch weitere Fragen gestellt, doch gerade noch rechtzeitig fiel ihm ein, dass er nicht in offizieller Mission hier war. Auf keinen Fall also durfte dieses unverbindliche Gespräch den Charakter einer Zeugenbefragung bekommen. Dabei wäre genau jetzt ein guter Zeitpunkt gewesen, ein bisschen konkreter zu werden. Sein Status als verdeckter Ermittler schien ihm da nicht gerade hilfreich zu sein.

„So, für wie lange wollen Sie das Gokart denn haben?" Tebbe Wibben schob ihm ein vorgefertigtes Formular mit der Überschrift *Mietvertrag* über den Tresen.

„Bitte?" Hasenkrug schaute den Mann verständnislos an.

„Für zwei Stunden", antwortete Tonja schnell und machte sich daran, das Formular auszufüllen.

„Ach so. Das Gokart." Hasenkrug spürte, wie ihm das Blut heiß ins Gesicht stieg. Für einen Augenblick hatte er tatsächlich vergessen, weshalb sie eigentlich hier waren. Sein

Chef hatte schon recht: Er war ein miserabler Undercover-Agent. Alarmiert schaute er sein Gegenüber an, als der jetzt sagte: „Sehen Sie, das hab ich mir schon gedacht, dass Sie aus einem ganz anderen Grund hier reingekommen sind."

Hasenkrug schluckte. Hatte er es tatsächlich schon wieder vermasselt? „Aus – ähm – ein anderer Grund? Wie meinen Sie denn das jetzt?", stammelte er und ärgerte sich im nächsten Moment über sich selbst. Professionalität sah eindeutig anders aus. Aus den Augenwinkeln schielte er zu Tonja hinüber, die gerade damit beschäftigt war, ihr Portemonnaie aus der Handtasche zu ziehen. „Was macht das denn?", fragte sie, ohne eine Miene zu verziehen.

„Acht Euro plus zehn Euro Pfand." Als Wibben auf den Zwanzigeuroschein, den Tonja ihm reichte, herausgegeben hatte, wandte er sich mit einem Grinsen an Hasenkrug: „Tja, ich hätte ja jetzt gesagt, es ist okay, dass Sie sich einfach mal in meinen klimatisierten Verkaufsräumen ein bisschen abkühlen wollen. Das machen viele, die hier vorbeikommen, auch wenn die meisten es natürlich nie zugeben würden. Aber wie mir scheint, ist Ihre Frau wild entschlossen, in der Affenhitze im offenen Gefährt durch die Gegend zu gurken. Da kann man dann ja wohl nichts dran tun."

Hasenkrug musste an sich halten, um nicht erleichtert aufzuatmen, da man ihn anscheinend doch nicht enttarnt hatte. „Tja, dann wünsche ich noch …", setzte er zu einer Erwiderung an, als hinter ihnen die Glastür aufschwang und eine zierliche, aber anscheinend energische Frau mit in die Hüften gestemmten Fäusten auf sie zugeschossen kam. Ohne einen Gruß ging sie um den Verkaufstresen herum, baute sich vor Tebbe Wibben auf, legte den Kopf in den Nacken und sagte: „Es reicht ja wohl nicht, dass uns dein Bruder in den letzten Wochen das Leben zur Hölle gemacht hat. Nee. Nun, wo ihn die Nordsee angeblich völlig zerfleddert wieder ausgespuckt hat, soll ich plötzlich diejenige sein, die ihn da reinbefördert hat. Als hätte ich nichts Besseres zu tun, als Leute zu ermorden. Alle im Dorf gucken mich schon komisch an und tuscheln, wenn ich an ihnen vorbeilaufe. Sieh bloß zu, Tebbe, dass das wieder in Ordnung kommt!“

„Und was genau soll ich da jetzt tun?“, fragte Tebbe Wibben mit bemerkenswert ruhiger Stimme. „Tot isser nun ja schon. Umbringen fällt also aus.“ Ehe die Frau etwas erwidern konnte, wandte er sich an Hasenkrug und Tonja. „Darf ich Ihnen meine Frau Marion vorstellen?“

„Angenehm“, erwiderte Hasenkrug reflexartig. Er hatte Mühe, die so burschikos auftretende Frau nicht mit großen Augen anzustarren. Dieses zierliche Persönchen, das die Figur eines vielleicht vierzehnjährigen Mädchens hatte, sollte die gefürchtete Marion Wibben sein? Bei allem, was man ihm in der Zwischenzeit über sie zugetragen hatte, war er darauf gefasst gewesen, es mit einer leibhaftigen Walküre zu tun zu bekommen. Nun aber stand er einer Frau gegenüber, die aussah, als würde sie beim nächsten Windhauch vom Deich geweht. Kaum vorstellbar, dass sie einen gestandenen Mann wie Geert Wibben das Lebenslicht ausgeblasen haben sollte. Schließlich, so hatte es ihm sein Chef mitgeteilt, war ihr Schwager zeitlebens einen Meter fünfundachtzig groß gewesen und hatte rund neunzig Kilo auf die Waage gebracht. Marion Wibben aber maß vielleicht einen Meter sechzig. Wenn überhaupt. Und außerdem – Hasenkrug musterte sie von oben bis unten – wie nur hatte dieser Körper vier Kinder gebären können?

Gerne hätte Hasenkrug dem womöglich aufschlussreichen Dialog der Eheleute noch weiter gelauscht, Tonja aber sagte schnell an die Wibbens gewandt: „Vielen Dank und bis später. Wir bringen das Gokart ganz sicher pünktlich zurück." Dann hakte sie sich bei ihrem Lebensgefährten unter und bedeutete ihm mit einer Geste, die Halle zu verlassen. Im Gehen warf sie einen Blick auf den Anhänger des Schlüssels, den Tebbe Wibben ihr in die Hand gedrückt hatte, und sagte betont fröhlich: „Wir haben das Gokart mit der Nummer sieben, Schatz. Na, wenn das mal kein gutes Zeichen ist!"

Hasenkrug nickte abwesend. Er musste sich erstmal sammeln.

6

„Sie sind doch die Frau, die über Geert Wibben gestolpert ist, oder?" Ein für die Temperaturen viel zu warm gekleideter Mann um die sechzig, der sich im Biergarten eines Restaurants zu ihr und Sebastian Hasenkrug an den langen Tisch gesetzt hatte, sah Tonja mit unverhohlener Neugier an. Er hatte, genau wie sie, einen Teller Granat auf Schwarzbrot und ein frisch gezapftes Bier vor sich stehen, von dem er jetzt einen großen Schluck nahm, einen herzhaften Rülpser ausstieß und sich dann mit dem Ärmel seines Flanellhemds den Schaum vom Mund wischte. „Ist ja nicht schön, wenn man so was im Urlaub erleben muss."

Tonja nickte nur. Sie hatte keine Lust, den Mann darüber aufzuklären, dass sie keineswegs in Ostfriesland Urlaub machte, sondern seit einigen Monaten wieder hier lebte. Nach einer unschönen Trennung von ihrem Ehemann hatte sie beschlossen, wieder in ihre Heimat zurückzukehren, außerhalb derer sie sich sowieso nie wirklich zuhause gefühlt hatte.

Dass sie hier dann gleich einen neuen Mann kennen lernen und sich in ihn verlieben würde, hatte nicht zum Plan gehört. Genau genommen hatte sie sich selbst sogar eine längere Abstinenz auferlegt, was das andere Geschlecht anging.

Aber wie das Schicksal manchmal so spielte, war ihr an einem schwül-warmen Tag im Frühsommer Sebastian Hasenkrug über den Weg gelaufen. Sie hatten sich beide in Emden unter das Vordach eines Geschäftes geflüchtet, als ein heftiger, minutenlanger Gewitterschauer über der Stadt niederging. Es hatte nicht lange gedauert, bis sie miteinander ins Gespräch kamen. Sein verschmitzter Humor hatte ihr sofort gefallen, genauso wie die gut trainierte Muskulatur seines Oberkörpers, die sich unter seinem durchnässten weißen T-Shirt abzeichnete.

Während sie sich unterhielten und lachten, hatte sie mit Bedauern festgestellt, dass der Regen langsam nachließ. Als Sebastian sich dann wieder auf den Weg machen wollte, hatte sie sich ein Herz gefasst und ihn gefragt, ob er nicht vielleicht noch Lust auf eine Tasse Kaffee habe. Es war ein Abendessen beim Italiener daraus geworden. Nur wenige Tage später waren sie ein Paar und – davon war Tonja auch Wochen später noch überzeugt – sie war mit einem Mann noch nie so glücklich gewesen.

„Sie haben Geert Wibben gekannt?", fragte nun Hasenkrug an den Mann gewandt, nachdem er bemerkt hatte, dass Tonja keine Lust verspürte, auf dessen Bemerkung einzugehen. Er jedoch sah sich offenbar in der Pflicht, seiner Aufgabe als Undercover-Agent – wie er sich scherzhaft selber nannte – nachzukommen. Er warf Tonja einen verstohlenen Blick zu. Doch sie lächelte ihm nur mit einem Nicken zu zum Zeichen, dass sie auch jetzt nichts dagegen hatte, wenn er die Leute ausfragte, während sie die stille Beobachterin gab und ihr Essen genoss.

„Was heißt schon gekannt", antwortete der Mann im

Flanellhemd und zuckte mit den Schultern. „So, wie man sich eben kennt, wenn man sich zwanzig Jahre nicht gesehen hat." Er nahm seine Papierserviette zur Hand und fuhr sich damit übers Gesicht, wobei ein Fetzen am schweißnassen Kinn kleben blieb und dieses wie ein kleiner Ziegenbart schmückte. „Aber netter geworden ist er in der Zeit nicht, der Herr Möchtegern-Millionär. Pah!" Dem Mann stoben bei diesem Ausruf ein paar Tropfen Speichel aus dem Mund. „Was hat Geert uns nicht alles erzählt, was aus ihm mal Großartiges wird, da drüben in Kanada! Und? Was war? Ein Griff ins Klo war's. Kommt hier wieder angekrochen, als sein Stiefvater tot ist, und tut so, als würde ihm jetzt das ganze Erbe zustehen. Das muss man sich mal vorstellen, wie unverschämt der war! Tebbe und seine Frau hatten bloß Last mit dem. Aber nu hat er ja sein Fett wech, und das ist auch man gut so."

Hasenkrug beugte sich ein wenig vor, legte seine Hand an den Mund und sagte in konspirativem Tonfall: „Glauben Sie auch, dass sein Bruder ihn auf dem Gewissen hat? Ich hatte, den Eindruck, dass die Polizei in diese Richtung ermittelt."

Der Mann sah ihn für einen längeren Augenblick verdutzt an, dann brach er in ein so grölendes Gelächter aus, dass ihnen nun auch die Blicke der Leute an den Nachbartischen sicher waren. „Tebbe? Ein Mörder? Das ist nicht Ihr Ernst, junger Mann!", japste der Mann und schien sich über diesen Verdacht köstlich zu amüsieren. „Da sieht man mal, wie wenig Ahnung die Bullen davon haben, was hier so läuft. Tebbe ein Mörder! Ich glaub's ja wohl nicht! Petra, noch ein Pils!", gab er im gleichen Atemzug eine Bestellung bei der Bedienung auf.

„Wenn es der Bruder nicht war", ließ Hasenkrug nicht locker, „haben Sie aber nicht zufällig einen Verdacht, wer es gewesen sein könnte?"

Der Mann zog seine Stirn in Falten und musterte ihn argwöhnisch. „Warum wollen Sie das wissen? Sind Sie auch ein Bulle?", fragte er mit wenig Begeisterung in der Stimme.

„Mein Mann ist Hobbydetektiv. Sie wissen schon, so eine Art Kalle Blomquist", sagte Tonja mit einem Augenzwinkern, als sie bemerkte, dass ihrem Freund auf die Schnelle keine plausible Erwiderung einfiel. Nun ja, zu einem James Bond reicht's bei ihm noch nicht, dachte sie, und grinste still in sich hinein.

Der Mann zögerte einen Augenblick, dann nickte er wissend. „Verstehe. Mir ist im Urlaub auch immer langweilig. Den ganzen Tag am Strand liegen und ein Buch lesen, das hält ja kein Mensch aus. Außer meine Frau natürlich. Aber ich such mir dann auch immer was anderes, was ich tun kann." Er schob seinen inzwischen geleerten Teller beiseite und steckte sich eine Zigarette an. Nach einem tiefen Lungenzug sagte er: „Und wenn es späte Rache war?"

„Späte Rache?" Hasenkrug horchte auf. „Sie meinen, da hatte noch jemand ein Motiv, Geert Wibben umzubringen, Herr … Wie war noch gleich Ihr Name?"

„Fenno Ukena."

„Sie sagten was von später Rache", wiederholte Hasenkrug, nachdem er sich und Tonja ebenfalls vorgestellt hatte.

„Jo. Und das nicht zu knapp." Der Mann gab einen grunzenden Ton von sich. „Also, wenn das meine Tochter gewesen wäre, dann hätte ich dem ja gleich die Luft rausgelassen. Aber besser spät als nie, sag ich immer. Ist ja völlig dran zerbrochen, der arme Mann, damals. Obwohl ich nicht wirklich glauben kann, dass der so was macht."

„Was ist denn passiert? Wer ist ein armer Mann?", mischte sich nun auch Tonja wieder ins Gespräch. Sie rückte ein Stück näher an Hasenkrug heran, da ihr die Sonne schon seit geraumer Zeit auf die Schulter schien und sie fürchtete, einen Sonnenbrand zu bekommen. Ihr Freund hingegen wurde komplett durch den riesigen Sonnenschirm abgeschattet, den man über der Biertischgarnitur aufgespannt hatte.

„Ich rede vom Vater der lütten Melanie. Die Kleine war acht Jahre alt, als Geert sie mit besoffenem Kopp über den Haufen gefahren hat. Mit dem Auto. Er war erst sechzehn, hatte noch nicht mal 'nen Führerschein. Drei Tage lang lag das arme Ding im Koma, dann ist sie gestorben. Hannes, was ihr Vater ist, war damals wie von Sinnen. Er hatte die Lütte alleine großgezogen, nachdem sich seine Frau sofort nach Melanies Geburt vom Acker gemacht hatte. Einen liebevolleren Vater hätte man sich nicht vorstellen können. Und dann das." In Erinnerung an die Ereignisse schüttelte Fenno Ukena den Kopf, nahm einen letzten Zug seiner Zigarette und drückte sie dann im Aschenbecher aus, während er den Rauch durch die Nase ausstieß.

„Und der Vater lebt noch in Dornumersiel?", hakte Hasenkrug nach.

„In Dornum. Er ist nie wieder ganz auf die Füße gekommen. Er ist arbeitslos, säuft wie ein Loch. Wenn der gehört hat, dass Geert wieder im Land ist … gut möglich, dass ihm da die Sicherung durchgebrannt ist. Kann man ihm nicht verdenken."

„Und Geert Wibben? Er muss doch damals bestraft worden sein."

Fenno Ukena machte eine wegwerfende Handbewegung. „Ach wat! Sie wissen ja, wie das ist. Bis mal ein Richter irgendwas dazu gesagt hatte, war der schon in Kanada. Geert mag ja ein Arschloch gewesen sein, aber dumm war der nicht."

Für eine ganze Weile sagte keiner ein Wort. Während Hasenkrug seinen Gedanken nachhing, blätterte Tonja in der Eiskarte. Sie hatte das Gefühl, jetzt dringend etwas Süßes zu brauchen. Schließlich winkte sie der Kellnerin und bestellte sich ein Banana-Split. „Möchtest du auch ein Eis?", fragte sie an ihren Freund gewandt.

„Einen Eiskaffee hätte ich gerne", nickte der, schien aber immer noch abwesend.

„So, ich muss dann mal wieder", meldete sich Fenno Ukena mit einem Blick auf die Uhr zu Wort, nachdem er ein weiteres Bier in einem Zug geleert hatte. Er stand auf und klopfte mit der Faust auf den Tisch. „Ich wünsche noch einen schönen Urlaub." Er schaute Tonja an und hob mahnend den Zeigefinger. „Und dass Sie mir nicht noch mal irgendwelche Leichen ausbuddeln. Das macht nur Umstände."

Wider Willen musste Tonja bei diesen Worten lachen und hob ihre Hand zum Gruß. „Mir scheint, dass wir bei der Verwandtschaft von Geert Wibben in Sachen Mörderhatz nicht weiterkommen", sagte sie, als der Mann gegangen war.

„Ich frage mich nur, wie man es schaffen kann, gerade einmal sechzehn Jahre alt zu sein und all seine Mitmenschen gegen sich aufzubringen", meinte Hasenkrug. „Und zwar so sehr gegen sich aufzubringen, dass auch zwanzig Jahre später keiner etwas mit einem zu tun haben will und auch nicht nachfragt, wenn man einfach verschwindet. Nicht mal der eigene Bruder."

„Ich fürchte fast, dass wir noch sehr viel mehr Dreck aufwühlen, wenn wir weiter in der Vergangenheit dieses Mannes graben", erwiderte Tonja. „Wer weiß, was er in Kanada noch so alles angestellt hat." Sie verzog das Gesicht zu einer Fratze. „Ehrlich gesagt, tut es mir fast schon leid, dass ausgerechnet durch mich die Ermittlungen in Gang gesetzt wurden. Bei manchen Toten wäre es besser, die Sache auf sich beruhen zu lassen. Mir tut jeder leid, der für einen Mord an solch einem Fiesling hinter Gitter muss." Sie sah ihren Freund, der gerade seinen Eiskaffee entgegennahm, fragend an. „Du kommst aus der Nummer jetzt nicht mehr raus, oder?"

„Ich bin Hobbydetektiv, schon vergessen?", zwinkerte Hasenkrug ihr zu. Dann aber wurde er wieder ernst. „Nein, ich fürchte, ich kann meinen Chef jetzt nicht hängenlassen, das wäre nicht fair." Er sog an seinem Strohhalm, bevor er hinzufügte: „Nur glaube ich so langsam, dass es einfacher wäre, ganz offiziell als Polizist aufzutreten. In solchen Situationen wie dieser gerade muss ich ständig aufpassen, dass ich nicht in meinen Verhörmodus verfalle. Ist ziemlich anstrengend."

„Ich hätte dir nicht sagen sollen, dass du dich in die Sache reinhängen sollst", seufzte Tonja. Während sie ihr Eis löffelte, legte sie einen so frustrierten Gesichtsausdruck an den Tag, dass Hasenkrug unweigerlich auflachen musste.

Er drückte ihr einen Kuss auf die Stirn und sagte: „Nun lass mal gut sein, Tonja, schließlich hätte ich ja auch selbst nein sagen können. So hänge ich eben mit drin. Für mich ist das nichts Besonderes, schließlich ist es mein Job." Er lächelte. „Nur dass ich diesmal immerhin das Glück habe, dass du mir zur Seite stehst. Ich schätze mal, dass wir in diesen Genuss nicht mehr allzu häufig kommen werden."

„Ob es ein Genuss ist, muss sich erst noch herausstellen", erwiderte Tonja. „Noch habe ich in meiner Unerfahrenheit nichts vermasselt. Aber was nicht ist, kann ja noch werden. Deshalb werde ich mich jetzt auch zurückhalten, wenn du mit Leuten über den Fall sprichst. Ich habe schon gemerkt, dass es nicht so einfach ist, wie es aussieht. Ein bisschen Geschick gehört dazu. Vor allem psychologisches Geschick. Und darin bin ich echt 'ne Niete."

Hasenkrug zuckte mit den Schultern. „Dafür kannst du Katzen kastrieren und renitenten Kühen eine Spritze verpassen. Ganz sicher würde ich schon alleine bei der Ankündigung, dass man so was von mir verlangt, in Ohnmacht kippen. So macht eben jeder seins. Außerdem ist es doch gar nicht so schlimm. Nicht bei jedem Fall hatte ich die Zeit, am helllichten Nachmittag in einem Biergarten herumzusitzen. Könnte alles schlimmer kommen."

„Wo treibt sich denn eigentlich dein Chef gerade herum?"

„Keine Ahnung. Ich glaube, er wollte noch mal an den Strand. Außerdem hat er irgendwas von einem festen Treffpunkt gefaselt, den wir hier unbedingt bräuchten. Bestimmt dauert es nicht lange, bis er mich anruft. So lange hat er es eigentlich noch nie durchgehalten, ohne mich zu kontaktieren."

„Ihr seid ein gutes Team, oder?", fragte Tonja. „Ich meine, das merkt man an der Art, wie ihr miteinander umgeht, auch wenn diese zuweilen ein wenig – hm – schroff ist. Aber im Grunde könnt ihr euch ziemlich gut leiden, oder?"

Hasenkrug brauchte eine Weile, bis er auf diese Frage antworten konnte. Er hat sich noch nie wirklich Gedanken darüber gemacht, ob er Büttner leiden konnte oder nicht. Er erinnerte sich an Situationen, wo er seinen Chef ohne zu zögern im nächsten Kanal ersäuft hätte und nur seine gute Kinderstube ihn davon abgehalten hatte. Dennoch hatte er nie das Gefühl gehabt, sich nicht auf ihn verlassen zu können. Auch würde Büttner ihn in einer misslichen Lage ganz sicher nicht im Stich lassen und ihn nie bei Vorgesetzten in die Pfanne hauen, selbst wenn er noch so viel Mist gebaut hätte. Umgekehrt war es genauso.

Doch, dachte er, genau genommen hatte Tonja recht. Er und sein Chef waren ein gutes Team.

„Moin. Hab' gerade Fenno getroffen. Er sagte mir, dass Sie die Frau sind, die über die Leiche von Geert Wibben gestolpert ist", sagte eine Männerstimme, als Hasenkrug gerade Tonjas Kopf zwischen beide Hände nahm, um sie zu küssen.

Tonja seufzte, kniff die Augen zusammen, musterte den vielleicht fünfzigjährigen, etwas verwahrlost aussehenden Herrn von oben bis unten und sagte dann: „Entschuldigung, aber ich pflege nicht über Leichen zu stolpern. Da müssen Sie sich wohl getäuscht haben."

Der Mann kniff die Lippen zusammen, dann erwiderte er: „Schade. Es ist nur … bitte entschuldigen Sie, dass ich Sie gestört habe. Ich dachte nur, Sie könnten mir vielleicht helfen." Der Mann, der die ganze Zeit eine anscheinend leere Papiertüte in seinen Händen geknetet hatte, drehte sich um und ging mit schlurfenden Schritten davon.

Tonja packte das schlechte Gewissen. Es war nicht ihre Art, so grob zu Menschen zu sein, und sofort tat ihr der Mann leid. „Wie könnte ich Ihnen denn helfen?", rief sie hinter ihm her.

Der Mann blieb stehen, zögerte kurz, drehte sich um und kam dann mit Tippelschritten auf sie zu. Mit Entsetzen sah Tonja, dass sich seine blutunterlaufenen Augen mit Tränen gefüllt hatten. Sie schluckte. Hatte ihre harsche Reaktion ihn so sehr verletzt?

„Mein Name ist Lammers. Hannes Lammers." Als der Mann vor ihr stand, streckte er ihr seine zitternde Hand hin. Tonja nahm an, dass er an Parkinson erkrankt war, in seinen Bewegungen zeigte er alle typischen Symptome.

Tonja erwiderte nichts, sondern lächelte ihm nur aufmunternd zu, während Hasenkrug ihm bedeutete, ihnen gegenüber Platz zu nehmen.

„Ist Geert wirklich tot?", fragte der Mann, nachdem er sich unter Stöhnen und Ächzen gesetzt hatte. Anscheinend hatte er auch Probleme mit den Gelenken.

„Der Mann, über den ich gestolpert bin, war wirklich tot", nickte Tonja und entschuldigte sich sogleich: „Tut mir leid, dass ich Sie angeschwindelt habe. Ist alles ein wenig viel momentan."

„Allerdings kann die Polizei noch nicht mit Gewissheit sagen, dass es sich bei dem Mann tatsächlich um Geert Wibben handelt. Die Ergebnisse der DNA-Analyse stehen noch aus – ähm – sagte mir der Kommissar."

„Er hat mein Kind überfahren", sagte Hannes Lammers nun mit kaum hörbarer Stimme. „Er hat mein einziges Kind überfahren."

Tonja und Hasenkrug sahen sich entgeistert an. Erst jetzt ging ihnen auf, wen sie vor sich hatten.

„Sind Sie der Vater von Melanie?", hauchte Tonja.

„Hat Fenno Ihnen davon erzählt?"

Tonja und Hasenkrug nickten.

„Wissen Sie, Geert hat mir nach dem Unfall ins Gesicht gelacht und gesagt, ich könne doch ein neues Kind machen, wenn ich unbedingt eines wolle."

Tonja stieß einen entsetzten Laut hervor und schlug sich die Hand vor den Mund. Tränen der Empörung traten ihr in die Augen. Und auf einmal war sie sich ganz sicher, dass sie nichts mehr dafür tun würde, den Mörder von Geert Wibben dingfest zu machen.

„Ich wollte Sie bitten, mir einfach nur Bescheid zu sagen, wenn Sie genau wissen, ob es sich bei dem Toten um den Mörder meiner Tochter handelt. Es würde mir einen gewissen Frieden verschaffen. Sie erfahren es sicherlich früher als ich." Er warf Hasenkrug einen langen Blick zu und fügte dann hinzu: „Sie sind doch von der Polizei, nicht wahr?"

Als Hasenkrug nicht antwortete, sondern ihn nur aus großen Augen ansah, fuhr der Mann fort: „Einen Kollegen erkenne ich noch heute auf hundert Meter Entfernung. Auch wenn ich schon zwanzig Jahre außer Dienst bin." Er erhob sich mit schmerzgeplagtem Gesichtsausdruck. „Bitte", wandte er sich an Tonja, „sagen Sie es mir?" Er drückte ihr einen zerknitterten Zettel mit seiner Telefonnummer in die Hand.

„Na-natürlich", stotterte sie. „Ver-versprochen."

Hannes Lammers nickte kaum merklich. „Keine Angst, ich werde Sie nicht verraten", sagte er beinahe flüsternd zu Hasenkrug. „Ein Polizist sollte wissen, wann er seine Klappe zu halten hat."

„Oh, mein Gott, wie furchtbar! Ich glaube, ich bekomme gleich einen Heulflash", jammerte Tonja, als der Mann außer Hörweite war. „Bitte, Sebastian, du musst mir versprechen, dass ihr den Mörder von Geert Wibben nicht findet. Es wäre nicht gerecht."

Sebastian Hasenkrug zuckte die Achseln, atmete einmal tief durch und widmete sich dann dem Rest seines inzwischen warm gewordenen Eiskaffees.

7

Es war dieser unverkennbare Geruchsmix aus Reinigungsmitteln, Schweiß und Gummimatten, der Hauptkommissar David Büttner für einen kurzen Moment daran zweifeln ließ, die richtige Entscheidung getroffen zu haben. Zu sehr erinnerte ihn der Mief der Turnhalle an die Sportstunden während seiner Schulzeit, in denen er weder am Barren, noch am Reck oder an sonstigem Gerät eine besonders gute Figur gemacht hatte. Auch an die Ballspiele erinnerte er sich nur mit einem gewissen Grauen, während er zu den Bundesjugendspielen nicht wirklich eine Meinung hatte, weil er an den Tagen ihrer Austragung grundsätzlich unpässlich gewesen war. Ja, wenn es darum ging, diesem verhassten, staatlich verordneten Kräftemessen eine Abfuhr zu erteilen, hatte seine Kreativität im Ausdenken neuer Krankheitsbilder keine Grenzen gekannt.

Umso erstaunter die Gesichter seiner Lehrer, als er auf Nachfrage kurz vor dem Abitur verkündete, dass er vorhabe, zur Polizei zu gehen. Einige der Pädagogen hatten dies für einen seiner üblichen Scherze gehalten und herzhaft darüber gelacht. Sein damals aktueller Sportlehrer hatte sich gar zu der Bemerkung hinreißen lassen, wie tief das geliebte Vaterland noch werde sinken müssen, bis man bei den Ordnungshütern solch einem *Bewegungs-*

legastheniker wie den Büttner erlaube, auch nur einen Fuß über die Schwelle eines Polizeireviers zu setzen.

Er hatte es ihnen allen gezeigt. Natürlich hatte er auch während seiner Ausbildung nicht eben die Bestnoten in sportlicher Betätigung bekommen, ausreichend war sein diesbezügliches Engagement jedoch allemal gewesen – auch wenn er nach wie vor den Verdacht hegte, dass sein Onkel, der damals ein hohes Tier im Polizeidienst gewesen war, irgendwie seine Finger im Spiel gehabt hatte. Oder wie sonst war das von einem Augenzwinkern begleitete Nicken zu verstehen gewesen, das Onkel Horst-Peter ohne Unterlass an den Tag legte, wenn er seinem Neffen bei familiären Anlässen begegnete?

Zunächst hatte Büttner geglaubt, dass der arme Onkel unter irgendeinem Tick leide, dieses augenzwinkernde Nicken also quasi eine Art Zwangshandlung war. Doch irgendwann war ihm aufgefallen, dass ihm, David Büttner, viel eher ein Exklusivrecht zuteil wurde. Seither übersetzte er diese Geste mit *Das haben wir aber sauber hingekriegt, wa!?* – auch wenn Onkel Horst-Peter mit fortschreitendem Alter an irgendwelchen neurologischen Störungen erkrankte, die das Nicken tatsächlich zu einem dauerhaften Teil seiner selbst werden ließen, ohne dass sein Neffe einen Anteil daran gehabt hätte.

„Na, das nenne ich doch mal eine Einsatzzentrale", hörte Büttner in seine Erinnerungen hinein die Stimme seines Assistenten. „Mieft ein bisschen nach quälerisch langen Sportstunden, aber ansonsten geht's doch."

Büttner wollte gerade eine diesbezügliche Bemerkung machen, als Sebastian Hasenkrug nach den von der Decke hängenden Ringen griff, kurz und tief Luft holte und sich dann in bemerkenswerter Geschwindigkeit zu einem Handstand emporschwang. „Cool, ich kann's noch", grinste er kopfüber zwischen seinen Armen hindurch, und es klang fast, als müsste er sich bei dieser akrobatischen Einlage noch nicht einmal anstrengen.

„Angeber", knurrte Büttner, nachdem er seinen vor Erstaunen offen stehenden Mund wieder geschlossen hatte. „Für 'nen Ermittler, den es faktisch gar nicht gibt, tragen Sie hier ziemlich dick auf. Wo haben Sie eigentlich Ihre Freundin Tamara gelassen?"

Hasenkrug knickte in der Hüfte ein, drehte langsam seinen Körper Richtung Boden, bis er schließlich wieder auf den Füßen stand. Er ließ die Ringe los und rieb die Handflächen aneinander. „Tonja. Sie heißt Tonja."

„Richtig."

„Sie wurde zu einem Notfall gerufen. Irgendein Pferd, das sich wohl überfressen hat, oder so ähnlich. Ihre Urlaubsvertretung scheint ein wenig überfordert zu sein."

„Das arme Pferd. Ich kann's ihm nachfühlen", grunzte Büttner und strich sich über den Bauch. „Wir hatten gestern Abend Freunde zu Besuch. Sie hatten gefühlt eine LKW-Ladung Grillfleisch dabei. Geschmeckt hat's ja, vor allem die Spareribs. Nur die Nacht danach …"

„Moin. Man sagte mir, dass ich hier richtig bin", wurde Büttner in seinen Ausführungen von einer unsicher klingenden Frauenstimme unterbrochen.

Er drehte sich um und erblickte eine Frau mittleren Alters. „Wenn Sie nicht zum Training kommen, dann könnte es stimmen."

„Nein." Die Frau warf einen Blick über die Schulter und fuhr sich nervös durch die Haare, bevor sie weitersprach: „Ich möchte eine Aussage machen. Zum Mordfall – ähm – also – zum Toten. Den vom Strand, meine ich. Geert Wibben."

„Darf ich fragen, wie Sie heißen?"

„Klobe. Ariane Klobe. Ich war gestern bei Freunden, und da traf ich ein Ehepaar, Tomke und Maarten – ähm …" Sie zeigte ein verlegenes Grinsen. „Den Nachnamen habe ich leider vergessen. Aber Tomke ist die Schwester von Keno, also meinem – nee – einem Freund natürlich. Also, ich …"

„Nun setzen Sie sich doch erstmal", unterbrach Büttner ihr Gestammel und deutete auf einen von vier Klappstühlen, die um einen provisorisch aufgestellten Tisch herum standen. Sie nickte und ließ sich dann umständlich auf den Stuhl sinken, der ihr am nächsten stand.

Büttner reichte ihr die Hand. „Moin, Frau Klobe. Mein Name ist Büttner, das hier – ähm, tja …" Nach einem energischen Räuspern von Hasenkrug geriet nun auch er ins Stottern. „Ach so – ähm – also – dieser Herr wollte sowieso gerade gehen", sagte er dann schnell. „Ein Zeuge – ähm, tja – genau wie Sie. Tschüss, Herr Hasen – ähm – dings."

„Tschüss." Hasenkrug hob die Hand zum Gruß. „Ich guck mich hier mal ein bisschen um."

„Also, Frau Klobe, wo drückt denn der Schuh?", kam Büttner zur Sache, nachdem er zwei Tassen mit Kaffee aus einer Thermoskanne gefüllt hatte. Schon jetzt vermisste er den Kaffeevollautomaten aus seinem Büro, aber Opfer mussten eben erbracht werden, wenn man nicht ständig von einem Ort zum anderen pendeln wollte. Zwischen Emden und Dornumersiel lag immerhin eine Strecke von gut fünfzig Kilometern. Angesichts dieser nicht unerheblichen Entfernung und der brütenden Hitze hatte er es für sinnvoll erachtet, in Dornum einen provisorischen Stützpunkt einzurichten und sich ein Zimmer in einer Pension anzumieten. Ersteres vor allem, weil er jetzt auch einen Raum hatte, an dem er sich ungestört mit seinen *verdeckten Ermittlern* zusammensetzen konnte. Auf Dauer war ihm der Biertisch vor dem Strandkiosk dafür als nicht geeignet erschienen – zumal Regine Lütjes, die Betreiberin des Kiosks, ihn dort auch am gestrigen Nachmittag noch mit ihren Erkenntnissen zugeschwallt hatte.

Er hatte sich gewundert, dass es tatsächlich eine Ostfriesin zu geben schien, die ihre Ansichten nicht in dürren Dreiwortsätzen zusammenfasste, sondern sich lieber auf das Halten von kriminologischen Vorlesungen in epischer Länge verlegte.

In Erinnerung an den Nachmittag verzog Büttner angesäuert das Gesicht. Schade eigentlich, dachte er bei sich, dass es ihm nicht gelungen war, ihrer etwas wirren Argumentation zu folgen, sonst säße der Täter womöglich bereits hinter Gittern. So aber musste er seinen Job wohl oder übel selber machen.

Ariane Klobe nahm einen so kräftigen Schluck Kaffee, als wollte sie sich damit Mut antrinken. Dann wischte sie sich mit dem Handrücken über den Mund und sagte mit dünner Stimme: „Ich hab da was beobachtet, und die anderen, also Keno und seine Schwester und so, meinten, ich solle damit zur Polizei gehen." Sie zögerte ein paar

Augenblicke und kaute nervös auf ihrer Unterlippe herum. „Vielleicht ist es aber auch nicht wichtig." Sie hob wie zur Abwehr die Hände. „Ich will hier auch nichts Falsches sagen."

„In einer Mordermittlung ist jedes Detail wichtig", versuchte Büttner die Frau zu beruhigen. „Insofern können Sie erstmal gar nichts verkehrt machen." Er fragte sich, warum sie einen so gehetzten Eindruck machte. Ihre ganze Körperhaltung drückte eigentlich nur eines aus: Den Willen zur Flucht. Dabei wollte sie doch anscheinend nur eine ganz normale Zeugenaussage machen. Wo also lag ihr Problem?

„Also, in der Nacht, bevor Geert Wibben verschwand, da hab ich beobachtet, wie unsere Nachbarn von gegenüber, die Viskers, etwas Schweres aus dem Haus zum Auto getragen haben. Es sah aus wie eine Leiche, die in einen Teppich gerollt war. So, wie man es immer im Fernsehen sieht."

„Im Fernsehen. Soso." Büttner liebte Vergleiche mit TV-Krimis, die mit der Realität ungefähr so viel zu tun hatten wie Eisbären mit der Sahara. Er musterte die Frau mit dem dunklen Wuschelkopf. Sie musste die Zeugin sein, die Tomke Sieverts ihm am Morgen per WhatsApp angekündigt hatte. Zumindest war in ihrer Nachricht auch von einer nächtlichen Aktion mit einem Teppich die Rede gewesen. Allerdings hatte Tomke von einer selbstbewussten und fröhlichen Frau gesprochen. Er schnaubte kaum hörbar. Selbstbewusst und fröhlich? Das war nun wirklich nicht die Beschreibung, die er für die so unsicher wirkende Ariane Klobe gewählt hätte.

„Was genau hatten die Viskers mit Geert Wibben zu tun?", fragte er.

„Ich weiß es nicht. Ich bin hier nur in Urlaub. Eigentlich kenne ich die Viskers überhaupt nicht. Ich weiß nur, dass er, also André Visker, seine Frau behandelt wie eine Sklavin." Aus scheinbar unerfindlichem Grund warf Ariane Klobe nun einen verstohlenen Blick zum Ausgang der Turnhalle, bevor sie damit begann, mit zittrigen Fingern an ihrem Ehering zu drehen.

„Hat Ihnen etwas Angst gemacht?", fragte Büttner vorsichtig. „Sie wirken ein wenig – nun ja – verunsichert."

„Nein. Nein, nein!" Ariane Klobe schüttelte heftig den Kopf. Ein wenig zu heftig, wie Büttner fand. So langsam sprang ihre Nervosität auf ihn über. Da stimmte doch was nicht!

„Frau Klobe, wenn Sie vor etwas Angst haben, dann …"

„Ich – muss jetzt gehen." Die Frau sprang so schwungvoll auf, dass ihr Stuhl ins Wanken geriet und schließlich mit einem in der Halle laut widerhallenden Scheppern zu Boden fiel. „Oh. Tut mir leid. Aber mehr weiß ich auch nicht. Tut mir leid."

Kaum, dass Ariane Klobe die Halle verlassen hatte, kam Hasenkrug wieder zur Tür hereinmarschiert und sah seinen Chef mit gerunzelter Stirn an. „Ich habe vor der Tür gestanden und gelauscht. Leider haben Sie zu leise gesprochen." Er deutete auf die Tür. „Was haben Sie denn mit der gemacht? Die rannte um die Ecke, als wäre eine ganze Meute Kampfhunde hinter ihr her."

Büttner zuckte die Schultern und zog einen Schokoriegel aus seiner Aktentasche, den er missmutig musterte. Anscheinend war ihm die lange Autofahrt nicht so gut bekommen, obwohl die Klimaanlage eingeschaltet gewesen war. Oder war es hier in der Halle zu warm? Zumindest hatte der Riegel die Konsistenz von Schokoladenmousse. Schade eigentlich.

„Irgendwas muss ihr passiert oder begegnet sein. Je länger sie hier saß, desto unruhiger wurde sie. Ich würde sogar sagen, sie hatte Angst."

„Haben Sie sie denn nicht darauf angesprochen?"

„Bin ich ein Amateur, oder was?" Büttner verzog das Gesicht. „Natürlich habe ich sie gefragt, was los ist. Aber da kam nichts."

„Seltsam." Hasenkrug sah zu Büttners Erleichterung diesmal von Turnübungen ab und ließ sich auf einen der Stühle sinken. „Hat sie uns denn wenigstens in der Sache weiterbringen können?"

„Ach was. Sie hat nur das wiederholt, was Tomke Sieverts uns auch schon gesagt hatte. Eine Leiche im Teppich. Wie im Fernsehen."

Hasenkrug zog die Stirn in Falten. „Gerade habe ich mit Maarten Sieverts telefoniert. Er hat mir vom gestrigen Grillabend bei der Verwandtschaft erzählt und extra erwähnt, wie fröhlich und aufgeschlossen sich Ariane Klobe gegeben habe." Er deutete auf die Tür, bevor er hinzufügte: „Also entweder war das gerade eine schlechte Kopie, oder aber ..."

„Jemand hat von ihrem Verdacht erfahren und droht ihr mit Konsequenzen, falls sie die Klappe zu weit aufreißt", beendete Büttner den Satz.

„Ja. So oder so ähnlich."

„Wir werden sie im Auge behalten müssen." Büttner schielte zu seinem angematschten Schokoriegel hinüber, konnte sich jedoch immer noch nicht dazu entschließen, ihn vom Papier zu lecken. Vielleicht erholte er sich ja wieder? „Wissen Sie inzwischen Näheres zu den Wibbens zu sagen?", wechselte er dann das Thema.

„Sie meinen den Bruder des mutmaßlichen Opfers und seine Frau? Überall hört man, dass Marion Wibben zwar sehr resolut sei – was ich ohne zu zögern beeiden würde – dass man sich die beiden jedoch kaum als kaltblütige Mörder vorstellen könne."

„Könnte auch 'ne Affekttat gewesen sein", gab Büttner zu bedenken. „Es macht ja schließlich keiner einen Hehl daraus, dass Geert Wibben gut darin war, die Leute zur Weißglut zu treiben. Und wenn seine Schwägerin in einer solchen Situation womöglich gerade ihre Bratpfanne in Griffweite hatte …" Er ließ den Satz unbeendet im Raum hängen.

„Wie zitierte Maarten Sieverts seinen Schwager Keno so schön: Marion ist zwar laut, aber nicht brutal. Jeder im Dorf weiß, dass die einzige Körperverletzung, die einem durch Marion Wibben widerfahren kann, das Platzen des Trommelfells ist."

„Hm. Klingt nicht so, als wären wir nun schon viel weiter als gestern", seufzte Büttner.

„Außer, dass wir uns gestern noch der Hoffnung hingeben konnten, dass der Täter oder die Täterin im Familienkreis zu finden ist. Nun aber fürchte ich, dass wir weitergraben müssen", erwiderte Hasenkrug. „Da wäre noch der Vater der kleinen Melanie, von dem ich Ihnen am

Telefon erzählt habe. Aber nach wie vor kann ich mir nicht vorstellen, dass er zu einem Mord fähig ist. Alleine seine körperliche Konstitution scheint dagegen zu sprechen. Aber da kann ich mich natürlich täuschen. In ihrer Wut entwickeln Menschen ja bekanntlich ungeahnte Kräfte. Also, wo fangen wir an?"

„Haben wir unser Opfer schon gefilzt?", fragte Büttner. „Immerhin ist er fast vierzig Jahre alt geworden, da erlebt und fabriziert man doch so Einiges. Welche Kontakte hat er in Kanada? Wie war seine finanzielle Situation? Das volle Programm eben."

„Die Kollegen sind dran. Ich warte quasi minütlich auf ihren Bericht."

„Gut. Dann werde ich mich jetzt mal auf den Weg zu diesen Viskers machen, die nachts angeblich mit Leichen gefüllte Teppiche entsorgen. Ist ja immer auch interessant, die andere Seite der Geschichte zu hören. Womöglich sind sie nur in der illegalen Entsorgung von Sondermüll engagiert. Das wäre praktisch, denn dann hätten wenigstens wir nichts damit zu tun."

„Apropos andere Seite der Geschichte", rief Hasenkrug seinem Chef hinterher, als der schon fast zur Tür hinaus war, „da ich ja undercover unterwegs bin, werde ich mich jetzt auch mal wieder ins Getümmel stürzen und Volkes Meinung über die Viskers und Hannes Lammers einholen." Ein Blick auf seine WhatsApp-Mitteilungen sagte ihm, dass Tonja in einer halben Stunde in der Turnhalle sein würde.

Also würde er auf sie warten und die Sache dann mit ihr gemeinsam angehen.

8

Manuela Visker hatte sich sehr auf diesen Tag gefreut. Seit Jahren schon wollte sie ihren Geburtstag mal so richtig groß feiern, mit jedem Tamtam, den man sich nur vorstellen konnte. Doch jetzt, da es soweit war, fühlte sie sich einfach nur ausgelaugt. Am liebsten hätte sie die Gäste wieder ausgeladen, aber das war natürlich nicht mehr möglich. Am heutigen Vormittag kam die Verwandtschaft, am späteren Nachmittag dann die Freunde. Die Party würde bis spät in die Nacht dauern, zumal die Temperaturen dann erst richtig angenehm würden. Also musste sie gute Miene zu bösem Spiel machen.

Sie stand am Fenster und schaute zu ihrem Mann André hinüber, der fröhlich pfeifend im Garten am selbstgemauerten Grill stand und die ersten Würstchen wendete, damit die acht Kinder der Gäste – in erster Linie ihre Neffen und Nichten – und ihr eigener Enkelsohn als erste versorgt werden konnten. Die Erwachsenen würden dann später in Ruhe essen, während die Kinder im extra zu diesem Zweck angeschafften Pool plantschten oder sich im Baumhaus vergnügten, das noch von Manuelas eigenen Kindern stammte und von André nach deren Auszug instandgehalten worden war.

Beim Gedanken an die schöne Zeit, die sie mit ihren

Kindern in diesem Haus mit dem weitläufigen Garten verbracht hatte, füllten sich Manuelas Augen mit Tränen. Nachdem sie ausgezogen waren, war nichts mehr wie zuvor.

Auch kämpfte sie schon seit Tagen – oder genau genommen seit dieser furchtbaren Nacht – mit einer latenten Übelkeit, die ihr den Appetit auf alles Essbare nahm.

Wiederholt hatte sie zu André gesagt, dass diese Situation sie überfordere, dass sie es nicht bis zum Ende ihrer Tage würde ertragen können zu schweigen. Aber er hatte nur hämisch gelacht und gesagt, sie solle einfach so weitermachen wie bisher, es sei doch nichts geschehen.

Nichts geschehen? Nicht erst seit dieser Bemerkung betrachtete Manuela ihren Ehemann wie einen Fremden, aber durch die Ereignisse hatte sich dieses Gefühl nochmals verstärkt. Jede Nacht wurde sie von Albträumen geplagt und wachte schweißgebadet auf. Sie hatte sich vom Arzt starke Beruhigungsmittel verschreiben lassen, damit sie die Tage ohne Panikattacken überstand. Und da behauptete André einfach, es sei nichts geschehen? Merkte er denn nicht, dass seit dieser Nacht alles anders war als zuvor? Merkte er nicht, dass *sie* anders war als zuvor?

Nein, vermutlich nicht, beantwortete sie selbst ihre Frage. André war nie ein empathischer Mensch gewesen, vor allem jedoch war er ein wahrer Meister im Verdrängen. Was nicht sein durfte, das gab es für ihn auch nicht. Auch wenn bei ihren Kindern früher irgendetwas aus dem Ruder gelaufen war, hatte er sich stets aus der Affäre gezogen und sie mit der Lösung des Problems alleine gelassen. Oder als seine Eltern so schwer erkrankten und kurz nacheinander starben. Nicht ein einziges Mal hatte er sie besucht, sondern erst an ihrem Grab von ihnen Abschied genommen. Für Manuela war diese Situation unerträglich gewesen. Noch immer sah sie die flehenden Augen ihrer Schwiegermutter vor sich und hörte deren mit tränenerstickter Stimme gestellte Frage: „Will denn mein Junge gar nicht kommen?"

Nein. André wollte nicht kommen. Und irgendwann waren auch Manuela keine Ausflüchte mehr eingefallen, die ihren Mann entschuldigten. Also hatte sie nur stumm den Kopf geschüttelt und die Hand der alten Dame gehalten, bis diese mit tränennassen Augen entschlafen war.

Wie sehr sie ihren Mann seither verachtete! Nach diesem Erlebnis hatte sie sich nicht zum ersten Mal geschworen, ihn zu verlassen. Nein, das hatte sie schon nach jedem seiner Seitensprünge getan. Doch war sie finanziell von ihm abhängig, hatte nie einen Beruf ausgeübt, sich immer um den Haushalt und ihre drei Kinder gekümmert. Und dann plötzlich diese furchtbare Nacht, die alles nur noch schlimmer machte …

„Ach, hier bist du", wurde sie von einer Stimme aus den Gedanken gerissen, „warum verschanzt du dich denn im Schlafzimmer? Du bist ja ganz blass. Ist dir nicht gut?"

Ob ihr nicht gut war? Manuela seufzte innerlich und drehte sich zu ihrer Schwester Carola um. „Nee, nee", schüttelte sie den Kopf und versuchte ein Lächeln, das jedoch kläglich misslang, „mir war nur ein klein wenig – ich habe eine Tablette genommen, nun geht's wieder."

„Wieder deine Migräne? Das ist die Aufregung." Carola nahm sie in den Arm und drückte sie an sich. „Ist es nicht ganz wunderbar, dass es heute endlich so weit ist? Ich freu mich so für dich, dass endlich die große Party steigen kann, die du dir so sehr gewünscht hast!"

„Ich weiß nicht, ob es richtig ist, was wir hier tun", zuckte Manuela die Schultern. Sie zögerte kurz, bevor sie weitersprach: „Nun haben sie gerade erst die Leiche am Strand gefunden …"

„Papperlapapp!", schnitt ihr Carola das Wort ab. „Wenn's danach ginge, dürften wir überhaupt nicht mehr feiern. Täglich geschieht doch irgendwas Furchtbares. Sich einfach mal zu freuen und Spaß zu haben wird doch noch erlaubt sein. Und guck mal, wie lange du dafür gespart hast!"

Gespart hast. Manuela zuckte bei dieser so unumwunden ausgesprochenen Wahrheit wie unter Hieben zusammen. Ja. Sie hatte sich für diese Feier jahrelang immer ein bisschen was von ihrem Taschengeld, wie André es nannte, zurückgelegt. *Wenn du etwas haben willst, dann musst du dafür sparen*, hatte ihr Mann ihr damals gesagt, *in diesem Leben bekommt keiner etwas geschenkt. Dafür bekommst du doch schließlich dein Taschengeld, Liebes.* Dabei hatte er seinen belehrenden Gesichtsausdruck aufgesetzt, den er auch bei seinen Kindern anwandte, wenn sie seiner Meinung nach überzogene Wünsche äußerten. Es hatte nur noch der erhobene Zeigefinger gefehlt.

„Entschuldige", sagte Carola geknickt, als sie die Reaktion ihrer Schwester sah, „das hätte ich nicht sagen sollen." Ihr Gesicht verfinsterte sich, wie immer, wenn das Gespräch auf ihren Schwager kam. Sie warf einen Blick aus dem Fenster und sah André gut gelaunt am Grill stehen. Inzwischen hatten sich noch drei weitere Männer zu ihm gesellt, und sie schienen ihren Spaß zu haben. „Dass du es mit diesem oberlehrerhaften Arschloch immer noch aushältst, ist wirklich erstaunlich."

„Du weißt doch …"

„Geschenkt." Carola hob abwehrend die Hände. „Ist ja alleine deine Entscheidung, was du mit deinem Leben anfängst." Als hätte jemand den Gute-Laune-Schalter bei ihr wieder angeknipst, ging ein Strahlen über ihr Gesicht. „So, und nun komm feiern, Schwesterchen! Gerade sind die Beekmanns eingetroffen, deshalb hatte ich dich auch gesucht. Wübkea kann es anscheinend gar nicht erwarten, dir ihr Geschenk zu überreichen. Sie war ganz aufgeregt, die alte Dame."

„Wübkea ist mitgekommen?" Zum ersten Mal an diesem Tag zeigte Manuela ein Lächeln, das auch ihre Augen erreichte. Sie liebte ihre Großtante abgöttisch, hatte jedoch befürchtet, dass diese aufgrund ihres fortgeschrittenen Alters von deutlich über neunzig Jahren die Fahrt von Greetsiel nach Dornumersiel nicht mehr auf sich nehmen würde. Schon gar nicht bei dieser Hitze. Doch da hatte sie sich wohl getäuscht.

„Wübkea wie sie leibt und lebt", lachte Carola. „Dafür kommen Hedda und die Kinder erst später, sie haben noch was zu erledigen. Aber Christian und Wübkea hat Hedda schon mal hergeschickt. Komm, sonst wird die Sahnetorte sauer, und das würde unsere Großtante dir mit Sicherheit nicht verzeihen." Sie fasste Manuela am Arm und schob sie zur Tür hinaus.

„Oh, Moin, mien Wicht*." Kaum, dass die beiden Frauen

---

* mein Mädchen

die von Rosenbüschen eingerahmte Terrasse betreten hatten, winkte ihnen Wübkea mit einer fahrigen Geste zu und erhob sich umständlich aus dem Sessel, den man extra für sie nach draußen geholt und an ein schattiges Plätzchen gestellt hatte.

„Bleib sitzen, Tantchen, ich …", setzte Manuela zum Sprechen an, wurde jedoch sogleich von der alten Dame unterbrochen.

„Dumm rumsitzen kann ich immer noch beim lieben Gott im Himmel", sagte Uroma Wübkea in ihrem typisch energischen Tonfall. „Nu lass dich mal drücken, mien Wicht." Sie legte unbeholfen ihren Arm um Manuelas Taille. „Mensch, was bist du groß geworden!", stellte sie dann mit einem überraschten Blick fest, weil ihr Kopf nur noch bis zu Manuelas Brust reichte. „Nu sach mal, wie alt bist du denn nu eigentlich geworden?"

„Siebenundvierzig", antwortete Manuela leise.

Uroma Wübkea funkelte sie von unten herauf mit böser Miene an und rief aus: „Was? Du bist schon vierzig? Nu lüch mich man bloß nicht an, Manuela!"

„Aber ich lüg doch nicht, Tantchen, ich bin wirklich siebenund…"

„Ach wat. Ihr jungen Leute glaubt immer, wir Alten wären tüdelich. Aber ich weiß doch ganz genau, dass du noch keine Vierzig bist. Dann wärst du ja mitten im Kriech geboren."

„Na ja …"

„Kinners nee, und was du dünn geworden bist!", ließ Uroma Wübkea ihre Großnichte auch diesmal nicht aussprechen und musterte sie aus schmalen Augen von oben bis unten, wobei die Spitze ihres Gehstocks in unregelmäßigem Stakkato die Holzbohlen der Terrasse traktierte. „Nur Haut und Knochen, dat Wicht. Sach deinem Mann, er soll dir fetten Speck geben." Sie kniff die Augen zu schmalen Schlitzen zusammen und sah sich um. „Wo ist der Nichtsnutz überhaupt?"

„Er grillt Würstchen für die Kinder."

„Dann tut er ja mal ausnahmsweise was Vernünftiges."

„Aber Tantchen …"

„Und deine Kinder?"

„Die sind …"

„Einer ist hier", meldete sich eine Stimme von der Seite. „Moin, Urururtante – oder wie viele Urs auch immer nötig sind." Noch ehe sich die alte Frau versah, spürte sie einen starken Arm um die Taille. Dann hoben ihre Füße vom Boden ab, und schon im nächsten Moment befand sie sich auf Augenhöhe mit Manuelas ältestem Sohn Andreas, der ihr einen Kuss auf die faltige Wange drückte. „Schön, dass du da bist, Tantchen. Wo ist denn dein Mann?"

„Bei den Kühen, wo sonst. Moin, mien Jung", war alles, was Uroma Wübkea dazu zu sagen hatte. „Und nu lass mich mal wieder runter, sonst wird deine Frau noch eifersüchtig."

„Könnte passieren, sie guckt schon ganz biestig."

Tatsächlich winkte ihnen Andreas' Frau, die mit ihrem knapp zweijährigen Sohn in der Sandkiste saß, lachend zu und warf eine Kusshand.

„Gibt's hier auch Torte?", wollte Uroma Wübkea wissen, als sie wieder festen Boden unter den Füßen hatte. Sie ließ sich in ihren Sessel sinken.

91

„Ja, Buttercremetorte und Sahnetorte. Nach dem Grillen."

„Ich will jetzt eine. Buttercreme. Das Fleisch vertrag ich nicht. Ist zu fett."

„Gut. Ich hol dir eine", seufzte Manuela ergeben, konnte sich ein Grinsen jedoch nicht verkneifen.

„Wolltest du Manuela nicht das Geschenk geben?", erinnerte Carola ihre Großtante, als ihre Schwester sich gerade auf den Weg in die Küche machen wollte.

„Oh Gommes nee, das Geschenk!", rief die alte Frau aus und sprang – auf den Gehstock gestützt, aber dennoch erstaunlich behände – aus ihrem Sessel auf. „Christian", rief sie ihrem Enkel zu, der in einer Gruppe Männer am Grill stand und sich angeregt unterhielt, „bring mir mal das Geschenk für Manuela!"

„Das liegt doch vor dir auf dem Tisch, Oma!", rief der zurück.

„Oh." Uroma Wübkea beugte sich soweit vor, bis ihre Nase fast den Tisch berührte, und fingerte dann einen mit einer roten Schleife geschmückten Briefumschlag vom Tisch, den sie ihrer Großnichte mit zittrigen Händen reichte. „Für dich. Herzlichen Glückwunsch, mien Wicht!"

Da jeder wusste, dass Uroma Wübkea ihre gesamte Verwandtschaft zu Geburtstagen gerne mit einem Fünfzigeuro-Schein beschenkte, war die Neugierde, was sich wohl in dem Umschlag befinden mochte, unter den Anwesenden nicht allzu groß. Umso größer jedoch war die Überraschung, als Manuela anstatt des Geldscheins nun eine Karte hervorzog, aus der wiederum ein Ticket herausfiel. Als Manuela sich nach dem Lesen des Tickets auch noch die Hand vor den Mund schlug und in eine Art Schnappatmung verfiel, hatte sie plötzlich die ungeteilte Aufmerksamkeit.

„Um Himmels willen, was ist denn da drin!?", fragte Carola und nahm ihrer Schwester das Ticket aus der Hand. „Oh", sagte sie dann und machte nun ebenfalls große Augen. „Das ist ja mal was."

„Eine Kreuzfahrt in der Karibik. Drei Wochen", stellte André fest, der zu ihnen getreten war und seiner Schwägerin über die Schulter schaute. „Geil. Und wo ist mein Ticket?"

„Du kriegst keins", schnappte Uroma Wübkea, als alle sie fragend ansahen.

„Guter Witz!", lachte André ein wenig zu laut auf. „Als würde Manuela alleine …"

„Sie wird", unterbrach ihn die alte Frau und schlug einmal hart mit ihrem Gehstock auf den Boden. „Wird Zeit, dass Manuela mal von allem hier wegkommt. Vor allem von deinem Geiz."

„Aber, Tantchen, das kannst du doch unmöglich ernst meinen!" André ließ ein unsicheres Lachen vernehmen, und auf seinem Hals zeigten sich hektische rote Flecken.

„Nicht mal eine Geburtstagsfeier kannst du deiner Frau bezahlen!", keifte Uroma Wübkea und funkelte ihn böse an. „Sie putzt und wischt dir all die Jahre hinterher, kümmert sich um deine Kinder und wäscht deine dreckigen Unterhosen. Und was ist der Dank? Hm." Sie brach in ihrer Tirade abrupt ab und hob schnuppernd ihre Nase. „Was riecht denn hier so angebrannt?"

„Scheiße, die Würstchen!" André schien nach dieser verbalen kalten Dusche nicht unglücklich darüber zu sein, wieder an seinen Grill zurückgehen zu können. Die zumeist hämischen Blicke der anderen Geburtstagsgäste im Rücken spürend fluchte er vor sich hin, und es waren Wortfetzen zu hören wie *Senile Alte* und *Soll doch endlich verrecken.*

„Das kann ich nicht annehmen, Tantchen", presste Manuela hervor. Sie umfasste jedoch ihr Ticket, das Carola ihr mit einem aufmunternden Lächeln zurückgegeben hatte, so fest mit beiden Händen, als wollte sie es nie wieder loslassen. Aus ihrem Gesicht war alle Farbe gewichen, sie schien mit der Situation völlig überfordert.

„Ich dachte, jetzt gibt's Kuchen." Uroma Wübkea wollte sich zu dem Thema anscheinend nicht mehr äußern. „Immer muss man hier verhungern."

„Moin. Mein Klingeln hat keiner gehört, da dachte ich, ich gehe mal dem Lärm nach. Sieht so aus, als käme ich ungelegen. Hier wird wohl gefeiert."

Manuela sah den korpulenten Mann, der plötzlich neben ihr auf der Terrasse stand, an wie eine Erscheinung. Sie wusste sofort, mit wem sie es zu tun hatte, denn sie hatte ihn bereits im Ort und am Strand beobachtet. Das Herz sackte ihr in die Hose. Erfasst von einem plötzlichen Schwindel, stützte sie sich am Tisch ab und ließ sich auf einen Stuhl fallen. *Adieu, Karibik*, dachte sie und fühlte, wie die Übelkeit wieder in ihr hochkroch.

„Mein Name ist Büttner, ich bin von der Kriminalpolizei", erklärte der Hauptkommissar schnaufend. Er zog seine Polizeimarke aus der Hosentasche und ließ seinen Blick in die Runde schweifen. „Ich hätte gerne mit den ..." Er stutzte. „Oh, wir kennen uns doch", unterbrach er sich dann selbst. „Es ist wohl die Zeit der fröhlichen Wiedersehen", grinste er und reichte Uroma Wübkea die Hand. „Moin, Frau Beekmann. Schön, Sie hier so munter zu sehen."

„Ich kenn Sie nicht", erwiderte Uroma Wübkea schroff. In ihrem Blick lag unverhohlene Skepsis, als sie ihn nun eingehend musterte.

„Mein Name ist Büttner", wiederholte der Polizist, „David Büttner. Ich war der ermittelnde Kommissar, als wir die Leiche bei Ihnen auf dem Hof gefunden haben. Sie erinnern sich, die Leiche in der Getr…"

„Was glauben Sie wohl, wie viele Leichen bei uns rumliegen!", blaffte die alte Bäuerin, zog ihre Hände zurück und faltete sie vor dem Bauch. „Natürlich erinnere ich mich daran." Ihr Blick blieb an seinem Bauch hängen. „Natürlich erinnere ich mich", sagte sie erneut. „Sie sind doch der dicke Polizist …"

„Ja, genau", beeilte sich Büttner abzuwiegeln. Er grüßte Uroma Wübkeas Enkel Christian, der nun vom Grill her zu ihm herüberwinkte.

„Und damals, als die Frau von Ernas Enkel Eike vom Kutter fiel, da waren Sie auch da. Glauben Sie mal bloß nicht, dass ich Sie nicht erkenne. Ich bin doch nicht senil."

„Das hätte ich auch nie angenommen", hob Büttner entschuldigend eine Hand. „Sind Sie mit den Viskers befreundet?"

„Nee. Manuela ist meine Großnichte", erklärte sie. „Die Tochter vom Sohn meines Bruders. Aber der ist schon lange tot. Also beide."

„Aha."

„Und der Nichtsnutz dahinten, der immer die Würstchen verbrennen lässt, das ist ihr Mann André. Deshalb schicke ich sie nun auch in die Karibik."

„Verstehe", log Büttner. Er hatte keine Lust, nochmals von der alten Dame angeschnauzt zu werden. Vergebens.

„Glaube ich Ihnen nicht. Woher wollen Sie denn wohl wissen, dass Manuela in die Karibik fliegt!? Ich hab's vorher nämlich keinem erzählt. Bis auf Christian natürlich. Der musste ja das Ticket aus dem Internet holen. Wussten Sie, dass man Tickets aus dem Internet holen kann?" Sie runzelte die Stirn. „Ich frag mich immer, wer die da wohl reinsteckt."

„Öhm …"

„Sehen Sie, Sie wissen nix."

Büttner räusperte sich vernehmlich, als er bemerkte, dass ihn die Umstehenden mit einem Grinsen musterten. Schnell sagte er: „Dafür würde ich jetzt gerne mit den Viskers sprechen. Mit Manuela und André Visker. Es dauert nicht lange."

„Manuela wollte mir gerade ein Stück Torte holen", ergriff Uroma Wübkea wieder das Wort, noch bevor jemand anderer etwas sagen konnte. „Setzen Sie sich, Herr Kommissar, dann kriegen Sie auch eins. Und 'ne Tasse Tee dazu. Sonst rutscht es nicht so gut."

„Aber ich wollte wirklich nur …"

„Setzen Sie sich!"

„Okay." Büttner kapitulierte, was ihm beim Anblick der Torte, die nun von Carola herausgetragen wurde, allerdings auch nicht schwerfiel. Er dachte an seinen angematschten Schokoriegel, den er nicht hatte essen können, und befand, dass er noch ein paar Kalorien gut hatte. Er nickte Carola dankbar zu, die ihm ein großes Stück auf den Teller schaufelte. „Der Tee kommt gleich", sagte sie, „ich hab ihn gerade aufgegossen."

„Was – wollen Sie denn von mir und meinem Mann?", fragte Manuela, nachdem sie ein paarmal tief Luft geholt und ihren Teller mit der Torte beiseite geschoben hatte. Sie bemerkte, wie unsicher ihre Stimme klang und ärgerte sich über sich selbst. Konnte sie nicht ein einziges Mal die Nerven behalten? Jetzt, wo es darum ging, in die Karibik zu reisen?

„Sie sind Manuela Visker?", schmatzte Büttner, nachdem er sich einen Bissen von dem Kuchen in den Mund geschaufelt hatte.

„Ja. Wenn Sie wollen, dann kann ich meinen Mann dazuholen …"

„Nu iss du mal erstmal deinen Kuchen, damit du was auf die Rippen kriegst." Uroma Wübkea schob den Teller zur ihrer Großnichte zurück. „Finden Sie nicht auch, dass das Kind viel zu dürr ist, Herr Kommissar?"

„Nun – ähm – na ja." Büttner entschied sich, nicht auf die Frage einzugehen, und wandte sich stattdessen an Manuela. „Am besten wird sein, wir sprechen uns unter sechs Augen. Es wird auch nicht lange dauern. Ist aber dringend."

„Natürlich." Manuela schöpfte Hoffnung, dass er womöglich doch nicht gekommen war, um sie zu verhaften. Vermutlich würde er hier dann nicht in aller Ruhe seinen Kuchen essen. Oder war er bereits so abgestumpft, dass er keinen Gedanken an ihre Gefühle verschwendete?

„Sie könnten dem Kind ruhig mal zum Geburtstag gratulieren", ließ Uroma Wübkea nicht locker. „Schließlich essen Sie auch ihre Torte."

„Herzlichen Glückwunsch."

„Danke", nickte Manuela abwesend und warf einen Blick zu ihrem Mann hinüber, der gerade ein paar Nackenkoteletts auf den Grill legte. „Natürlich", sagte sie dann, „wir können gleich reingehen. Worum geht's denn eigentlich?" Sie bemühte sich, ihrer Stimme einen festen Klang zu geben, was allerdings misslang. *Denk an die Karibik*, befahl sie sich, *denk an die Karibik!*

„Das sage ich Ihnen dann schon." Büttner nickte Carola lächelnd zu, als sie ihm eine Tasse Tee einschenkte.

„Ich nehme an, es geht um – Geert Wibben?", ließ Manuela nicht locker.

„Sie entschuldigen mich", sagte Büttner anstatt einer Antwort und zog sein Handy aus der Tasche, das angefangen hatte zu schrillen. Er stand auf und warf einen Blick auf das Display, das jedoch eine ihm unbekannte Nummer zeigte. „Ja, bitte", sagte er, nachdem er den Anruf angenommen hatte. „Frau Feldmann", begrüßte er Hasenkrugs Freundin Tonja und lief ein Stück in den Garten hinein, „was kann ich für Sie … Hasenkrug? Nein, ich hab ihn zuletzt in der Turnhalle … ach, da ist er nicht … Dann rufen Sie ihn doch … ach, das haben Sie schon mehrmals versucht … blöd, tja, da kann ich Ihnen leider auch nicht weiterhelfen, Frau Feldmann. Tut mir leid … Ja. Tschüss."

Büttner wollte sich gerade wieder seiner Torte widmen, als sein Handy erneut schrillte. Entnervt nahm er ab, ohne vorher auf das Display zu gucken und plärrte: „Es geht jetzt nicht, ich bin mitten in einer wichtigen … was sagen Sie, Herr Sieverts?" Die nächsten Sätze drangen nur noch wie durch einen Nebel zu ihm durch und er glaubte, sich auf der Stelle übergeben zu müssen.

„Was sagen Sie da?", krächzte er, und der Schweiß lief ihm plötzlich in Strömen den Rücken hinunter. „Sind Sie sicher, dass es Hasenkrug …? Oh. Mein. Gott."

Der Appetit auf Torte war ihm auf einen Schlag vergangen.

9

„Und Sie sind sich wirklich sicher, dass es sich bei dem Opfer um meinen Kollegen Hasenkrug handelt?", fragte Hauptkommissar David Büttner mit hörbar zittriger Stimme, als Maarten Sieverts vor der Turnhalle zu ihm trat. Seit er den Anruf erhalten hatte, war ihm, als stünde er neben sich, als würde all das, was hier passierte, nichts mit ihm zu tun haben.

Hasenkrug sollte das Opfer eines Gewalttäters geworden sein? Alleine die Vorstellung, es könnte tatsächlich so gewesen sein, führte bei ihm zu akuten Atemproblemen. Ihm war, als hätte ihm jemand die Luftzufuhr abgeschnürt. Noch aber hatte er die Hoffnung, dass es sich um einen Irrtum handelte, eine Verwechslung.

Maarten nickte. Auch er wirkte trotz seiner Sonnenbräune seltsam blass. „Ich hatte mit Tonja telefoniert. Sie wollte wissen, ob ich Hasenkrug gesehen habe, er sei nicht am vereinbarten Treffpunkt in der Turnhalle. Da auch ich mich dort mit ihm verabredet hatte, war ich bereits auf dem Weg hierher. Als ich ankam, bekam ich mit, wie jemand dort hinten an der Baumgruppe einen offensichtlich leblosen Körper auf die Rückbank seines Autos wuchtete. Ich habe Hasenkrug an seiner Statur und vor allem an seinen Schuhen erkannt. Er trug doch auch heute seine neongelben Turnschuhe?"

Büttner nickte, auch wenn er es liebend gerne verneint hätte.

„Ich dachte, es sei vielleicht ein Unfall gewesen und ich könne womöglich helfen", fuhr Maarten fort, als Büttner keine Anstalten machte, etwas zu sagen. „Als ich näher kam, brauste das Fahrzeug allerdings so schnell davon, dass es mich beinahe erwischt hätte. Ich bin beiseite gesprungen und gestürzt." Maarten zeigte auf eine tiefe Schürfwunde an seinem Arm, und auch sein Oberschenkel hatte etwas abbekommen. „Leider konnte ich mir das Kennzeichen nicht merken. Es ging alles viel zu schnell."

„Was war es für ein Auto? Welche Marke?"

„So ein Straßenpanzer, ein BMW, glaube ich. Schwarz. Einer von denen, bei denen ich nicht weiß, aus welchem Grund man sie hierzulande überhaupt fährt."

„Wo war Hasenkrugs Freundin zu diesem Zeitpunkt? Auch mich hatte sie angerufen, um zu fragen …"

„Da kommt sie gerade!", rief Maarten lauter als gewollt aus und deutete auf Tonja, die im Laufschritt um die Ecke bog. Bei ihrem Anblick musste er tief schlucken, denn sie war nur noch ein Schatten ihrer selbst. In ihren plötzlich übergroß wirkenden Augen stand die nackte Angst. „Was ist mit Sebastian?", fragte sie keuchend, als sie Sekunden später neben Büttner und Maarten stand. Als keiner der Männer direkt antwortete, hob sie die Stimme und schien dann jeden Buchstaben einzeln aus sich herauszuschreien: „W-A-S I-S-T M-I-T S-E-B-A-S-T-I-A-N?"

„Wir – wissen es nicht." Büttner hob kraftlos die Arme und ließ sie sofort wieder sinken, als wären sie ihm zu schwer.

„Vielleicht hat ihn ja wirklich nur jemand ins Kranken-haus gefahren", meinte Maarten, aber es klang, als würde er selbst nicht daran glauben.

„Es kann doch nicht sein – warum sollte man ihn – ich meine, warum ausgerechnet Sebastian?" Tonja konnte jetzt nicht mehr an sich halten und brach in Tränen aus, woraufhin Maarten sie in den Arm nahm und an sich drückte. Er hatte keine Ahnung, mit welchen Worten er sie trösten konnte. Also schwieg er und strich ihr nur sanft über den Rücken. Er wünschte sich, dass Tomke bei ihnen wäre, weil sie mit Sicherheit einen besseren Zu-gang zu Tonja gefunden hätte. Aber sie hatte an diesem Tag in dringender beruflicher Angelegenheit nach Leer gemusst und würde erst am Abend zurück sein. Kurz hatte er überlegt, sie telefonisch über die neuesten Ent-wicklungen zu informieren, es sich dann jedoch verboten. Er wusste, dass sie von ihrem Termin sowieso nicht weg-gekonnt hätte, und somit hatte es keinen Sinn, sie bereits jetzt zu beunruhigen.

„Wenn Sie mal gucken würden, Herr Hauptkommissar, wir haben da was gefunden", wandte sich eine junge Polizistin an Büttner und deutete auf die vielleicht hundert Meter entfernte Baumgruppe, die gerade von zahlreichen Kollegen nach Spuren abgesucht wurde.

„Dürfen wir mitkommen?", fragte Maarten, als Büttner sich auf den Weg machte, und er deutete dessen un-bestimmte Handbewegung als Zustimmung.

Als sie zwischen den Bäumen standen, zeigte die Polizistin auf einen größeren Fleck am Boden. Eine blutige Schleif-spur führte über den mit vertrockneten Blättern übersäten

Boden in Richtung Straße und endete an der Stelle, an der Maarten den Vorfall beobachtet haben wollte.

Büttner spürte, wie ihm schwindlig wurde, und für einen kurzen Moment hatte er das Gefühl, sich irgendwo festhalten zu müssen. Nach einem tiefen Atemzug aber verschwand der Schwindel wieder und er ging in die Hocke, um sich den Fleck näher anzusehen. „Blut", sagte er dann ausdruckslos, woraufhin Tonja hinter ihm einen spitzen Schrei ausstieß. „Wissen wir schon, ob es von Hasenkrug ist?", ließ Büttner sich nicht beirren, obwohl auch ihm nach Schreien zumute war.

„Es wird gerade untersucht. Man sagte uns, dass es nicht lange dauern wird. Sie ziehen es allem anderen vor."

„Das will ich ihnen auch geraten haben", brummte Büttner und starrte wie hypnotisiert auf die Blutlache. Wenn es wirklich das Blut seines Assistenten war, dann war dieser schwer verletzt. Womöglich war er kurz vorm Verbluten. Oder er war …

Büttner verbat sich, diesen Gedanken zu Ende zu denken.

Minutenlang sagte keiner ein Wort. Während die Mitarbeiter der Spurensicherung routiniert ihrer Arbeit nachgingen, saßen Büttner, Maarten und Tonja am Rande der Baumgruppe und starrten ins Leere. Allen lief der Schweiß in Sturzbächen den Rücken hinunter, aber sie schienen es nicht einmal zu merken.

„Es ist alles meine Schuld", durchbrach Büttners Stimme als erste die Stille. „Er hatte doch Urlaub. Ich hätte ihn nicht …" Er presste die Lippen zusammen und kämpfte mit den Tränen, als ihm klar wurde, dass er durch sein unverantwortliches Verhalten nicht nur seinen Assistenten womöglich in den Tod getrieben, sondern auch noch drei völlig unbeteiligte Personen in Gefahr gebracht hatte. Wenn auch ihnen etwas zustieße, dann würde er es sich nie verzeihen. Also musste er es beenden.

Anscheinend hatten sie es in diesem Fall mit einem unberechenbaren Irren zu tun. Womöglich mit jemandem, der kein Interesse daran hatte, dass man Geert Wibbens Mörder dingfest machte. Vermutlich also mit dem Mörder selbst.

Und der hatte nichts mehr zu verlieren.

„Herr Hauptkommissar?"

Büttner blickte auf und schaute in die Augen der jungen Polizistin. Ihr ernster Blick verhieß nichts Gutes.

„Ja?"

„Das Ergebnis der Blutuntersuchung ist da. Es tut mir sehr leid, aber es mit hoher Wahrscheinlichkeit davon auszugehen, dass es das Blut von Sebastian Hasenkrug ist."

„Wie hoch?"

„Über neunzig Prozent, sagte man mir. Es – tut mir wirklich leid."

Noch ehe Büttner etwas erwidern konnte, sprang Tonja auf, presste sich die Hand vor den Mund und erbrach sich wenige Meter weiter in die Büsche.

„Läuft die Fahndung?", fragte Büttner mit belegter Stimme.

„Auf Hochtouren."

„Das volle Programm, hoffe ich."

„Selbstverständlich."

„Wenn es Neuigkeiten gibt …"

„Sind Sie der Erste, der es erfährt, Herr Hauptkommissar."

„Danke."

„Da nich für." Die Polizistin schluckte. „Ich wünschte wirklich, es wäre anders."

„Danke", wiederholte Büttner. Er sah sich nach Tonja um, die zusammengesackt an einen Baumstamm gelehnt dasaß und mit glasigen Augen einen unbestimmten Punkt in der Ferne fixierte. Ihre Lippen formten lautlose Wörter. Sie schien unter Schock zu stehen. „Ein Arzt soll sich um sie kümmern", sagte er zu der Polizistin, die immer noch vor ihm stand und anscheinend darauf wartete, irgendetwas tun zu können.

„Kommt sofort." Die Polizistin spurtete davon. Als sie wenige Minuten später in Begleitung eines Arztes wiederkam, vermeldete sie: „Der schwarze BMW wurde gefunden. In Dornumersiel. Ganz normal am Straßenrand geparkt. Es war niemand drin. Er wurde übrigens gestern als gestohlen gemeldet."

„Irgendwelche Spuren?", hakte Büttner nach und versuchte, durch ruhiges Atmen die aufsteigende Übelkeit zu bekämpfen.

„Blut."

Als Büttner sie nur ansah, druckste sie zunächst herum und ergänzte nach einem tiefen Atemzug: „Viel Blut."

„Wenn es Ihnen recht ist, würde ich Tonja gleich in ihr Hotel bringen", meldete sich Maarten erstmals wieder zu Wort. Er überlegte kurz. „Oder noch besser: Ich würde ihr gerne anbieten, mit zu mir und meiner Frau zu kommen. Sie kann jetzt unmöglich alleine sein."

„Das ist nett", nickte Büttner. „Bitte fragen Sie sie einfach, ob sie das möchte. Ich werde sie heute sowieso nicht mehr mit irgendetwas behelligen. Natürlich halte ich sie stets auf dem Laufenden, Tag und Nacht. Und wenn etwas ist, können Sie mich anrufen. Ganz egal zu welcher Uhrzeit." Büttner strich sich müde über das Gesicht. „Vermutlich werde ich sowieso für den Rest meines Lebens kein Auge mehr zutun."

Als Maarten sich Tonja zuwandte, vergrub Büttner sein Gesicht in den Händen und betete im Stillen, aus diesem Albtraum erwachen zu dürfen – auch wenn er genau wusste, dass dies nicht geschehen würde.

10

In der Samtgemeinde Dornum herrschte helle Aufregung. Dass ausgerechnet hier, in der kleinsten Gemeinde auf dem Festland des Landkreises Aurich, ein Mann offenbar das Opfer einer Gewalttat und einer Entführung wurde, sprach sich herum wie ein Lauffeuer. Verwunderlich war das nicht, denn schließlich lief der Fahndungsaufruf der Polizei auf allen nur erdenklichen Kanälen. Allenthalben herrschte Entsetzen darüber, dass ein solches Verbrechen an diesem beschaulichen Ort möglich war, noch dazu am helllichten Tag.

Plötzlich sahen sich viele Einwohner und – was für das Tourismusgewerbe verheerend war – auch zahlreiche Urlauber in ihrem subjektiven Sicherheitsempfinden bedroht, auch wenn es dafür keinen rational nachvollziehbaren Grund gab. Aber was, so fragte man sich, konnten schon rationale Argumente ausrichten, wenn die Emotionen hochkochten?

Einige wenige Urlauber beschlossen, sofort abzureisen. Bei den meisten aber beruhigten sich die Gemüter, als bekannt wurde, dass es sich bei dem Opfer der Gewalttat um einen Polizisten der Kriminalpolizei handelte, der in die Ermittlungen im Fall Geert Wibben involviert gewesen war. Nicht selten hörte man aus dem Mund der Leute nun das Wort *Berufsrisiko.*

Also ging man zur Tagesordnung über und harrte der Dinge, die da kommen mochten. Nur denjenigen, die Sebastian Hasenkrug persönlich kannten und zudem darüber unterrichtet waren, dass es dessen Lebensgefährtin gewesen war, die über die Leiche von Geert Wibben gestolpert war, fiel es schwer, einfach so weiterzumachen wie bisher.

So hatte Hauptkommissar David Büttner die ganze Nacht kein Auge zugetan und den gesamten ostfriesischen Polizeiapparat auf Trab gehalten. Geplagt von seinem schlechten Gewissen und der beinahe körperlich schmerzenden Sorge um seinen Kollegen, hatte er sich bei seinen Anweisungen ganz gewiss manchmal im Ton vergriffen, aber darauf konnte und wollte er jetzt keine Rücksicht nehmen.

Das Quälendste war die Ungewissheit. Büttner hatte gehofft, innerhalb weniger Stunden so etwas wie einen Erpresserbrief oder wenigstens eine Erklärung dafür zu erhalten, warum Hasenkrug in die Gewalt eines Verbrechers geraten war. Vor allem aber interessierte ihn, in welchem Zusammenhang diese Tat mit dem Mord an Geert Wibben stand. Aber bisher war nichts dergleichen bei der Polizei eingegangen.

Hingegen lag inzwischen das Ergebnis des DNA-Tests vor, aus dem hervorging, dass es sich bei der Leiche am Strand tatsächlich um den vermissten – oder auch nicht vermissten – Geert Wibben handelte. Da dies aber noch nicht in der Öffentlichkeit bekannt war, konnte es den Mörder kaum in Panik versetzt haben. Vielleicht aber hatte diesem schon die reine Annahme gereicht, man könne ihm bald auf die Schliche kommen.

Doch warum vergriff sich der Täter dann ausgerechnet an Hasenkrug? Wenn irgendwer zwischenzeitlich herausgefunden hätte, dass es sich bei dem Urlauber Sebastian Hasenkrug um einen verdeckten Ermittler der Kriminalpolizei handelte, dann hätte es sich schon vor seinem Verschwinden unweigerlich herumgesprochen. Erfahrungsgemäß blieb eine solche Erkenntnis nie lange das Geheimnis desjenigen, der sie gehabt hatte, sondern machte unter dem Siegel der Verschwiegenheit blitzschnell die Runde.

Welchen Vorteil verhoffte sich der Mörder also davon, nach einem schwerwiegenden Kapitalverbrechen noch ein zweites zu begehen und sich ausgerechnet einen Polizisten als Opfer auszugucken? Oder hatte er gar nicht gewusst, dass es sich um einen Polizisten handelte? Aber auch dann fehlte das Motiv. Es war wie verhext.

„Was für ein Scheißspiel! Und ich alleine hab's verbockt." Büttner saß, geplagt von dröhnenden Kopfschmerzen, in der Turnhalle und raufte sich zum wiederholten Male das nur noch spärlich vorhandene Haupthaar. Wie er es auch drehte und wendete, so kam er doch zu keinem befriedigenden Ergebnis. Die Tirade vom Polizeipräsidenten hörte er jetzt schon, wenn der herausfand, dass Hasenkrug eigentlich gar nicht im Dienst gewesen, sondern von seinem Chef praktisch zu diesem Einsatz genötigt geworden war. Ein Disziplinarverfahren war ihm sicher.

Aber das würde er stoisch ertragen, wenn nur sein Assistent bald wieder wohlbehalten an seiner Seite wäre. Und selbst wenn sie ihn vom Dienst suspendierten, würde er es akzeptieren und nichts dagegen unternehmen. Er hatte es nicht anders verdient. Er hatte versagt, da gab es nichts zu beschönigen.

Während Büttner sich noch in Selbstvorwürfen erging, fiel sein Blick auf die Ringe, an denen sich sein Assistent am Tag zuvor noch strotzend vor Lebenskraft hinaufgeschwungen hatte. Hatte er dieses Verhalten zu diesem Zeitpunkt noch für Angeberei gehalten, so wünschte er sich jetzt, er könne die Zeit zurückdrehen und Hasenkrug wieder genau dorthin zurückbeamen. Sollte der doch so viele akrobatische Kunststücke an diesen verdammten Ringen und sonstigen Geräten vollführen, wie er wollte – wenigstens wäre er dann anwesend und vor allem gesund und munter.

„Ich hoffe, ich störe nicht." Büttner hob den Kopf. In der Tür der Turnhalle stand, wie schon am Tag zuvor, die Zeugin Ariane Klobe. Schon auf den ersten Blick war erkennbar, dass sie sich in keinem guten Zustand befand. Ihr Gesicht war bleich, die Haare noch zerzauster als am Tag zuvor, und die Klamotten klebten zerknittert am schweißnassen Körper. Sie kam langsam näher und ließ sich schwer auf einen Stuhl fallen.

Büttner warf einen Blick auf die Uhr. Es war kurz nach sieben am Morgen, auch wenn einem die Hitze selbst hier in der Turnhalle suggerierte, dass es mindestens früher Nachmittag sein müsse.

„Es tut mir leid Frau – ähm …"

„Klobe. Ariane Klobe."

„Frau Klobe. Aber zurzeit sehe ich mich nicht in der Lage, irgendwelche Hinweise in der Sache Geert Wibben entgegenzunehmen. Wie Sie vielleicht schon gehört haben, ist einer meiner Kollegen …"

„Ja. Deswegen bin ich hier", unterbrach die Frau ihn näselnd und schnäuzte sich ins Taschentuch.

Büttner war mit einem Schlag hellwach. „Sie sind wegen Hasenkrug hier?", rief er ein wenig zu laut aus. „Was wissen Sie über ihn?"

„Ich – mein Gott, hätte ich doch nur was gesagt! Aber das konnte doch keiner ahnen …!"

„Haben Sie gesehen, wie mein Kollege verschleppt wurde?" Büttners ganze Körperhaltung drückte jetzt gespannte Erwartung aus.

Die Frau schüttelte den Kopf. „Nein. Aber ich war ja kurz zuvor hier. Und in vielleicht hundert Metern Entfernung von hier, an der Straße neben dem kleinen Wäldchen, hatte ich einen Mann gesehen, der neben einem großen, schwarzen Geländewagen stand und die Turnhalle zu beobachten schien."

„Zu beobachten schien? Wie das? Woraus haben Sie das geschlossen?"

„Er hielt ein Fernglas vor die Augen, das genau auf dieses Gebäude gerichtet war."

„Ist das alles? Oder hatte er noch irgendwas Auffälliges?" Büttner wusste nicht, was an diesem Anblick so beängstigend gewesen sein sollte, auch wenn es natürlich ein für ihn interessanter Hinweis war. Er erinnerte sich, dass die Frau am Tag zuvor äußerst angespannt gewirkt hatte. Aber das konnte doch wohl kaum daran liegen, dass sie einen Mann mit Fernglas am Straßenrand hatte stehen sehen.

Ariane Klobe senkte den Blick. „Kurz bevor ich in die Turnhalle ging, habe ich mich noch mal umgedreht. Aus keinem bestimmten Grund, ich hatte nur plötzlich so ein komisches Gefühl, so, als würde mich jemand beobachten. Aber der Mann beachtete mich schon nicht mehr."

„Aber?" Büttner wünschte, die Frau würde endlich mal auf den Punkt kommen.

„Er tänzelte plötzlich so komisch über die Straße, ungefähr so, wie man es von asiatischen Kampfsportlern her kennt. Er machte das in einer irren Geschwindigkeit, so Jackie Chan-mäßig." Ariane Klobe deutete vage irgendwelche Kung Fu-Bewegungen an. „Zwischendurch stach er immer wieder mit einem Messer auf einen Baumstamm ein."

„Aha." Büttner erschien ein solcher Auftritt eines mit einem Messer bewaffneten Kampfsportlers auf den Straßen Dornums völlig absurd. Er musterte die Zeugin unauffällig und fragte sich, ob sie vielleicht unter Drogen stand. Rein optisch deutete jedoch nichts darauf hin. Und außerdem: Wer, um Himmels Willen, käme auf solch eine abstruse Geschichte, wenn sie nicht tatsächlich stattgefunden hatte? „Und dieses Verhalten hat Ihnen Angst gemacht", stellte er mehr fest, als dass er es fragte.

„Nein. Ich fand es zwar völlig irre, aber Angst bekam ich erst, als er mit dem Messer einen Vogel massakrierte."

„Er massakrierte einen Vogel?" Büttner lehnte sich zurück und verschränkte die Arme vor seinem Körper. Was genau sollte das hier werden?

„Ja. Der Vogel setzte sich in seiner Nähe auf einen Ast, als der Mann gerade mal nicht herumtobte. Und plötzlich drehte der sich mit einer schnellen Drehung um, warf das Messer und – zack! – kippte der Vogel tot vom Baum. Ich musste mich zwingen, nicht laut aufzuschreien. Schließlich wollte ich auf gar keinen Fall seine Aufmerksamkeit erregen. Keiner weiß doch, was solchen Irren sonst noch so einfällt. Es war einfach gruselig." Ariane Klobe schüttelte sich, als wäre ihr plötzlich kalt. Büttner bemerkte, dass ihre Arme nun von einer Gänsehaut überzogen waren.

„Warum haben Sie nichts davon erzählt, als Sie gleich darauf hier waren?" Büttner zog die Stirn in Falten.

„Ich weiß auch nicht – ich – ich dachte, Sie halten mich dann für überspannt."

„Aha. Ich frage mich gerade, wie Sie die Sache mit dem Vogel auf einhundert Meter Entfernung so genau gesehen haben wollen. Die Bäume sind voller Laub und …"

„Sehen Sie, ich dachte mir schon, dass Sie mir nicht glauben." Die Frau hob resigniert die Schultern und stand auf. „Aber ich wollte trotzdem, dass Sie es wissen. Vielleicht ist es ein Hinweis auf den Verbleib Ihres Kollegen, vielleicht nicht. Was Sie jetzt daraus machen, ist Ihre Sache. Ich habe Sie jedenfalls darüber informiert." Der letzte Satz hatte beinahe trotzig geklungen.

„Ich danke Ihnen, Frau Klobe. Natürlich gehen wir der Sache nach." Büttner erhob sich ächzend von seinem Stuhl. Er fühlte sich ermattet und aufgeputscht zugleich. Ein seltsamer Zustand. Außerdem schien sich sein Kopfschmerz zu einer Migräne auswachsen zu wollen. „Haben Sie vielleicht eine Schmerztablette für mich?", fragte er schneller, als er darüber nachdenken konnte.

„Ich hab immer welche einstecken." Ohne einen weiteren Kommentar kramte Ariane Klobe in ihrer Handtasche herum und zog einen Streifen Tabletten hervor, den sie ihm reichte. „Behalten Sie alle. Sie werden sie vermutlich noch nötig haben."

„Danke. Auch dafür, dass Sie hier waren. Es mag vielleicht nicht so geklungen haben, aber wir sind für jeden Hinweis dankbar. Bitte rufen Sie mich an, wenn Ihnen noch etwas einfällt." Büttner gab ihr seine Visitenkarte.

Ariane Klobe nickte und reichte ihm die Hand. „Ich wünsche Herrn Hasenpflug alles Gute", sagte sie. Sekunden später verschwand sie zur Tür hinaus.

„Krug. Er heißt Hasenkrug", sagte Büttner mehr zu sich selbst und strich sich müde über die Augen. Am liebsten wäre er an Ort und Stelle in Tränen ausgebrochen, aber damit wäre keinem geholfen gewesen. Anstatt hier den in Selbstmitleid versunkenen Jammerlappen zu geben, sollte er lieber in Erfahrung bringen, was an den Beobachtungen seiner Zeugin dran war.

Also spülte er mit einem Schluck Kaffee zunächst eine Schmerztablette hinunter, nahm sein zum Verrücktwerden stilles Handy vom Tisch, schob es in die Hosentasche und machte sich auf den Weg zur Baumgruppe, an der Ariane Klobe die ostfriesische Variante eines Kung Fu-Kämpfers beim Massakrieren eines Vogels gesehen haben wollte.

Als er aus der Halle hinaustrat, schlug ihm die schwüle Hitze trotz der noch frühen Uhrzeit wie ein in heißem Wasser getränktes Tischtuch entgegen, aber er nahm es kaum wahr.

Nur wenige Minuten später wusste er, dass Ariane Klobe recht gehabt hatte. Unter einem der direkt an der Straße stehenden Bäume lag ein toter Vogel. Auf den ersten Blick sah er unverletzt aus. Büttner zog einen Einweghandschuh über, drehte den Vogel am Boden herum – und entdeckte an dessen linker Seite eine Einstichwunde, aus der eindeutig Blut gesickert war.

Er ließ das Tier an Ort und Stelle liegen und widmete sich der Untersuchung des Baumes. Es dauerte nicht lange, bis er auch die Aussage der Zeugin bestätigt fand, der Kampfsportler habe mehrmals auf den Stamm eines Baumes eingestochen. Tatsächlich gab es entsprechende Einkerbungen in der Rinde.

Büttner ließ seinen Blick über den Boden schweifen, bis er an den blutigen Schleifspuren hängenblieb, die aus dem Gehölz bis auf die Straße führten. Sie waren keine zehn Meter vom malträtierten Baum und dem völlig arglos gestorbenen Vogel entfernt.

Er zog sein Handy aus der Tasche und forderte erneut die Spurensicherung an, die hier wohl so manches übersehen hatte.

11

Schon immer hatte Lea diesen Tag geliebt. Seit sie zur Schule ging, fieberte sie ihm Wochen vorher entgegen. Der letzte Schultag vor den Sommerferien hatte für sie eine ganz besondere Atmosphäre. Wie sehr genoss sie dieses Gefühl von Freiheit, wenn das Schuljahr zu Ende ging und das nächste mit all seinen Chancen und möglichen Rückschlägen noch so weit entfernt war!

Dieser Tag war für sie verbunden mit Sonnenschein, dem Duft nach Heu und der sanften, leicht salzig schmeckenden Brise, die von See her wehte.

Auch heute war alles genauso, wie es sein sollte. Ein paar Grad weniger hätten es auch getan, dachte sie, aber diese Hitzewelle war allemal besser als trübes Novemberwetter mitten im Sommer.

Bevor sie mit ihren Schulkameraden feierte, würde sie für eine halbe Stunde alleine ihrer Wege gehen, den Duft der Freiheit tief in ihre Lungen saugen und sich dabei ausmalen, was sie in den nächsten sechs Wochen so alles anstellen würde.

Sie sah ihre Freunde in Richtung Strand schlendern, wo sie sich am Kiosk mit Pommes und Cola eindecken wollten. Sie selbst würde später hinzustoßen. Zunächst aber lief sie gut gelaunt ins Feld hinaus, um auf ihre Weise ihren ganz persönlichen Abschied vom gerade zu Ende gegangenen neunten Schuljahr zu feiern.

Leider war es zwischen den Wiesen und Feldern nicht so ruhig, wie sie es sich erhofft hatte. Vielmehr waren die Bauern mit ihren Schwadern dabei, das Heu in Reihen zusammenzufassen oder es mit der Presse zu Ballen zu verarbeiten.

Lea schirmte ihre Augen mit der Hand gegen die Sonne ab, um zu sehen, ob es in einer anderen Richtung ruhiger war. Als sie dort keinen Traktor entdeckte, änderte sie kurzentschlossen ihren Kurs und steuerte nun am Campingplatz vorbei dem Meer zu. Warum, so fragte sie sich, sollte sie nicht einfach mal anstatt in die Felder ins Watt hinauslaufen?

Sie hatte den Campingplatz noch nicht ganz passiert, als ihr Blick auf einen bunt bemalten Bauwagen fiel, der ihr an dieser Stelle noch nie aufgefallen war. Sie lächelte. Irgendjemand musste viel Spaß daran gehabt haben, in grellen Farben fröhliche Motive auf ihn zu pinseln. Ein wenig erinnerte er sie an das Bild eines alten, ähnlich bemalten VW-Bulli, das bei ihren Großeltern an der Wand hing. Ihre Oma behauptete immer, sie seien mit dem Gefährt zur Flower Power-Zeit durch den Westen der USA und später nach Indien gereist. Lea mochte ja nie so ganz an den Wahrheitsgehalt dieser Geschichten glauben, denn für sie klang Flower Power nach Lebenslust, wildem Sex und selbstgebatikten Klamotten. Ihre Großeltern aber gehörten bestimmt zu den größten Spießern und Vorgartenfetischisten, die in Ostfriesland herumliefen. Kaum vorstellbar also, dass sie irgendwann in diesem Leben ausgelassen die Welt bereist und dabei womöglich auch noch gekifft hatten.

Lea schlich um den Wagen herum, um sich die Bemalung ein wenig genauer anzusehen. Als ihr Blick auf ein eingelassenes Fenster fiel, überlegte sie, ob sie es riskieren sollte, hineinzulinsen. Was, wenn da jemand gerade ein Nickerchen machte oder sein Butterbrot aß und womöglich zu Tode erschrocken sein würde, wenn ihr Gesicht an der Scheibe erschien?

Die Neugier siegte. Lea legte seitlich ihre Hände ans Gesicht und brachte es so dicht wie möglich ans Fenster heran. Im Wagen sah es tatsächlich so aus, als hätte jemand in ihm übernachtet. Von Ordnung allerdings schien dieser jemand nicht viel zu halten. Egal, ob es sich um dreckiges Geschirr, schmutzige Klamotten oder auch Bücher handelte: Alles lag kreuz und quer durcheinander und schien keiner wie auch immer gearteten Systematik zu folgen. Es herrschte ein einziges Chaos.

Gerade wollte sie ihren Blick wieder abwenden, als sie etwas rascheln hörte. Sie lauschte. Befand sich doch jemand in dem Wagen? Jemand, den sie bislang noch nicht bemerkt hatte?

Erneut presste sie ihr Gesicht an die Scheibe. Nein. So sehr sie sich auch anstrengte, im Inneren eine Bewegung auszumachen, so konnte sie doch niemanden entdecken. Aber woher kamen dann diese Geräusche, die sich anhörten, als würde jemand in einer Plastiktüte wühlen?

Lea lauschte noch für einen Moment und zuckte dann die Schultern. Warum kümmerte sie sich um Dinge, die völlig belanglos waren? Sie warf einen Blick auf die Uhr und beschloss, jetzt endlich ihren Weg fortzusetzen. In ihrem Magen machte sich bereits ein Hungergefühl breit, und außerdem wollte sie nicht, dass ihre Freunde den Strand schon wieder verlassen hatten, wenn sie von ihrem Spaziergang zurückkam, und den weiteren Tag ohne sie gestalteten.

Sie trat ein paar Schritte zurück und schmunzelte, als unter dem Wagen plötzlich ein Kaninchen hervorgesprungen kam, sich für einen kurzen Moment auf den Hinterläufen aufrichtete und sie mit schnuppernder Nase neugierig betrachtete, bevor es unaufgeregt davonhoppelte. Daher also das Rascheln!

Gerade wollte Lea sich abwenden, als sie unter dem Wagen etwas aufblitzen sah. Sie wusste hinterher nicht zu sagen, warum sie sich im nächsten Moment gebückt hatte, um nach der Quelle der Lichtreflexion zu schauen, schließlich blitzte und funkelte es bei Sonnenschein praktisch ständig und überall.

Doch tat sie es instinktiv – und fuhr nur den Brauchteil einer Sekunde später erschrocken zurück. Am ganzen Körper zitternd versuchte sie zu schreien, aber ihrer Kehle entwich nur ein heiseres Krächzen. Sie ließ sich wie in Zeitlupe ins vertrocknete Gras sinken und starrte eine gefühlte Ewigkeit wie hypnotisiert auf den Anblick, der nicht nur ihren Körper, sondern auch ihr Denken zu lähmen schien.

„Alles okay bei dir?", hörte sie plötzlich eine Stimme sagen, die in ihren Ohren so verzerrt klang, als hätte jemand einen Störsender zwischengeschaltet. Sie zuckte zusammen, als sie eine Hand auf ihrer Schulter spürte. „Hallo? Ist alles in Ordnung? Brauchst du Hilfe?"

Als sie auch auf diese Frage nicht reagierte, sondern lediglich die Arme um ihren Körper schlang und begann, sich langsam hin und her zu wiegen, kniete die andere Person neben ihr nieder und brabbelte gleich darauf einen kaum verständlichen Satz, von dem bei Lea lediglich die Worte *brauchen Arzt* und *Sonnenstich* ankamen.

„Tot", krächzte sie, „tot."

„Quatsch", kam es scharf zurück, „ich hab schon Hilfe ...!" Die Stimme verstummte für einen Augenblick, dann erklang ein erstickter Schrei, gefolgt von dem Ausruf: „Heilige Scheiße!"

12

Es war schon lange her, dass Hauptkommissar David Büttner beim Erhalt einer Nachricht derart schockiert gewesen war, dass er zur Toilette rannte und sich übergab. Wenn er es sich genau überlegte, sogar noch nie. Beim Anblick seiner ersten Leiche ja. Aber nie bei der bloßen Nachricht, dass eine gefunden worden war.

Doch nach der Auskunft einer Polizistin, alles deute darauf hin, dass es sich bei dem gefundenen toten Mann um den vermissten Kollegen Sebastian Hasenkrug handele, hatte sein Magen so schnell zu rebellieren angefangen, dass nichts anderes mehr möglich gewesen war als ein Spurt zum WC.

Seinen – wie er es später ausdrücken sollte – ganz persönlichen Gang nach Canossa erlebte Büttner wie in Trance. Noch nie in seinem ganzen Leben hatte er sich so elend gefühlt, physisch wie psychisch. Und noch nie hatte er sich mit jeder Faser seines Herzen so sehr gewünscht, auf der Stelle tot umzukippen. Für einen kurzen Moment überlegte er sogar, seinem Leben mit einer ungebremsten Fahrt an den nächsten Baum ein Ende zu setzen; sich seiner Verantwortung auf diese Weise zu entziehen, erschien ihm dann – nicht zuletzt beim Gedanken an Frau und Tochter – aber doch als zu schäbig.

Als Büttner in der Nähe des Campingplatzes aus seinem klimatisierten Wagen stieg, schlug ihm die Luft so brennend entgegen wie die Flammen der Hölle. Wortlos bückte er sich unter dem Absperrband hindurch, das ein uniformierter Kollege ebenso wortlos für ihn anhob.

Die letzten hundert Meter zum Bauwagen, dessen fröhliche Bemalung Büttner an dem schwärzesten Tag seines Lebens als Verhöhnung seiner Person empfand, waren ein einziger Spießrutenlauf. Normalerweise hätte er die glotzenden Mienen der herbeigeeilten Schaulustigen hinter dem rotweißen Flatterband einfach ignoriert. Nun aber war es ihm, als klagten sie ihn mit ihren teils ernsten, teils betroffenen Gesichtern persönlich an. Jeder einzelne von ihnen schien zu wissen, dass an allem, was hier passiert war, nur er ganz alleine die Schuld trug. Dass er mit seinem unverantwortlichen Verhalten seinen Assistenten verraten und damit getötet hatte.

Kurzum: Dass er versagt hatte.

„Moin, Herr Kommissar", begrüßte ihn der Notarzt des Rettungswagens, nachdem diesem klar geworden war, mit wem er es zu tun hatte. Er deutete auf seinen Kollegen, der über Hasenkrug gebeugt dasaß und an ihm herumfingerte. Büttner konnte lediglich die gebräunten Beine seines Assistenten sowie dessen neongelbe Sportschuhe erkennen, alles andere entzog sich seinem Blick.

„Wir sind uns noch nicht sicher, ob er es schaffen wird. Es hat ihn ordentlich erwischt. Vor allem der Blutverlust ist immens. Aber er scheint eine gute Konstitution zu haben. Gut möglich, dass die ihm jetzt zugute kommt. Er wird gleich in die Klinik geflogen."

Büttner nahm die Worte des Sanitäters zwar akustisch war, deren Sinn aber erschloss sich ihm nur schleppend. Entsprechend lange dauerte es, bis er seinen Blick von Hasenkrugs Beinen losriss, den Sanitäter mit offenem Mund anstarrte und gleichzeitig spürte, wie sein Herz eine Rolle vorwärts zu machen schien.

„Alles okay, Herr Kommissar?", fragte der Sanitäter mit einem Stirnrunzeln.

„Er – Hasenkrug lebt?", krächzte Büttner ungläubig.

„Ja – ähm – ach so." Der Mann kratzte sich verlegen am Hinterkopf und lief rot an. „Bitte entschuldigen Sie. Auch bei uns kam zunächst die Info an, dass es sich um einen Leichenfund handelt. Und auf den ersten Blick sah es auch danach aus. Gott sei Dank aber war es nicht so. Also haben wir den Hubschrauber angefordert." Er deutete mit einer knappen Bewegung des Kopfes zum Helikopter hinüber, den Büttner jetzt erstmals bewusst wahrnahm. „Wie gesagt, die Kuh ist noch nicht vom Eis, aber mit ganz viel Glück …"

Ohne dem Mediziner weiter zuzuhören, taumelte Büttner mehr zu seinem bewusstlosen Assistenten, als dass er ging. Kaum bei ihm angekommen, sank er vor dem völlig verkabelten Hasenkrug in die Hocke, berührte kurz seinen eiskalt erscheinenden Arm und vergoss dann die Tränen, die er bis zu diesem Zeitpunkt unter großer Kraftanstrengung unterdrückt hatte.

„Alles okay, Herr Kommissar?", fragte nun auch der Arzt des Rettungshubschraubers und gab im selben Moment mit einer Geste die Anweisung, Hasenkrug auf der Trage zum Helikopter zu bringen.

„Wird er es schaffen?", entgegnete Büttner nur mit bleierner Stimme und erhob sich wieder. Den Tränen, die ihm nach wie vor über die Wangen rannen, schenkte er keinerlei Beachtung.

„Schwer zu sagen", zuckte der Arzt die Schultern. „Er ist offensichtlich ein Kämpfer, sonst wäre er mit den Werten, die wir gemessen haben, nicht mehr am Leben. Hoffen wir also mal, dass er auch in den nächsten Stunden nicht aufgibt. Gott sei Dank lag er im Schatten, das dürfte ihm das Leben gerettet haben. Ein, zwei Stunden später ..." Der Arzt ließ das Ende des Satzes unausgesprochen und wischte sich mit dem Unterarm über das schweißnasse Gesicht. Er zeigte auf den Bauwagen, unter dem ein Mitarbeiter der Spurensicherung herumkroch und gerade irgendetwas in einen transparenten Plastikbeutel fallen ließ. Dann grüßte er kurz und lief schnellen Schrittes hinter der Trage her.

„Welche Verletzungen hat er genau?", wandte sich Büttner an den Arzt des Rettungswagens, der nun neben ihn getreten war.

„Einen Messerstich in der Herzgegend. Es fehlte nur ein, vielleicht zwei Zentimeter. Er hat viel Glück gehabt. Ansonsten nur ein paar Hämatome. Woher die genau stammen und wann sie ihm zugefügt wurden, müssen wir – oder Sie – noch herausbekommen."

„Es könnte ein Raubüberfall gewesen sein", mischte sich der Leiter der Spurensicherung ins Gespräch. „Zumindest wurde bei Ihrem Kollegen keine Brieftasche, kein Handy und auch sonst nichts gefunden."

Büttner dachte an den Mann, den die Zeugin Ariane Klobe vor der Turnhalle gesehen haben wollte und dessen

Auto man inzwischen gefunden hatte. War es wirklich vorstellbar, dass es sich bei ihm um einen ganz gewöhnlichen Wegelagerer handelte, der sich an den Straßenrand stellte und zufällig vorbeikommenden Passanten auflauerte? Wohl kaum. Dann hätte er sich mit Sicherheit nicht so auffällig verhalten. Nein. Büttner schüttelte innerlich den Kopf. Ganz gewiss war es kein Zufall, dass es ausgerechnet Hasenkrug getroffen hatte. Vielmehr war davon auszugehen, dass diese Tat im Zusammenhang mit dem Tötungsdelikt an Geert Wibben stand. Doch in welcher Weise?

„Gut", meinte Büttner, der seine Fassung inzwischen wiedererlangt hatte. „Ich werde mich jetzt mal darum kümmern, dass …"

Der Rest seines Satzes ging im ohrenbetäubenden Lärm des startenden Helikopters unter, dem er mit einem mulmigen Gefühl im Magen hinterhersah. „Viel Glück, Hasenkrug!", murmelte er, grüßte kurz und ging dann zu seinem Fahrzeug zurück.

Mit einem erleichterten Seufzer ließ er sich in den Sitz sinken, startete den Wagen und damit die Klimaanlage und griff nach seinem Handy.

Es wurde Zeit, Hasenkrugs Freundin über die neuesten Entwicklungen zu informieren. Er beglückwünschte sich selbst, dass er Tonja die vermeintliche Todesnachricht noch nicht überbracht hatte – was weniger aus Rücksichtnahme geschehen war, als dass er sich dazu nach dem Anruf der Kollegen einfach nicht in der Lage gesehen hatte. Nun aber konnten sie alle noch Hoffnung schöpfen, dass Hasenkrug wieder genesen würde.

Mit gemischten Gefühlen wählte er Tonjas Nummer. Er ermahnte sich, beim Überbringen der für ihn trotz aller Sorge so positiven Nachricht nicht allzu euphorisch zu klingen, denn für sie musste das, was er ihr zu berichten hatte, hochdramatisch sein. Sie konnte ja schließlich nicht ahnen, dass ihr Freund quasi von den Toten auferstanden war.

13

Der Kaffee aus dem Automaten schmeckte wie ein-
geschlafene Füße, doch dafür war es auf den Fluren des
Auricher Krankenhauses wenigstens angenehm kühl.
Nachdem Tonja den ersten Schock infolge der Schreckens-
nachricht überwunden hatte, hatte David Büttner zunächst vorgeschlagen, dass man gemeinsam in einem Café
auf Nachrichten aus der Klinik warten könne, doch hatte
Tonja darauf bestanden, in Hasenkrugs Nähe zu sein, was
natürlich allzu verständlich war.

Nun saß sie mit fahlem Gesicht direkt vor der Intensiv-
station auf einem Stuhl, knetete in einem fort die schweißnassen Hände, biss sich offensichtlich die Innenseite ihrer
Wange wund und fixierte die verschlossene Stationstür, als
könne sie sie allein durch ihren Blick aus den Angeln heben.
Jedesmal, wenn die Tür aufschwang, sprang sie auf und
schaute die vorbeieilenden Ärzte oder Schwestern aus so
flehenden und zugleich ängstlichen Augen an, dass Büttner
sich mit minütlich quälender werdenden Gewissensbissen
herumplagte.

Gleich, als er und Tonja sich am Eingang des Krankenhauses gegenüber gestanden hatten, hatte er sich wortreich
entschuldigt und ihr gesagt, wie leid es ihm täte, seinen
Assistenten und damit auch sie in diese furchtbare Situation

gebracht zu haben. Selbstverständlich werde er für alles, was passiert sei, die Schuld und auch die Konsequenzen auf sich nehmen.

Tonja aber hatte sofort abgewinkt und gesagt, dass sie ihm keinerlei Vorwürfe mache, da schließlich sie selbst es gewesen sei, die Hasenkrug trotz seines Urlaubs zu den Ermittlungen im Mordfall Geert Wibben genötigt habe.

Fast hätten sie daraufhin im Krankenhausflur angefangen zu streiten, wer von ihnen denn nun das größere Recht habe, sich in Selbstvorwürfen zu ergehen. Doch Gott sei Dank waren in diesem Moment Maarten und Tomke Sieverts zu ihnen gestoßen und hatten sie mit ihrer besonnenen Art davon überzeugt, dass keinem damit geholfen sei, wenn man sich über eine ihrer Meinung nach völlig widersinnigen Schuldfrage in die Haare bekam, am allerwenigsten dem um sein Leben kämpfenden Sebastian Hasenkrug.

Eine Feststellung, die ebenso richtig wie ernüchternd gewesen war und Büttner sich selbst hatte fragen lassen, ob er eigentlich noch alle Latten am Zaun habe, sich in solch einer Situation auf eine derart haarspalterische Diskussion mit Tonja überhaupt einzulassen.

So dankbar Büttner dafür war, dass Maarten und Tomke großes Mitgefühl am Schicksal Hasenkrugs zeigten, so hatte er allen beiden und auch Tonja umgehend klargemacht, dass er ihr Engagement bei der Aufklärung des Mordfalls Wibben zwar zu schätzen wisse, ihnen jedoch mit sofortiger Wirkung untersage, weiterhin mitzumischen. Sie überhaupt in die Geschichte involviert zu haben, sei ein unverantwortlicher Fehler gewesen, den er nicht wieder gutmachen aber immerhin beenden könne und hiermit tue.

Trotz dieser klaren Ansage drehte sich ihr Gespräch dann doch wieder um den Fall, da sich jeder von ihnen die Frage nach dem Warum stellte. Während Tonja weiterhin schweigend die Stationstür im Blick behielt, versuchte Maarten sich zum wiederholten Male an Details zu erinnern, die womöglich helfen würden, den messerschwingenden Fahrer des BMW ausfindig zu machen. Aber so sehr er sein Gedächtnis auch bemühte, so fiel ihm doch nichts ein, was er nicht bereits zu Protokoll gegeben hatte.

Die KTU hatte inzwischen herausgefunden, dass das Blut in dem sichergestellten BMW tatsächlich von Hasenkrug stammte. Außerdem hatte man dessen Handy unter dem Sitz gefunden. Es war davon auszugehen, dass es ihm aus der Tasche gerutscht war. Von seinem Portemonnaie fehlte allerdings nach wie vor jede Spur, doch vermochte auch niemand zu sagen, ob er es überhaupt bei sich gehabt hatte.

„Wenn wir doch nur einen einzigen Hinweis darauf hätten, was Sebastian Hasenkrug wusste oder getan hat, um in das Fadenkreuz dieses brutalen Idioten zu geraten", meinte Maarten und verzog nach einem Schluck Kaffee angewidert das Gesicht. „Wenn es interessante Neuigkeiten bezüglich der Ermittlungen gegeben hätte, hätte er sie uns doch mit Sicherheit mitgeteilt. Wir haben gestern Abend noch spät miteinander telefoniert. Ich kann mir nicht vorstellen, dass es in der Nacht oder am frühen Morgen solch gravierende Vorkommnisse gegeben hat, dass Hasenkrug für den Mörder zur echten Bedrohung wurde."

„Nein." Büttner fuhr sich mit der Hand müde über das Gesicht. Die durchwachte Nacht forderte ihren Tribut, aber er wusste genau, dass er auch in der kommenden keine Ruhe finden würde. „Er war ja kurz vor seinem Verschwinden noch bei mir in der Turnhalle. Also hätte er mich über neue Entwicklungen in Kenntnis gesetzt. Außerdem wirkte er recht entspannt." Bei der Erinnerung an Hasenkrugs akrobatische Einlage umspielte ein schwaches Grinsen seine Mundwinkel. „Er hat sich sogar zu sportlichen Höchstleistungen aufraffen können."

Auf Maartens und Tomkes fragenden Blick hin, erzählte er in wenigen Worten von den Ringen, an denen Hasenkrug sich ohne Mühen emporgeschwungen hatte. Hatte Büttner geglaubt, damit auch Tonja ein wenig aufmuntern zu können, so sah er sich getäuscht. Ganz im Gegenteil schien sie ihrem Gespräch gar nicht zu folgen, sondern in Gedanken ganz woanders zu sein.

Für eine ganze Weile hing jeder seinen Gedanken nach, doch schließlich schnaubte Büttner kurz und sagte dann zu Maarten und Tomke: „Und Sie sind ganz sicher, dass Ihnen an dieser Ariane Klobe nichts Eigenartiges aufgefallen ist?"

Tomke schob die Unterlippe vor, überlegte kurz und schüttelte dann langsam den Kopf. „Nichts", sagte sie. „Ariane war wirklich sehr sympathisch und machte einen gut gelaunten Eindruck. Selbst über die Sache mit dem Teppich der Viskers machte sie Scherze, obwohl sie diese Geschichte am Mittag noch sehr zu beschäftigen schien."

„Keno und Ines kennen sie schon seit Jahren", ergänzte Maarten. „Sie sind gute Freunde, auch wenn Ariane und ihr Mann nur wenige Wochen im Jahr in Dornumersiel Urlaub machen."

„Und was ist ihr Mann für ein Typ?", wollte Büttner wissen.

„Michael? Ein eher unscheinbarer Geselle. Hat den ganzen Abend nicht viel gesagt, schien sich aber dennoch gut zu amüsieren. Vor allem verstand er sich sehr gut mit Tebbe und Marion Wibben, sie gingen sehr vertraut miteinander um, wie beste Freunde eben. Aber auch sie kennen sich ja schon ewig."

Büttner wollte gerade etwas darauf erwidern, als die Stationstür aufschwang und ein Arzt mittleren Alters mit ernstem Gesichtsausdruck direkt auf sie zusteuerte. „Sind Sie Angehörige von unserem Patienten Sebastian Hasenkrug?", fragte er und schaute von einem zum anderen.

„Wir …" Büttner zögerte kurz, zog dann seine Polizeimarke und hielt sie dem Arzt unter die Nase. „Er ist mein Kollege. Ich ermittle in diesem Fall."

„Und Sie?" Der Arzt schaute nun Maarten und Tomke prüfend an.

„Die auch", antwortete Büttner schnell, bevor einer von ihnen etwas sagen konnte. Sein Blick fiel auf Tonja, aus deren Gesicht beim Anblick des Arztes, der nicht wie die anderen einfach an ihnen vorbeiging, sondern sie tatsächlich ansprach, auch der Rest Farbe gewichen war. Sie schien aus lauter Angst vor schlechten Nachrichten nicht in der Lage zu sein, ein Wort zu sagen, sondern saß wie festgetackert auf ihrem Stuhl, die Hände so fest um die Sitzfläche gekrallt, dass die Knöchel weiß hervortraten.

Büttner machte eine Kopfbewegung in ihre Richtung.

„Frau Feldmann ist die Verlobte von Herrn Hasenkrug." Er bemühte diese antiquiert anmutende Umschreibung für das Eheversprechen ganz bewusst, weil sie der Verbindung zweier Menschen – im Gegensatz zu den Bezeichnungen Freundin oder Lebensgefährtin – einen offizielleren Anstrich gab und damit bei eher konservativ veranlagten Mitmenschen in der Regel größeres Wohlwollen hervorrief.

So auch bei diesem Arzt. Er zeigte nun eine gewisse Erleichterung. Seiner plötzlich viel entspannteren Mimik war unschwer anzusehen, dass ihm ein Gespräch mit einer Angehörigen deutlich lieber war als eines mit der Polizei.

„Wir konnten Ihren Verlobten stabilisieren", sagte er nun an Tonja gewandt. „Nach wie vor ist er in einem kritischen Zustand, aber keineswegs chancenlos. Wir hoffen, dass die verabreichten Blutkonserven die erwünschte Wirkung zeigen und es ihm bald wieder besser geht. Er verfügt über eine hervorragende Konstitution, das wird ihm helfen."

Es dauerte einen längeren Augenblick, bis Tonja die Worte des Arztes verarbeitet hatte, dann jedoch sprang sie von einem Moment auf den anderen wie von der Tarantel gestochen auf, fiel dem Arzt um den Hals und drückte ihm mehrere Küsse auf die Wange. „Danke", flüsterte sie immer wieder, „danke, danke, danke."

Der Arzt ließ diese Attacke stoisch über sich ergehen und zeigte sogar ein verständnisvolles Lächeln, was Büttner sehr für ihn einnahm. „Danken können Sie mir immer noch, wenn er es tatsächlich geschafft hat", schmunzelte der Doktor und strich ein paarmal glättend über seinen Kittel, als Tonja wieder von ihm abließ.

„Bitte, bitte, darf ich zu ihm?", fragte Tonja und tippelte

nun wie ein Kind vor der Bescherung von einem Bein auf das andere.

„Warum nicht", erwiderte der Arzt ohne zu zögern, „ich könnte mir vorstellen, dass Ihre belebende Anwesenheit den Heilungsprozess Ihres Verlobten äußerst positiv beeinflusst."

Ein Charmeur war der Kerl also auch noch, griente Büttner still in sich hinein, konnte jedoch nicht verleugnen, dass die aufmunternden Worte des Arztes auch bei ihm ihre Wirkung entfalteten. Er fühlte sich um etliche Zentner erleichtert, auch wenn die Gefahr noch nicht gebannt war.

14

„Sie glauben, dass Ariane Klobe etwas mit der Sache zu tun hat?", knüpfte Tomke wieder an das Thema an, als sie das Auricher Krankenhaus verlassen hatten und zurück nach Dornum gefahren waren.

Nach der erleichternden Nachricht, dass es Hasenkrug womöglich bald besser gehen würde, hatte sich bei ihnen ein Hungergefühl eingestellt, obwohl Büttner noch eine Stunde zuvor hätte schwören können, nie wieder in seinem Leben etwas Essbares in sich hinein zu bekommen. Also saßen sie nun unter dem schattenspendenden Sonnenschirm einer Pizzeria und ließen sich, untermalt vom entfernt zu ihnen herüberklingenden Gesang eines Shanty Chors, Pasta und ein kühles Bier schmecken.

Büttner wischte sich einen Schaumbart von der Oberlippe und erwiderte: „Ich könnte nicht wirklich sagen, worin genau mein Verdacht besteht. Aber diese ganze Story mit der in einen Teppich gewickelten Leiche und Frau Klobes angeblich zufälliges Zusammentreffen mit Hasenkrugs messerschwingendem Gegner unmittelbar vor seinem Verschwinden erscheint mir doch etwas konstruiert. Die Frage ist nur, wovon sie mit diesem Verhalten ablenken will."

„Wenn sie ablenken will", schränkte Maarten Büttners

Ausführungen ein. „Aber ein wenig seltsam ist die Sache schon, da haben Sie recht."

„Vielleicht war ja Sebastian Hasenkrug die Ablenkung", merkte Tomke nach kurzer Überlegung an.

„Inwiefern?", fragte Büttner.

Tomke wischte mit der Serviette einen Fleck von der rotweiß-karierten Wachsdecke, bevor sie erklärte: „Nun ja, vielleicht fühlt sich Geert Wibbens Mörder – oder die Mörderin – von den Ermittlungen in die Enge getrieben, und er setzt nun alles dran, damit sich die Polizei mit anderen Dingen beschäftigt, was ja auch gelungen ist. Die letzten zwei Tage jedenfalls gingen ausschließlich mit der Suche nach Sebastian Hasenkrug und mit dessen medizinischer Versorgung drauf."

„Du glaubst, es will jemand Zeit gewinnen? Aber wofür?", fragte Maarten.

„Das gilt es herauszufinden", zuckte Tomke die Achseln.

„Hasenkrug als Ablenkung." Büttner zog die Stirn in Falten. „Wenn es so war, wie Sie es hier andenken, dann muss es sich um einen äußerst skrupellosen Täter handeln. Wenn man einen Mord begeht, nur um von einem anderen abzulenken, dann hat man entweder nichts mehr zu verlieren oder aber man ist durch und durch abgebrüht und schert sich in keinster Weise um ein Menschenleben."

Maarten verzog das Gesicht, als hätte er in eine Zitrone gebissen. „Eine erschreckende Vorstellung", meinte er. „Wer weiß, was ihm dann noch alles einfällt."

Auf diese Bemerkung hin herrschte minutenlanges Schweigen am Tisch. Die Möglichkeit, dass in Dornum womöglich ein gewissenloser Killer sein Unwesen trieb, wirkte nicht eben appetitanregend. Und so stocherten die drei lustlos in ihren Nudeln herum und suchten krampfhaft nach einer Erklärung dafür, warum alles so hatte kommen müssen.

„Ich frage mich die ganze Zeit schon, warum man Hasenkrug ausgerechnet unter dem Bauwagen deponiert hat", durchbrach Tomke schließlich das Schweigen. „Ich meine, mit dem Messer attackiert wurde er ja nachweislich nicht weit von der Dornumer Turnhalle entfernt. Warum lässt der Täter ihn dort nicht einfach liegen, sondern schafft ihn mit dem Auto nach Dornumersiel und legt ihn unter einen bunt bemalten Anhänger? Das kann doch kaum Zufall sein."

„Sie kennen den Wagen?" Büttner blickte Tomke interessiert an.

„Ich hab ihn schon gesehen, mehr nicht. Er steht seit drei Tagen an diesem Platz. Allerdings habe ich nie jemanden gesehen, der sich in oder an ihm aufhielt, wenn ich daran vorbeikam. Ich weiß noch, dass ich mich gefragt habe, warum der Besitzer dort draußen campiert und nicht auf dem Campingplatz gleich nebenan."

„Mich wundert vielmehr, dass ihn noch keiner abgeschleppt hat. Steht im absoluten Halteverbot", meinte Maarten augenzwinkernd. „Wird der Wagen denn jetzt auf Spuren untersucht?", wandte er sich an Büttner.

Der nickte. „Ja, natürlich. Die Kollegen haben sich Zutritt verschafft, nachdem keiner zu sagen vermochte, wem er gehört. Er ist jetzt praktisch polizeilich gesichertes Sperrgebiet und wird morgen auch in den Zeitungen abgebildet sein. Im Internet, speziell in den sozialen Medien, wird bereits um Mithilfe bei der Auffindung des Eigentümers gebeten."

„Was bei solch einem auffälligen Gefährt ja nicht allzu lange dauern dürfte", stellte Tomke fest.

„Es sei denn, auch die kunterbunte Bemalung dient als Tarnung", seufzte Büttner. „Womöglich stand das Gefährt noch in der vergangenen Woche in frischem Mausgrau auf einer Baustelle und kam dort seiner Bestimmung nach. Ich hab schon recherchieren lassen, ob irgendwo einer als gestohlen gemeldet wurde, aber dafür gibt's bislang keinerlei Anhaltspunkte."

„Wir könnten uns in der Gegend ein wenig umhören, ob jemand etwas über den Wagen weiß", schlug Maarten vor.

Büttner schob ohne erkennbares System Salz- und Pfefferstreuer mehrmals über das Wachstuch, schaute dann von einem zum anderen und sagte eindringlich: „Wie ich bereits betonte, möchte ich nicht, dass Sie mir weiterhin in dieser Angelegenheit behilflich sind. Solange ich nicht weiß, worin das Motiv für den Angriff auf meinen Assistenten lag, ist es viel zu gefährlich."

„Aber wir …", wollte Maarten widersprechen, Büttner jedoch schnitt ihm mit einer Geste das Wort ab.

„Nein. Ich danke Ihnen, aber die Sache geht nun nur noch mich etwas an."

„Ach, kiek mal eener an, da is ja wieder der Kommissar!"

Noch ehe Büttner sich's versah, stand eine alte Bekannte neben ihrem Tisch: Die Berlinerin, die behauptete, gesehen zu haben, wie jemand mitten in der Nacht ein Bad in der Nordsee nahm – was im Sommer so ganz außergewöhnlich gar nicht war, wie sie anscheinend vermutete.

Sie stand mit verschränkten Armen da und sah ihn an wie einen ungezogenen Schulbengel, der seinem Lehrer soeben einen bösen Streich gespielt hatte. Als er sie nur schweigend musterte, sagte sie: „Eben noch hab ick zu meen Heinz jesacht, dat ick mal wissen will, wer hier immer einfach so die Leute abmurkst. Nu hattet ja schon wieder eenen erwischt, hört man. Und da heißtet immer, dat det Ostfriesland so 'n harmloser Landstrich sein tut. Pah! Davon glob ick nu keen Wort mehr. Nich ma bei uns in Berlin jibtet so viel Mord und Totschlag wie hier, det können Se mir jloben."

„Ich hätte es auch lieber anders", knurrte Büttner.

„Und dann jibt hier och noch Leute, die es fertigbringen, im Meer zu ersaufen, obwohl et doch eijentlich nie da is", ließ sich die Berlinerin nicht beirren. „Nun weeß ick och, warum alle meinen, dat die Ostfriesen een bisschen komisch sind. Na ja, vielleicht hat der Mörder ja nun jenuch und hört uff mit dem Morden."

„Das käme mir sehr entgegen."

„Ick jedenfalls hab zu meen Heinz jesacht, dat ick nächsten Sommer wieder nach Majorca flieje. Da muss man wenigstens nich jeden Tach um sein Leben fürchten wie bei den Ostfriesen."

„Ich bitte darum. Vielleicht könnten Sie diese Alternative ja auch mit sofortiger Wirkung in Erwägung ziehen", konnte es sich Büttner nicht verkneifen zu sagen.

Doch die Frau schien ihm gar nicht zuzuhören, sondern hatte es plötzlich sehr eilig, sich zu verabschieden, da sie offensichtlich die Glocke des sich nähernden Eiswagens gehört hatte.

„Schönen Tach noch, Herr Kommissar!", rief sie ihm zu und rauschte, ihren Heinz am Arm mit sich ziehend, davon.

„Was war denn das?", lachte Maarten. „Eine Bekannte von Ihnen?"

„Ich kenne sie vom Strand", antwortete stattdessen Tomke mit einem breiten Grinsen. „Sie hatte das Prinzip von Ebbe und Flut nicht verstanden und sich bitterlich darüber beschwert, dass die Ostfriesen immer versäumen, das Wasser zu bestellen, wenn sie baden möchte."

Büttner zuckte nur mit den Schultern und machte der Kellnerin Zeichen, dass er einen Cappuccino wolle. Maarten und Tomke schlossen sich ihm an.

„Ich müsste gleich noch mal zu den Viskers", sagte Büttner mit einem Blick auf die Uhr. „Gestern blieb keine Zeit mehr für ein Gespräch mit dem Ehepaar, das nachts angeblich Leichen aus dem Haus trägt." Jetzt nach dem Essen spürte er, wie eine bleierne Müdigkeit in ihm hochkroch, und auch der pochende Kopfschmerz hatte sich nach wie vor nicht verabschiedet. Am liebsten wäre er nach Hause gefahren und hätte sich mal so richtig ausgeschlafen. Diese schräge Berlinerin hatte schon recht, dachte er: Man sollte den Ostfriesen endlich mal beibringen, dass Mord auch keine Lösung war.

„Und vergessen Sie diesen Hannes Lammers nicht", erinnerte Tomke Büttner an den Vater der kleinen Melanie. Tonja hatte ihr am Telefon vom zufälligen Treffen mit dem Mann erzählt, doch aufgrund der Umstände war ihres Wissens in dieser Sache noch nichts weiter passiert.

„Da sind die Kollegen dran", sagte Büttner zu ihrer

Überraschung. „Ich warte auf die Zusammenfassung des Aktenstudiums."

„Erstaunlich, was Sie alles wegarbeiten, trotz der Sorge um Sebastian Hasenkrug", gab Tomke ihrer Verwunderung Ausdruck.

„Nicht trotz, sondern wegen der Sorge", korrigierte Büttner sie. „Schließlich wurde ich dadurch die ganze Nacht wach gehalten und dachte, warum sollte es den Kollegen, die planmäßig Dienst hatten, besser gehen als mir. Also habe ich sie mit allerhand Rechercheaufträgen eingedeckt. Immerhin wissen wir jetzt schon mal, dass die Geschichte stimmt. Geert Wibben hat die kleine Marlene …"

„Melanie."

„Ja. Er hat Melanie nachweislich mit dem Auto überfahren, das ist aktenkundig. Den Vater habe ich vorladen lassen."

Büttner blickte unbehaglich auf sein Handy, das in Greifweite vor ihm auf dem Tisch lag und angefangen hatte zu schrillen. Auch Maarten und Tomke saßen plötzlich wie vom Donner gerührt da. Alle drei hegten sie die Befürchtung, dass doch noch ein Anruf aus der Klinik kam, in dem ihnen der Tod Sebastian Hasenkrugs mitgeteilt würde.

Büttner warf einen vorsichtigen Blick aufs Display und erkannte die Nummer seiner Sekretärin Frau Weniger. Auch das konnte schlechte Nachrichten bedeuten, wahrscheinlicher aber war es, dass sie ihn über die Untersuchungen auf dem Laufenden halten wollte. Also ging er dran und hörte – während die Kellnerin den Cappuccino auf den Tisch stellte – für eine ganze Weile nur schweigend zu, wobei sich seine Stirn mehr und mehr umwölkte. „Okay, danke", sagte er schließlich und beendete das Gespräch mit einem unterdrückten Fluchen.

„Schlechte Nachrichten?", fragte Maarten, als Büttner ein unwilliges Schnauben von sich gab.

Büttner nahm einen Schluck seines Cappuccinos, bevor er antwortete: „Wir wissen jetzt, dass das Messer, mit dem der Baum traktiert und der Vogel massakriert wurden, dasselbe ist, mit dem Hasenkrug die Verletzung zugefügt wurde. Also handelt es sich bei dem Täter mit hoher Wahrscheinlichkeit um den kampfsporterprobten BMW-Fahrer, den Ariane Klobe gesehen haben will."

„Das ist doch mal eine Nachricht, mit der man etwas anfangen kann", stellte Maarten fest. „Bei all dem Fahndungsaufwand, der betrieben wird, kann es ja nicht mehr allzu lange dauern, bis man den Kerl dingfest gemacht hat. Bleibt dann nur noch die Frage, wo sein Motiv lag."

„Oder wer ihn beauftragt hat", warf Tomke ein. „Wir sollten mal …"

„*Sie* sollten gar nichts", hob Büttner abwehrend die Hand und betonte dabei das erste Wort besonders deutlich. „Womit ich zum zweiten Teil der Nachricht komme."

„Der da wäre?"

„Man hat mir eine Kollegin zugeteilt, sozusagen eine Vertretung für Hasenkrug. Anscheinend hat man sich in den oberen Etagen gedacht, dass die Sache so langsam ein wenig unübersichtlich für mich alleine wird."

„Sie klingen nicht gerade begeistert."

Büttner stieß einen grunzenden Laut hervor. „Bis ich die Dame eingearbeitet habe, habe ich den Fall auch alleine gelöst. In einer solchen Situation ist nichts schlimmer als jemanden ohne Wissen und Routine an die Seite gestellt zu bekommen. Aber das zu begreifen, übersteigt den Horizont der ach so kompetenten Entscheidungsträger."

„Kennen Sie die Kollegin denn schon?", fragte Tomke.

„Nein. Ich fürchte, Frau Weniger hat den Namen genannt, aber ..." Er zuckte entschuldigend die Schultern. „Mit Namen hab ich's nicht so, wissen Sie."

„Nö, merkt man gar nicht", zwinkerte Tomke.

„So." Während Büttner an seinem Cappuccino nippte, warf er erneut einen Blick auf die Uhr und dann auf die Eisdiele gegenüber, an der die Warteschlange zu seinem Bedauern nicht abriss. Als er einen Schäferhund in der Menge entdeckte, dessen Zunge vor lauter Hecheln beinahe den Asphalt berührte, fragte er sich, wie bescheuert Menschen sein mussten, um ihren Vierbeiner bei solch einer Hitze zu einem Gang durch die glühendheiße Innenstadt zu nötigen. Er selbst würde nicht einmal darüber nachdenken, seinen Hund Heinrich solch einer Qual auszusetzen, sondern hatte dessen Korb zu Hause sogar an einem extra kühlen Ort deponiert. Wenn er eines hasste, dann waren es Egoisten, die sich Haustiere anschafften und sich keine Gedanken darum machten, was diesen guttat und was nicht.

„Oh." Tomke schluckte, als nun ihr Smartphone ein fiepsendes Geräusch von sich gab. „Eine WhatsApp von Tonja", sagte sie mit belegter Stimme.

„Das kann eigentlich nichts Beunruhigendes sein." Maarten sah seine Frau aufmunternd an. Er konnte sich nicht vorstellen, dass jemand ausgerechnet eine Todesnachricht per WhatsApp übermitteln würde, obwohl man in der heutigen Zeit natürlich mit allem rechnen musste.

Tomke tippte auf dem Touchscreen herum, dann las sie: „Sebastian geht es ein bisschen besser. Die Ärzte sind sehr zuversichtlich."

Auf den Gesichtern von Büttner und Maarten zeigte sich ein erleichtertes Lächeln.

„Okay, ich muss dann mal wieder", sagte Ersterer, legte einen Geldschein auf den Tisch und stand auf. Für einen kurzen Moment verzog er angeekelt das Gesicht, weil ihm das schweißnasse Hemd am Rücken klebte. Außerdem spürte er dünne Rinnsale Schweiß die Pobacken hinunterlaufen. Aber da musste er jetzt durch. Gott sei Dank ging es allen anderen ja auch nicht anders. Und außerdem: Was war schon ein bisschen Schweiß gegen den Überlebenskampf, den sein Assistent gerade führte?

Er schnaubte ungehalten. Nun wurde es wirklich Zeit, sich wieder auf den Job zu konzentrieren. Denn wenn er eines hasste, dann waren es Sentimentalitäten.

15

„Es ist tatsächlich Geert Wibben? Das ist gut. Möge er in der Hölle schmoren."

Auch Hauptkommissar David Büttner gegenüber machte Hannes Lammers keinen Hehl daraus, dass er über den Tod des Mannes, der seine Tochter Melanie auf dem Gewissen hatte, froh war.

Hannes Lammers hatte der Vorladung überpünktlich Folge geleistet, auch wenn er auf Büttner nicht den Eindruck machte, als liefe sein Leben ansonsten in geordneten Bahnen. Laut den Informationen, die zwischenzeitlich den Weg auf seinen Schreibtisch gefunden hatten, war der Mann nach dem Tod seiner Tochter auf ganzer Linie gescheitert. Seine Personalakte bei der Polizei, bei der er es vor seinem Schicksalsschlag immerhin bis zum Hauptkommissar gebracht hatte, füllte mehrere Ordner.

Nachdem Melanie gestorben war, hatte er alle ihm beruflich zur Verfügung stehenden Möglichkeiten genutzt, um Geert Wibben für möglichst lange Zeit hinter Gitter zu bringen. Dabei war er in seiner grenzenlosen Trauer Wege gegangen, die ihm schließlich die Suspendierung samt der Aberkennung seines bis dahin erworbenen Pensionsanspruches eingebracht hatten.

Eine Zeit lang hatte er sich mit Gelegenheitsjobs über

Wasser gehalten, war jedoch mehr und mehr dem Alkohol verfallen und eines Morgens in der Ausnüchterungszelle seines früheren Arbeitgebers und mit einer Anzeige wegen Körperverletzung aufgewacht.

Jeder Versuch, fortan wieder im Arbeitsleben – und überhaupt im Leben – Fuß zu fassen, schlug fehl, denn durch den ausufernden Alkoholkonsum dauerte es nicht lange, bis auch seine Gesundheit Schaden nahm.

Nach dem vierten erfolglosen Aufenthalt in einer Entzugsklinik gaben ihn die Ärzte auf. Seither lebte er ein Leben, das man gemeinhin wohl als ein Dahinvegetieren bezeichnete.

Zu seinem Glück besaß er das kleine Häuschen seiner Eltern, das er nach deren frühem Tod geerbt hatte und in dem er noch heute lebte. Außerdem hatte er von seinen Großeltern Geld geerbt, dass ihm seine finanzielle Unabhängigkeit auf niedrigem Niveau sicherte und ihm den Gang zum Sozialamt ersparte.

Büttners Ansicht nach hatte Hannes Lammers also nicht allzu viel zu verlieren, und doch erschien es ihm wenig wahrscheinlich, dass dieser sein bisschen Freiheit durch eine Straftat aufs Spiel setzte. Ganz im Gegenteil meinte er dem Mann auch jetzt noch anzumerken, dass er sich in grauer Vorzeit einmal der Verteidigung von Recht und Gesetz verschrieben hatte, obwohl er nicht sagen konnte, was genau ihm diesen Eindruck vermittelte.

„Hatten Sie Kontakt zu Geert Wibben, als er wieder hier war?", fragte Büttner den in Jeans und ein schlichtes T-Shirt gekleideten Mann, nachdem er ihn ausgiebig gemustert hatte.

„Nein. Ich habe gehört, dass er in Dornumersiel ist und seinem Bruder das Leben schwer macht. Das hat gereicht, um vor dem Schlafengehen eine Flasche Schnaps zu trinken, damit ich nicht die ganze Nacht über den Hurensohn nachdenken musste. Er hat mir einmal mein Leben zerstört und – wie man mir unschwer ansieht – in gewisser Weise immer noch Macht über mich, obwohl ich ihn so lange nicht gesehen habe. Da muss ich ein Treffen nicht auch noch mutwillig herbeiführen. Gut möglich, dass ich dem Stück Scheiße dann den Garaus gemacht hätte. Gott sei Dank hat das ja nun jemand anderer besorgt."

„Und Sie haben nicht zufällig eine Idee, wer es gewesen sein könnte?"

„Selbst wenn, dann würde ich es Ihnen nicht sagen."

„Das hatte ich befürchtet." Büttner stand auf und ging zur Kaffeemaschine, die er von zu Hause mitgebracht und auf einer der Turnbänke deponiert hatte. Er hatte erhebliche Mühe, die Augen offen zu halten, und die Vernehmung strengte ihn über die Maßen an. Ein ordentlicher Schub Koffein konnte da nicht schaden. „Möchten Sie auch einen Kaffee?", fragte er Hannes Lammers.

„Gerne."

Als das Gluckern der Kaffeemaschine zu hören war, setzte sich Büttner wieder an seinen Platz und sagte: „In den Unterlagen habe ich nichts zu der Mutter Ihrer Tochter gefunden. Können Sie mir ein bisschen was über sie erzählen?"

Zwischen den Augen des Mannes bildete sich eine steile Falte. „Was soll das bringen? Es gibt sie seit fast dreißig Jahren nicht mehr."

„Sie ist tot?", fragte Büttner verwundert.

„Das weiß ich nicht. Ich hab sie seit Melanies Geburt nicht mehr gesehen."

„Sie hatten gar keinen Kontakt? Auch nicht in Sachen Unterhalt oder so?"

„Nein."

„Hm." Büttner reckte ein paarmal die Arme in die Höhe, weil er das Gefühl hatte, dann wieder ein klein wenig wacher zu werden. „Eine Mutter, die so mir nichts, dir nichts ihr Kind verlässt, ist nicht gerade das Übliche."

Hannes Lammers trommelte nervös mit den Fingern auf dem Tisch herum. „Es war eine kurze Affäre, für uns beide völlig ohne Bedeutung. Sie wurde schwanger und sagte mir, dass sie das Kind abtreiben würde. Ich habe sie angefleht, es nicht zu tun und gesagt, dass sie keine Verpflichtungen haben würde. Das war ihr sehr wichtig. Sie war damals ziemlich pleite, hatte Schulden, wollte studieren. Also haben wir eine Vereinbarung getroffen. Ich wollte das Kind unbedingt, sie brauchte Geld. Also brachte sie Melanie zur Welt und verschwand."

„Eine ungewöhnliche Geschichte."

Hannes Lammers seufzte. „Ja, das ist sie wohl. Aber deshalb nicht weniger wahr."

„Darf ich fragen, warum Sie es sich zumuten wollten, Ihr Kind alleine großzuziehen?"

„Für mich war es keine Zumutung." Der Gesichtsausdruck des Mannes hatte sich bei Büttners Frage merklich verfinstert. Er rutschte umständlich und mit unterdrücktem Stöhnen auf seinem Stuhl hin und her und suchte anscheinend nach einer einigermaßen schmerzfreien

Position. „Wissen Sie", sagte er dann, „ich war ein Kind, das keiner gewollt hat. Meine Eltern sahen mich immer nur als Belastung. Zeitlebens hatte ich mir geschworen, dass es bei meinen eigenen Kindern anders sein würde. Eine Abtreibung wäre für mich nie in Frage gekommen."

Während der Mann sprach, war Büttner aufgestanden und machte sich erneut an der Kaffeemaschine zu schaffen. Er goss zwei Tassen voll und reichte eine davon an Hannes Lammers weiter, der sie mit zitternden Händen entgegennahm und sofort auf dem Tisch abstellte.

„Und dann kam Geert Wibben und hat Ihr Lebensglück zerstört", stellte Büttner nach einem ersten Schluck Kaffee, an dem er sich die Zunge verbrühte, fest.

Der Mann zuckte die Schultern. „Gut möglich, dass ich es mir selbst zerstört habe", sagte er dann zu Büttners Erstaunen.

„Wie meinen Sie das?" Büttner bemerkte, dass er durch die verbrühte Zunge nun leicht lispelte.

„Nun, man kann nicht sein ganzes Leben lang jammern, weil irgendwer einem mal irgendwas getan hat. Letztlich lag es doch an mir selbst, mir mein Lebensglück wieder aufzubauen."

„Aber?"

„Ich war zu schwach. Als Melanie ums Leben kam, hatte ich seit wenigen Monaten eine feste Beziehung zu einer Frau. Wir liebten uns, wollten gemeinsame Kinder." Er beugte sich zum Tisch hinunter und blies abwesend in seinen Kaffee ohne jedoch einen Schluck zu nehmen. „Ich hab's vergeigt. Die Trauer um Melanie hat mir den Verstand geraubt. Ich war Tag und Nacht damit beschäftigt,

Rachepläne zu schmieden, habe alle verrückt gemacht mit meinem Wahn und mich zu – sagen wir mal – nicht so geglückten Handlungen hinreißen lassen. Als würde mein Kind dadurch wieder lebendig." Er deutete auf die Aktenordner, die vor Büttner auf dem Tisch lagen. „Steht alles da drin, auch mein Scheitern. Das konnte keine Beziehung aushalten. Also hab ich auch meine große Liebe verloren. Tja. Und das war's dann."

„Sie gehen hart mich sich selbst ins Gericht", stellte Büttner fest.

„Muss auch mal sein."

„Wenn Sie meinen."

„Kann ich sonst noch etwas für Sie tun?"

Büttner überlegte einen kurzen Moment, dann fragte er: „Kennen Sie die Viskers?" Er wühlte in seinen Zetteln, weil ihm die Vornamen des Ehepaars entfallen waren. „Manuela und André Visker?"

„Ja." Erstmals nippte Hannes Lammers an seinem Kaffee, auch wenn es ihm offensichtlich schwerfiel, die Tasse zu halten. „Allerdings habe ich nichts mit ihnen zu tun. Die Polizei hat die beiden auf dem Kieker, habe ich gehört."

Büttner runzelte die Stirn. „Darf ich fragen, von wem Sie das gehört haben?"

„Fenno Ukena. Ein Nachbar von mir. Er ist sozusagen der Dorffunk. Ihm entgeht rein gar nichts. Angeblich gibt es da eine Touristin, die irgendwas beobachtet haben will. Und Sie haben gestern und heute ja wohl bei den Viskers vorgesprochen." Er zog eine Fratze. „Das wird die Leute freuen, da haben sie endlich mal wieder was, worüber sie sich das Maul zerreißen können."

„Die Sache ist noch sehr vage", entgegnete Büttner antriebslos.

„Das interessiert die Leute aber nicht."

„Im Allgemeinen nicht, nein."

„Die Sache mit Ihrem Kollegen tut mir sehr leid", sagte Hannes Lammers nach einem längeren Moment des Schweigens. „Wie man hört, schwebt er nach wie vor in Lebensgefahr."

„Hat dieser Fenno Ukena etwa auch Kontakte ins Auricher Krankenhaus?", fragte Büttner ein wenig zu schroff.

„Gut möglich. Gibt es schon Anhaltspunkte, wer ihn niedergestochen hat?"

„Sie sind doch vom Fach. Dann werden Sie verstehen, dass ich dazu nichts sagen kann."

„Ich habe ihn gesehen", blieb Hannes Lammers unbeeindruckt beim Thema. „Ich war gerade am Campingplatz unterwegs, als er angekommen ist mit seinem bunten Wagen."

Büttner richtete sich kerzengerade auf, was ihm einen unangenehmen Stich im Nacken bescherte, und fühlte sich plötzlich hellwach. „Sie haben ihn gesehen? Den Kampfsportler?"

„Kampfsportler?" Hannes Lammers runzelte die Stirn. „Davon weiß ich nichts."

„Erstaunlich."

„Ich weiß nur, dass er den Bauwagen mit seinem schweren BMW an die Stelle zog, an der er jetzt steht. Hab dann aber nicht weiter auf ihn geachtet."

„Wann war das?"

„Zwei Tage bevor das mit Ihrem Kollegen passierte, glaube ich. Ein netter Kerl mit einer sympathischen Frau übrigens. Sie wissen sicherlich, dass ich mit den beiden gesprochen habe." Als Büttner ihn nur stumm ansah, schlug er sich mit der flachen Hand vor die Stirn und sagte: „Natürlich wissen Sie das, sonst wäre ich ja jetzt nicht hier."

„Können Sie den Mann beschreiben?"

„Den mit dem Bauwagen? Hm." Lammers nahm einen Schluck Kaffee. „Mittelgroß, mittelalt, mittelschlank, mittelblond."

„Ach der", knurrte Büttner.

„Irgendjemand muss ihn doch gesehen haben."

Büttner seufzte. „Angeblich nicht. Wir haben überall gefragt, außerdem läuft die öffentliche Fahndung. Bis auf ein paar fragwürdige Hinweise zum Bauwagen gab's nur Schulterzucken. Der Kerl ist wie ein Phantom. Und selbst die einzige Zeugin, die ihn gesehen haben will, kann sich angeblich nicht an sein Gesicht erinnern. Somit haben wir nicht mal ein Bild vom Phantom."

„Seltsam."

„Kann man sagen."

„Ich sag Fenno, dass er Augen und Ohren offenhalten soll. Wenn einer was herausfindet, dann er."

Büttner beugte sich vor und sah sein Gegenüber aus schmalen Augen an. „Sie müssen mal ein guter Ermittler gewesen sein", sagte er dann.

Hannes Lammers lachte kurz auf. „Ja. Gut möglich. Aber das war in einem anderen Leben."

„Wenn Sie bereit sind, uns bei der Suche nach demjenigen zu unterstützen, der meinen Kollegen niedergestochen hat, dann kann ich wohl davon ausgehen, dass Sie nicht der Meinung sind, es sei derselbe wie der Mörder von Geert Wibben?", schlussfolgerte Büttner.

„Ich wüsste nicht, was die eine Tat mit der anderen zu tun haben sollte", erwiderte der Mann.

„Er muss ein Motiv gehabt haben."

„Zweifelsohne. Aber muss es unbedingt etwas mit Ihren Ermittlungen zu tun haben? Zumal Ihr Kollege ja wohl verdeckt ermittelte. Ich würde da an Ihrer Stelle nicht so eingleisig denken. Sie scheinen sich in die Vorstellung zu verrennen, dass die beiden Taten miteinander im Zusammenhang stehen. Möglich ist es. Aber nicht möglicher als alles andere auch."

Büttner ließ sich in seinen Stuhl zurücksinken. Er wusste, dass der Mann recht hatte. Oder doch nicht? Er stutzte. Hatte Hannes Lammers womöglich einfach nur vor, ihn von der richtigen Spur abzubringen? Was, wenn er selbst der Mörder von Geert Wibben war? Dann hätte er allen Grund, die Polizei auf eine falsche Fährte zu locken. Vielleicht war sogar alles ganz anders. Vielleicht gab es diesen ominösen Kampfsportler ja tatsächlich nicht. Sonst müssten doch längst Hinweise zu ihm eingegangen sein.

Und wenn Hannes Lammers Hasenkrug niedergestochen hatte? Natürlich schien er physisch alles andere als in der Lage, einen körperlich fitten Polizisten zu überwältigen. Aber wenn Hasenkrug mit dem Angriff nicht gerechnet hatte, sondern seinem Widersacher ganz arglos gegenübergetreten war? In diesem Fall würde ein gezielter Stich mit dem Messer reichen, um ihn von einem Moment auf den anderen schachmatt zu setzen. Dagegen sprach allerdings, dass der Vogel mit demselben Messer massakriert worden war. Oder?

Büttner biss sich auf die Lippen. In seinem Kopf herrschte nur noch Chaos. War das, was er sich da gerade zusammenreimte, überhaupt logisch? Egal. Auf gar keinen Fall aber durfte er sich von seinem ehemaligen Kollegen einwickeln lassen oder die Fakten aus den Augen verlieren. Es konnte keineswegs schaden, eine gewisse Distanz zu wahren.

„Moin. Ich nehme an, hier bin ich richtig?"

Büttner drehte sich zur Tür der Turnhalle und sah eine junge, blonde Frau auf sich zukommen, die ihn mit einem strahlenden Lächeln musterte.

„Darf ich fragen, wer von Ihnen beiden Hauptkommissar David Büttner ist?"

„Ich", antwortete Büttner, während Hannes Lammers mit einem knappen Nicken auf ihn deutete.

„Mein Name ist Sophie Reimers. Ich soll Sie im Kampf gegen das ostfriesische Verbrechen unterstützen, sagte man mir."

Büttner fragte sich, ob das sich nicht verändernde Lächeln auf dem Gesicht der Kollegin eingefroren war. Oder hatte sie sich womöglich liften lassen und konnte jetzt nicht mehr anders? Im nächsten Moment schalt er sich selbst. Nur, weil die Kollegin nicht sein Assistent Hasenkrug war, musste er sie nicht so abweisend behandeln. Schließlich konnte sie nichts dafür, dass sie genau wie er nach Dornum abgeordnet worden war.

„Moin." Er reichte ihr die Hand und bemühte sich nun auch um ein Lächeln. „Kaffee?"

„Gerne."

„Darf ich fragen, woher Sie kommen?", fragte er, nachdem er Hannes Lammers mitgeteilt hatte, dass er jetzt gehen könne, sich aber zu ihrer Verfügung halten solle.

„Aus Leer. Dort bin ich erst seit rund zwei Monaten, vorher war ich in Osnabrück."

„Und was hat Sie in die ostfriesische Verbannung getrieben?", scherzte Büttner.

Sophie Reimers stellte ihre Tasche beiseite und setzte sich. „Ich hatte hier um die Weihnachtszeit herum einen Fall zu lösen, gemeinsam mit meinem Leeraner Kollegen Tjado Hayen. Sie kennen ihn vielleicht?"

„Ja, wir sind uns ab und zu mal begegnet. Hat er sie davon überzeugt, dass Ostfriesland die bessere Wahl ist?"

„Nee, darauf bin ich ganz alleine gekommen", lachte die junge Polizeioberkommissarin, und angesichts ihrer anscheinend guten Laune beschloss Büttner, sie sympathisch zu finden. Doch plötzlich änderte sich ihr Gesichtsausdruck und sie wurde ernst. „Darf ich fragen, wie es unserem Kollegen geht? Ich hoffe, sein Zustand hat sich stabilisiert?"

Büttner drückte ihr eine Tasse Kaffee in die Hand. „Mein letzter Stand ist, dass es ihm etwas besser geht. Ob er es schafft …" Er hob die Arme und ließ sie sogleich wieder fallen. „Einfach nur abwarten zu können, macht einen mürbe."

„Sie sehen auch ein wenig übernächtigt aus, wenn ich es so sagen darf."

„Dürfen Sie. Gegen die Wahrheit kann man sowieso nichts tun."

„Wer war das gerade?"

„Ein Zeuge. Oder ein Verdächtiger. Das bleibt herauszufinden. Sein Name ist Hannes Lammers." Büttner klärte
seine Kollegin in kurzen Sätzen darüber auf, was es mit
dem Mann auf sich hatte.

„Hm. Bitter." Sophie Reimers schüttelte sich. „Kann ich
mir vorstellen, dass man unendlich viel Kraft braucht, um
nach dem Tod des eigenen Kindes nicht am Leben zu ver-
zweifeln. Ihm ist es offensichtlich nicht gelungen."

„Nein", stimmte Büttner zu. „Dafür hatte ich den Eindruck, dass er nach dem Tod von Geert Wibben geradezu
aufblüht. Mit jeder Minute, die er hier saß, zeigte er
ein wenig mehr Haltung. Vielleicht ist es ihm einfach eine
Genugtuung, dass derjenige, der seine Tochter tötete, nun
selber auf brutale Art aus dem Leben geschieden ist."

„Natürlich ist es das. Mir würde es genauso gehen", gab
Sophie Reimers unumwunden zu. „Gibt es sonst noch
Verdächtige?"

„Ja. Die Viskers." Büttner verzog das Gesicht und
erzählte die Geschichte mit der angeblich in einen Teppich
eingerollten Leiche. „Ich war am frühen Nachmittag bei
ihnen, nachdem ich die Befragung gestern wegen des
Vorfalls mit meinem Kollegen abbrechen musste. Natürlich waren sie jetzt vorgewarnt und haben so getan, als
wüssten sie gar nicht, wovon ich rede." Er überlegte einen
Moment, dann fuhr er fort: „Bei der Frau, Manuela
Visker, hatte ich allerdings den Eindruck, dass sie recht
labil ist. Ich hätte sie gerne mal alleine hier, bevor sie in
die Karibik abreist."

„Karibik?" Sophie Reimers pfiff durch die Zähne. „Auch
nicht schlecht."

„Die Reise hat sie von ihrer Großtante zum Geburtstag bekommen."

„Wow!"

„Alter ostfriesischer Bauernadel. In der Generation kann man es sich noch leisten, auch die entferntesten Verwandten mit durchzufüttern, ohne dass man hinterher Konkurs anmelden muss."

„Beneidenswert." Sophie schlürfte an ihrem Kaffee und sah sich in der Halle um. Sie machte eine ausladende Armbewegung. „Haben Sie dieses außergewöhnliche Domizil zur Einsatzzentrale erklärt?"

„Ja. Stimmt was nicht damit?"

Sophie Reimers lachte. „Nö. Alles prima. Kann man sich die Morgengymnastik in der Pension schenken." Ihr Blick fiel auf ein Regal mit Medizinbällen. „Wir sollten einen Fitness-Parcours aufbauen. Zirkeltraining. Wie damals in der Schule. Sie erinnern sich?"

„Ungern", entgegnete Büttner knapp.

„Ich würde mir gerne mal den Fundort der Leiche ansehen", wechselte Sophie Reimers das Thema, als sie bemerkte, dass das Thema Fitness anscheinend nicht zu den Favoriten ihres Kollegen gehörte.

Büttner sah sie verwundert an. „Da gibt's nicht mehr viel zu sehen. Die Leiche liegt gut gekühlt in der Gerichtsmedizin, der Strand wurde von den Badegästen vermutlich schon mehrfach umgepflügt."

„Egal. Ich mache mir gerne ein umfassendes Bild." Sie hob die Nase in die Luft und schnupperte. „Manchmal riecht ein Tatort noch nach dem Täter, finden Sie nicht?"

„Wenn Sie meinen." Büttner konnte sich angesichts seiner

eifrigen Kollegin ein Grinsen nicht verkneifen. „Allerdings ist in diesem Fall davon auszugehen, dass Fundort nicht gleich Tatort ist. Das Meer. Es bewegt sich, wissen Sie. Und mit sich allerhand Gerümpel."

„Gerümpel." Nun war es an Sophie Reimers, ein verschmitztes Grinsen zu zeigen. „Mir ist schon zu Ohren gekommen, dass das Opfer auf nicht allzu viel Sympathie traf, als es noch lebte."

„Das dürfte die Untertreibung des Jahrhunderts sein."

Die junge Polizistin stellte die Tasse auf dem Tisch ab und sprang auf. „Gehen wir?"

„Wohin?"

„Zum Strand. Sagte ich doch gerade."

„Oh." Büttner war wenig begeistert von dem Gedanken, sich ausgerechnet zur heißesten Zeit des Tages nach draußen begeben zu müssen. Zwar glänzte auch die Turnhalle nicht gerade durch arktische Temperaturen, doch immerhin blieben die mörderischen Strahlen der Sonne ausgesperrt.

„Ich geh schon mal zum Wagen", ließ sich Sophie Reimers nicht beirren. Und noch ehe Büttner, der gerade mit einem heftigen Niesanfall kämpfte, protestieren konnte, war sie mit tänzelnden Schritten zur Tür hinaus.

„Schöne Scheiße", knurrte Büttner, ergab sich dann jedoch leise vor sich hin fluchend in sein Schicksal.

16

„Ariane, du siehst ja aus, als hättest du ein Gespenst gesehen", stellte Maarten fest, als diese durch den Garten gelaufen kam und sich zu ihnen auf die Terrasse setzte. Er
warf Tomke einen schnellen Blick zu. Die aber zuckte nur
die Schultern.

Die Laune in der Runde hatte sich merklich gesteigert,
weil Tonja sich aus der Klinik gemeldet und mitgeteilt
hatte, dass Sebastian Hasenkrug nach Ansicht der Ärzte
über den Berg sei. Tomke hatte voller Übermut darauf bestanden, auf dessen Genesung mit Sekt anzustoßen, der
ihnen bei der Hitze ein klein wenig zu Kopf gestiegen war.

„Setz dich doch, Ariane." Keno deutete auf einen freien
Stuhl, legte die kleine Ida, die in seinen Armen selig vor
sich hinschlummerte, in den Kinderwagen zurück und
füllte ein weiteres Glas mit Sekt.

„Vielleicht hast du einen Kognak oder so was da?" Arianes
Stimme klang wie einmal übers Reibeisen gezogen. Keno
zog die Brauen hoch und musterte sie kritisch.

„Was ist los?", fragte Tomke, als Keno im Haus verschwunden war, um den Kognak zu holen.

„Es – es tut mir leid, dass ich euch damit behellige, aber
ich wusste nicht, wohin ich gehen soll. Michael ist doch
für ein paar Tage zum Hochseeangeln. Ich kann ihn nicht

erreichen und außerdem …", sie hörte sich jetzt völlig ermattet an, „außerdem wart ihr es doch, die gesagt habt, ich solle zur Polizei gehen. Ich hätte es nicht tun sollen. Es – war ein Fehler."

Keno kam zurück und stellte einen doppelten Kognak auf den Tisch. Ariane kippte ihn zum Erstaunen aller in einem Rutsch hinunter. „Also, ich war bei der Polizei", sagte sie und straffte ihren Rücken. Fast schien es, als hätte ihr der Kognak neue Kraft verliehen. „Dabei habe ich einen Mann beobachtet, der einen Vogel abstach."

Maarten nickte wissend, woraufhin er von Tomke einen unauffälligen Stoß in die Rippen bekam. Für einen kurzen Moment guckte er schuldbewusst, hatte sich jedoch sogleich wieder im Griff und sagte mit so viel gespieltem Erstaunen, wie er aufzubringen vermochte: „Sag das noch mal! Ein Mann, der einen Vogel abstach? Wie das?"

Ariane erzählte in stockenden Sätzen, was sich unweit der Turnhalle ereignet hatte, woraufhin Ines erschrocken die Hände vors Gesicht schlug und ausrief: „Was für ein Irrer! War das derselbe, nach dem schon die ganze Zeit gefahndet wird? Der, der angeblich auch den Polizisten abge… – ähm – verletzt hat? Der mit dem bunten Bauwagen?"

Ariane nickte. „Vermutlich. Ich … ich hätte es dem Kommissar, diesem Büttner, sagen müssen, dann wäre das sicher alles nicht passiert. Aber damals dachte ich, dass er mich gewiss nicht ernst nimmt. Warum auch? Es war ja noch nichts passiert."

„Sagtest du nicht gerade noch, dass du es bedauerst, zur Polizei gegangen zu sein? Und jetzt glaubst du, dass du ihnen zu wenig erzählt hast?", wandte Tome irritiert ein.

„Ja, das stimmt. Aber das hat mit diesem Typen nichts zu tun. Es ist – es geht mir nicht um ihn. Es geht um die Viskers. Die Sache mit dem Teppich."

„Ja, und?"

„Anscheinend hat André Visker herausbekommen, dass ich es war, die ihn und seine Frau bei der Polizei angeschwärzt hat."

„Wie das? Ich meine, die plaudern das doch nicht aus", erwiderte Maarten.

„Ich weiß es nicht. Es macht schon im ganzen Dorf die Runde." Ariane lachte kurz und bitter auf. „Ich bin nun die Touristin, die quasi beobachtet haben will, wie die Viskers einen Mann ermordeten. Da sind längst die dollsten Gerüchte in Umlauf."

„Einfach weghören, die beruhigen sich auch wieder." Keno machte eine wegwerfende Handbewegung.

„Das haben Tebbe und Marion auch gesagt. Das Problem ist nur ..." Ariane zögerte und kniff die Lippen zusammen.

„Ja?"

„André Visker hat mich vorhin abgefangen, am Gartenzaun. Dieser Kommissar Büttner, der ihn verhört hatte, war gerade wieder weggefahren. Ich hatte es aus dem Garten heraus beobachtet. Und ich glaube, André hat mich von seiner Haustür aus dort stehen sehen."

„Ups." Für einige Momente herrschte ein betretenes Schweigen am Tisch. Zu hören war lediglich das aufgeregte Glucksen der kleinen Ida, die nun hellwach in ihrem Wagen lag und sich angeregt mit dem am Verdeck angebrachten Mobile unterhielt.

„Er hat dich zur Rede gestellt?", fragte Maarten schließlich in die Stille hinein.

„Er hat nur drei Sätze gesagt", antwortete Ariane kaum hörbar. „Er schob sein Gesicht ganz nah an meines und zischte: *Das wirst du bereuen, du miese kleine Kröte. Trau dich besser nicht mehr bei Nacht auf die Straße. Und sieh zu, dass du deine Aussage zurückziehst, sonst Gnade dir Gott.*"

„Was für ein Arsch!", entfuhr es Keno. „Sorry", hob er dann entschuldigend die Hände, „aber ich konnte diesen Aufschneider noch nie leiden. So ein *Herr was bin ich und was kann aus mir noch werden*-Typ. Behandelt seine Frau völlig respektlos. Behandelt jeden völlig respektlos. So einer im Maßanzug, der nach oben schleimt und nach unten tritt. Ein echter Widerling."

„Inwieweit muss man eine solche Drohung von ihm ernst nehmen?", fragte Tomke, der bei Arianes Schilderung ein eiskalter Schauer über den Rücken gelaufen war.

„Ich würde sagen, es kommt darauf an, ob er wirklich was auf dem Kerbholz hat", antwortete ihr Bruder. „Wenn er nichts verbrochen hat, wird ihm auch nichts zu beweisen sein. Ansonsten …" Er brachte den Satz nicht zu Ende, sondern schaute nur ratlos in die Runde.

„Wenn er sich so aufregt, gehe ich mal davon aus, *dass* er was zu verbergen hat", meinte Maarten. „Die Frage ist dann nur noch, was es ist. Du scheinst ihm tatsächlich auf die Schliche gekommen zu sein, Ariane."

„Vielleicht ist es besser, wenn du erstmal abreist?", meinte Ines. „Zumindest, bis sich die Lage beruhigt hat, meine ich."

„Kommissar Büttner hat gesagt, dass ich mich zur Verfügung halten soll", erwiderte Ariane. „Warum auch immer. Aber das kann ich wohl kaum ignorieren."

„Zur Verfügung halten?" Keno zog überrascht die Stirn in Falten, während Maarten und Tomke nur verlegen auf ihre Fußspitzen starrten. Es war einfach ein blödes Gefühl, wenn man mehr wusste als die anderen, es aber nicht sagen durfte. Zumal Büttner ihnen ja verraten hatte, dass er Arianes Verhalten zumindest seltsam fand. Offiziell waren sie nun zwar aus der Geschichte raus, dennoch würden sie Büttners Vertrauen nicht missbrauchen, indem sie hier Polizeiinterna ausplauderten.

„Das hat er gesagt, ja", antwortete Ariane nun auf Kenos Frage.

„Das hieße ja, dass er dich verdächtigt, oder?", fragte Ines vorsichtig.

Ariane schnaubte ungehalten. Gar nicht mehr kleinlaut oder gar verängstigt schimpfte sie nun: „Keine Ahnung, was der sich da zusammenreimt. Auf jeden Fall war es wohl eine blöde Idee, zur Polizei zu gehen. So langsam wird mir klar, warum sich so viele Zeugen und Opfer davor drücken, eine Aussage zu machen. Ruckzuck drehen sie dir das Wort im Mund herum, gucken dich seltsam an und machen dich zum Verdächtigen, weil gerade kein anderer im Weg herumsteht. Ich hätte meinem Gefühl trauen und es lassen sollen."

„Mich würde nur mal interessieren, woher die Öffentlichkeit vom Verdacht gegen die Viskers weiß", entdeckte Maarten wieder seinen detektivischen Spürsinn. „Und vor allem würde mich interessieren, woher die Leute wissen, dass es Ariane war, die die Polizei auf die Spur gesetzt hat. Irgendjemand muss doch gequatscht haben."

„Irgendeiner quatscht immer", zuckte Keno die Schultern.

„Aber diesmal dürfte der Kreis derjenigen, die überhaupt davon wussten, recht überschaubar sein", entgegnete Tomke und bekam dafür ein zustimmendes Nicken von ihrem Mann.

„Nur würde es jetzt auch nichts mehr nützen zu wissen, wer die Plaudertasche ist", meinte Ines. „Wenn so ein Gerücht erstmal die Runde macht, dann macht es die Runde."

„Das stimmt", sagte Tomke, „nur frage ich mich gerade, warum André Visker so blöd ist, Ariane am helllichten Tag in solch einer eindeutigen Form zu drohen. Ariane muss damit jetzt nur zur Polizei gehen und er hat erst recht ein Problem. Ist er so dumm oder steckt womöglich eine Taktik dahinter?"

„Puh. Du stellst ja schwierige Fragen", seufzte Maarten. „Aber du hast recht. Dämlicher hätte er sich eigentlich gar nicht verhalten können."

„Bei jedem anderen hätte ich nun gesagt, dass es pure Dummheit war", meldete sich Keno zu Wort. „Bei André allerdings halte ich ein solches Eigentor für ausgeschlossen. Er ist ein Stratege durch und durch."

„Vielleicht eine Kurzschlusshandlung?", schlug Ines vor. „Ist ja auch für ihn keine alltägliche Situation, unter Mordverdacht zu geraten."

„Ja, grundsätzlich würde ich dir zustimmen, Ines, aber nicht bei André", insistierte Keno. „Der ist so durchtrieben, dass ihm ein solcher Fehler nicht unterlaufen würde. Irgendetwas muss er damit bezwecken."

Auf dieses Statement folgte ratloses Schweigen.

„Also, ich finde das alles ziemlich verwirrend", meldete

sich Ines als Erste wieder zu Wort. „Vor allem die Sache mit diesem Kung Fu-Menschen, der einfach mal zwischendurch auf einen Polizisten einsticht, scheint mir völlig abstrus zu sein. Ich kann nicht sagen, dass ich die Polizei darum beneide, in all dem Chaos ermitteln zu müssen."

„Das ist ihr Job", stellte Ariane nüchtern fest.

„Dennoch solltest du überlegen, wie du mit der Drohung von André Visker umgehst", meinte Tomke. „Also, ich an deiner Stelle …"

„Du bist aber nicht an meiner Stelle", unterbrach Ariane sie ein wenig schroff, hob dann jedoch sogleich vermittelnd die Hände und stand auf. „Sorry, aber ich bin ein wenig durch den Wind. Ist bestimmt alles nicht so schlimm. Ich sehe gerade überall Gespenster. Am besten mache ich jetzt einfach mal einen längeren Spaziergang und atme tief durch."

Kaum, dass Ariane durch den Garten wieder verschwunden war, meldete sich eine andere Stimme zu Wort, die sich in den Büschen vor der Terrasse zu verstecken schien. „Störe ich?"

„Klingt wie Tebbe", grinste Keno. „Moin. Was führt dich her?"

„Marion macht sich Sorgen um Ariane. Habt ihr sie gesehen?", antwortete der Gebrauchtwagenhändler.

„Sie ist gerade gegangen."

„Aha. Und wie ging es ihr?" Tebbe ließ sich stöhnend in eine altersschwache Hollywoodschaukel sinken, deren Federn unter seinem Gewicht erbärmlich ächzten.

„Mal so, mal so", erwiderte Keno.

„Aha. Genau das meint Marion auch", nickte Tebbe.

„Gibt's hier was zu feiern?", fragte er und deutete auf die leeren Sektgläser.

„Nö. Uns war nur danach." Keno hatte keine Lust auf lange Erklärungen.

„Bei der Hitze? Na ja. Dann müsst ihr jetzt ja hübsch angetüdelt sein."

„Magst du ein Bier?"

„Jo."

„Lass nur, Keno, ich hol ein paar Flaschen." Ines legte ihrem Mann, der gerade hatte aufstehen wollen, die Hand auf die Schulter. „Ich muss sowieso mal rein."

„Marion sagt, dass sie Ariane irgendwie verändert findet", kam Tebbe wieder aufs Thema zurück. „Seit sie bei der Polizei war, sagt sie, ist sie nicht mehr sie selbst."

„Kann auch damit zusammenhängen, dass sie sich von André bedroht fühlt", sagte Keno ohne Umschweife. „Ist ja auch 'ne blöde Sache. Dieser Mistkerl! Bei dem muss man wirklich mit allem rechnen."

„Versteh ich jetzt nicht."

„Vorhin, da hat André ihr wohl unmissverständlich gesagt, dass sie ihre Aussage bei der Polizei zurückziehen soll. Sonst würde sie es bereuen, hat er gesagt."

„André Visker?" Tebbe sah ihn aus großen Augen aus. „Wir sprechen doch von André Visker, oder?"

„Ja."

„Und der soll das gemacht haben? Vorhin? Bei ihr in der Ferienwohnung, oder was?"

„Am Gartenzaun. So hab ich sie zumindest verstanden", antwortete Keno, und Maarten und Tomke nickten.

„Au weia." Tebbe strich sich übers Kinn. „Das klingt nun

aber wirklich seltsam." Er nahm das Bier in die Hand, das Ines ihm reichte, und prostete den anderen wortlos zu.

„Was ist daran seltsam?", fragte Tomke, nachdem Tebbe einen ausgiebigen Schluck genommen hatte.

„Ich kenne André nun schon ziemlich lange und auch ziemlich gut. Der macht doch meine EDV im Betrieb. Und ich würde nie behaupten, dass er in bestimmten Situationen kein Mistkerl ist. Das ist er ganz bestimmt. Aber ebenso bestimmt ist er niemand, der so plumpe Drohungen ausstößt. Der wäre ja schön blöd, wenn er das täte, weil er sich dann erst recht verdächtig macht. Außerdem glaube ich ja sowieso nicht, dass der sich an Geert oder wem auch immer die Finger schmutzig machen würde. Das wäre ja schädlich für seine Karriere, wenn's rauskommt. Könnte er ja nie mehr Bundesbankpräsident werden, und das will er doch, sacht er immer. Dafür brauchste 'ne andere Art von krimineller Energie als Leute zu ermorden."

„Er könnte Ariane aus spontaner Wut heraus gedroht haben", meinte Tomke. „Schließlich hatte der Kommissar ihn gerade zur Rede gestellt. Wäre ja nicht der Erste, der im Affekt einen Fehler macht."

„Trotzdem. André bestimmt nicht", bestand Tebbe auf seiner Einschätzung.

„Und warum sollte Ariane so was behaupten, wenn es nicht stimmt?", hakte Maarten nach.

„Menschen tun ständig bekloppte Sachen. Manchmal willste ja gar nicht glauben, wie viel geballte Blödheit da draußen frei rumläuft. Oh je!", seufzte Tebbe ohne Luft zu holen theatralisch auf.

„Was?"

„Wenn ich Marion das erzähle, dann gibt's wieder Theater. Sie will ja immer alles geregelt haben, weißt ja wohl. Bestimmt geht sie gleich zu André rüber und fragt, ob das stimmt, was Ariane gesacht hat."

„Das würde er wohl kaum zugeben, selbst wenn es stimmt", erwiderte Keno.

„Genau. Deswegen hat das keinen Sinn. Ich fürchte nur, dass Marion es trotzdem macht."

„Dann erzähl's ihr doch gar nicht erst", schlug Tomke vor.

Tebbe machte eine wegwerfende Handbewegung. „Das kannste vergessen. Die merkt doch sofort, wenn ich ihr was verheimliche, dafür hat die 'nen siebten Sinn. Und dann ist erst recht Holland in Not. Da muss ich jetzt wohl durch. So." Er schlug sich auf die Oberschenkel, leerte seine Flasche und stellte sie neben die Schaukel auf einen Hocker. Als er aufstand, versetzte er die Schaukel in heftige Schwingungen. „Marion sacht, ich soll nach Hause kommen, wenn ich was weiß. Nun weiß ich zwar nicht viel, will es ihr aber trotzdem wohl eben erzählen."

„Tschüss, Tebbe", riefen die anderen ihm hinterher, als er durch den Garten verschwand.

17

Hauptkommissar David Büttner war sich ziemlich sicher, dass es nicht immer Wohlwollen oder gar Mitgefühl war, das die Menschen dazu trieb, ihn reihenweise nach dem Befinden seines Kollegen zu fragen. Vielmehr machten etliche Leute den Eindruck, als interessiere sie der Stand der Dinge nur deshalb, weil sie später am Stammtisch oder bei der Grillparty damit würden prahlen können, die Neuigkeiten aus erster Hand erfahren zu haben.

Vielleicht aber tat er den Leuten mit dieser Unterstellung auch Unrecht, dachte er. Vielleicht war es einfach nur seine stündlich zunehmende Müdigkeit, gepaart mit den dröhnenden Kopfschmerzen und der unerträglichen Hitze, die ihn dazu veranlassten, seinen Mitmenschen nur das Schlechteste zu unterstellen.

Oder aber das Misstrauen lag ganz einfach in seinem Job begründet, bei dem in aller Regel nur wenige liebenswürdige Charaktere seinen Weg kreuzten.

Wie dem auch sei. Auf jeden Fall hatte er soeben den gefühlt hundertsten Passanten darüber aufgeklärt, dass es seinem Assistenten bereits besser gehe.

Unter ihnen auch Regine Lütjes. Die Betreiberin des Strandkiosks wirkte sichtlich erfreut, ihn wieder an einem ihrer Tische begrüßen zu können, und sie ließ es sich nicht nehmen nachzufragen, ob Tebbe Wibben denn nun endlich wegen Mordes an seinem missratenen Bruder verhaftet worden sei.

„Als wäre sie nicht diejenige, die solch eine wichtige Botschaft als Erste erfahren und in Umlauf gebracht hätte – außer ihrem männlichen Gegenstück Fenno Ukena natürlich", raunte Büttner seiner Kollegin Sophie Reimers hinter vorgehaltener Hand zu, als Regine Lütjes ihnen mitgeteilt hatte, dass sie nun einen besonders leckeren Eiskaffee für sie zubereiten werde.

„Nach allem, was ich in den Akten gelesen habe, glaube ich nicht, dass der Bruder unser Opfer getötet hat", erwiderte die junge Polizistin. „Überhaupt habe ich nicht den Eindruck, dass wir dem Mörder schon sehr nahe sind."

Büttner war ihr dankbar für das Wörtchen *wir*, vermittelte sie ihm mit diesem doch dankenswerterweise das Gefühl, nicht alleine für den bisher äußerst geringen Ermittlungserfolg verantwortlich zu sein. Auch wenn er es natürlich war.

Die Kollegin gefiel ihm in ihrer unaufdringlichen Art immer besser. Am Strand hatte sie ein paar Minuten einfach nur dagestanden, sich dann neben dem Fundort der Leiche Geert Wibbens in den Sand gesetzt und sich mit einem leicht entrückten Gesichtsausdruck den lauen Wind um die Nase wehen lassen. Während Büttner sich möglichst schnell in den Schatten zurückgezogen hatte, war sie der prallen Sonne ausgesetzt gewesen, was ihr jedoch ebenso wenig auszumachen schien wie Hasenkrug.

„Und was meinen Sie, wo oder wie wir den wahren Täter finden?", fragte er, während er mit seinem Unterarm Sand von der Tischplatte wischte. „Hat Ihre meditative Sitzung in glühender Sonne zu irgendeiner Erkenntnis geführt?"

Sie zwinkerte ihm zu. „Tut mir leid, Herr Kollege, in dieser Sache stocher ich noch komplett im Dunkeln. Das Einzige, das ich am Strand riechen konnte, war das salzig-würzige Aroma der Meeresbrise – was ja auch schon eine ganze Menge ist, aber mit dem Täter wohl eher wenig zu tun hat. Allerdings …" Sie machte eine rhetorische Pause und sah ihn von unten herauf an.

„Allerdings?" Büttner tat ihr den Gefallen und hakte nach.

„Allerdings würde ich den anderen Fall – also die Fahndung nach dem Kung Fu-Kämpfer – an eine Belohnung koppeln. Erfahrungsgemäß geben sich die Menschen beim Nachdenken mehr Mühe, wenn sie sich anschließend zum Beispiel bei einem vom Staat finanzierten Extraurlaub von der ihnen abverlangten Anstrengung erholen können."

„Da könnten Sie recht haben", nickte Büttner anerkennend. „Ich werde mich dafür einsetzen."

„Da bin ich aber froh, dass Sie das sagen. Ich hab's nämlich an höherer Stelle schon vorgeschlagen und nach einigem Hin und Her auch die Genehmigung bekommen. Fünftausend Euro gibt's nun für denjenigen, der den entscheidenden Hinweis gibt."

Büttner klappte angesichts solch forschen Vorgehens der Unterkiefer herunter, doch er kam nicht mehr dazu, etwas zu erwidern.

„So, da isser nun, der leckere Eiskaffee", meldete sich Regine Lütjes mit durchdringender Stimme zu Wort und stellte zwei außergewöhnlich große Gläser auf den Tisch, aus denen langstielige Löffel hervorlugten.

Wie immer ließ sie sich ohne zu fragen neben Büttner auf der Bank nieder und bedeutete einer jungen Bedienung, die anderen Gäste für ein paar Minuten alleine zu versorgen.

„Ich hab nämlich noch mal nachgedacht", sagte sie mit wichtiger Miene und hob dabei ihren Zeigefinger.

„Nun sagen Sie bloß", brummte Büttner, während er registrierte, dass Sophie Reimers die Frau ohne sichtbare Gefühlsregung ansah. Aber sie hatte das Vergnügen eines Monologs epischen Ausmaßes ja auch noch nicht genießen dürfen, dachte er.

„Jo." Regine Lütjes kramte einen mehrfach gefalteten Zettel aus der Hosentasche. „Ich hätte ihn ja heute nach Feierabend bei Ihnen vorbeigebracht, aber wo Sie nun schon mal hier sind …"

Sie faltete das Blatt Papier auseinander, strich ein paarmal glättend darüber und legte ihn vor Büttner auf den Tisch.

„Was ist das?", fragte Büttner perplex.

„Wonach sieht's denn aus?"

„Ein Phantombild", antwortete Sophie Reimers an Büttners Stelle.

„Sie haben eine ziemlich kluge Kollegin", stellte Regine Lütjes fest.

„Schön", brummte Büttner. „Bleibt nur die Frage, wer es erstellt hat und wen es darstellen soll."

„Ich habe das gezeichnet", erwiderte Regine Lütjes nicht ohne Stolz in der Stimme. „Mein Mann ist auch immer ganz platt, was ich für ein Talent habe."

„Dann hat er ja sicherlich auch erkannt, wer darauf zu sehen ist." Büttner bemerkte, dass sein Tonfall jetzt ein wenig pampig klang, aber das war ihm egal.

„Ich nehme an, dass es der Kung Fu-Kämpfer ist, den wir überall suchen", antwortete Sophie Reimers anstelle der Kioskbesitzerin.

Büttner horchte auf. „Wie kommen Sie denn jetzt darauf?"

Die Kollegin legte den Zeigefinger auf das Blatt Papier. „Hier. Es ist nicht nur das Gesicht zu sehen, sondern auch ein Arm. Ich hab mich gefragt, warum."

„Und? Hat der Zettel die Antwort ausgespuckt?"

„Yepp. Sie sehen das Tattoo?"

Büttner nahm das Blatt in die Hand und betrachtete die Skizze des Unterarms genauer. „Ja. Irgendwelche Zeichen. Hm. Asiatische Schriftzeichen, würde ich sagen."

Regine Lütjes klatschte in die Hände und rief: „Stimmt genau!" In Büttners Ohren klang es wie ein Begeisterungssturm der Kategorie *Der Kandidat hat hundert Punkt und gewinnt so viele Waschmaschinen, wie er tragen kann*.

„Und jetzt?" Büttner hatte keine Ahnung, worauf die Frauen hinauswollten – was ihm ein klein wenig die Laune verdarb.

„Asiatische Schriftzeichen. Kung Fu-Kämpfer. Klingelt's?", strahlte Regine Lütjes und tat, als läute sie ein unsichtbares Glöckchen.

„Wüsste nicht, wie uns das jetzt weiterbringt", maulte Büttner.

„Er war hier."

„Wer war hier?"

„Der Kung Fu-Mann. Hier bei mir am Kiosk."

Büttner brauchte einen Moment, bis er den Inhalt der Worte verstanden hatte. Dann aber schnellte sein Blick nach oben. „Er war hier? Und das sagen Sie erst jetzt?" In seiner Aufregung hätte er beinahe seinen Eiskaffee vom Tisch gewischt, konnte ihn jedoch gerade noch abfangen.

„Weil es mir doch erst heute Nacht eingefallen ist."

„Heute Nacht."

„Jo. Ich liech manchmal lange wach und denke über dies und das nach."

„Und dabei ist Ihnen der Mann wieder eingefallen?"

„Jo. Ich hab darüber nachgedacht, dass die Polizei ja einen Mann sucht, der Kung Fu kann. Und dann hab ich darüber nachgedacht, dass Kung Fu ja was mit Asien zu tun hat. Und da hatte ich plötzlich das Gesicht vor Augen."

„Es war ein Asiate?"

„Nö. Aber seine Arme sahen ein bisschen so aus."

„Hä?"

„Jo. Er war hier und hat sich 'ne große Flasche Cola gekauft. Und dabei ist mir seine Tätowierung aufgefallen. Hat ja hier nicht jeder."

„Und Sie haben sie sich gemerkt?" Büttner war platt. Er deutete auf die Zeichnung. „Ich meine, das sind komplizierte Schriftzeichen. Die merkt man sich doch nicht so einfach und malt sie dann aus dem Gedächtnis nach."

„Och doch, das kann ich wohl. Genau wie das Gesicht." Als Büttner sie zweifelnd ansah, fügte sie hinzu: „Ich hab ein fotografisches Gedächtnis, wissen Sie. Ist manchmal ganz nützlich."

Büttner sah sie aus großen Augen an. Manche Menschen steckten voller Überraschungen. „Und wie kommen Sie darauf, dass der Mann mit der Cola der Mann ist, den wir suchen? Von den Schriftzeichen mal abgesehen, meine ich."

„Er stand in der Zeitung."

„Bitte?"

„Der Mann stand in der Zeitung. Heute Morgen. Ich war ganz platt, weil der genauso aussah wie der, den ich heute Nacht gezeichnet hatte." Wieder kramte Regine Lütjes in ihrer Kittelschürze und zog einen zerknitterten Zeitungsausschnitt hervor. Sie zeigte auf eine gelbmarkierte Textstelle: „Gucken Sie mal, hier steht auch was von den Tattoos." So, wie sie es aussprach, kam es dem Wort Tatort sehr nahe.

„*Besondere Kennzeichen: Auffallende Tätowierungen in Form asiatischer Schriftzeichen auf dem linken Unterarm*", las Büttner laut vor. Dann verglich er das Foto mit der Phantomzeichnung der Kioskbetreiberin. Die Ähnlichkeit war verblüffend. „Haben Sie das Foto abgezeichnet?", fragte er streng. Er hasste es, zum Narren gehalten zu werden.

Regine Lütjens stieß einen tiefen Seufzer hervor, drehte den Zettel mit der Phantomzeichnung um, zog einen Bleistift aus der Tasche und zeichnete in Windeseile ein Gesicht, das sie Büttner anschließend unter die Nase hielt. Er schnappte nach Luft. Der Mann, der ihm nun entgegenlächelte, war eindeutig sein Assistent Sebastian Hasenkrug. „Unglaublich!", krächzte er. Auch Sophie Reimers saß nun mit offenem Mund da.

„Machense sich nix draus", sagte Regine Lütjens mit vor

der Brust verschränkten Armen, „Sie sind nicht die Ersten, die sich wundern."

„Warum haben Sie uns denn nicht gleich heute Morgen angerufen?", fragte Büttner, nachdem er das soeben Gesehene verdaut hatte.

„Och. Mir war so, als würde mir keiner glauben, wenn ich das am Telefon erzähle. Komisch, ne? Weiß gar nicht, wie ich drauf komm."

„Entschuldigung", murmelte Büttner, während Sophie Reimers ein breites Grinsen auf dem Gesicht hatte.

„Was ist denn das für ein Typ?", fragte die junge Polizistin nun. „Warum steht er denn in der Zeitung?"

Büttner las sich den kurzen Abschnitt durch und sagte: „Ein Insasse der geschlossenen Psychiatrie des Universitätsklinikums Göttingen. Er gilt als äußerst gewaltbereit. Beherrscht mehrere asiatische Kampfsportarten."

„Und warum läuft er dann frei herum?"

„Ist abgehauen, nachdem er eine Pflegekraft überwältigt hat. Wird bundesweit gesucht."

„Aha. Und was macht er dann hier in Ostfriesland?"

„Polizisten abstechen", antwortete Regine Lütjes wie aus der Pistole geschossen, schlug sich dann jedoch erschrocken die Hand vor den Mund. „'Tschulligung", murmelte sie verlegen.

„Heißt das, Sebastian Hasenkrug ist einfach nur einem Psychopathen zum Opfer gefallen?" Sophie Reimers zog missbilligend die Stirn in Falten. „Das wäre ja mal ein unglaubliches Pech."

„Kann sein, muss nicht sein", erwiderte Büttner und schlürfte den Rest seines Eiskaffees aus dem Glas. „Wir werden uns jetzt mal schlau machen, dann sehen wir weiter."

Bevor er aufstand, wandte er sich noch mal an Regine Lütjes: „Wenn sich herausstellt, dass Sie den entscheidenden Hinweis geliefert haben, dann kommen Sie demnächst bitte mal im Kommissariat vorbei. Könnte sein, da warten fünftausend Euro Belohnung auf Sie."

Nun war es an der Kioskbetreiberin, mit offenem Mund dazusitzen.

18

Endlich eine Spur! Hauptkommissar David Büttner lehnte sich zufrieden in seinem Stuhl zurück und faltete die Hände über seinem nicht ganz schlanken Bauch, während er genüsslich am Rest seines frisch erworbenen Schokoriegels kaute.

Es hatte nicht lange gedauert herauszufinden, was es mit dem entflohenen Patienten der Psychiatrie auf sich hatte. Der vierzigjährige, extrem gewaltbereite Mann namens Holger Kanther war dem Klinikpersonal vor wenigen Tagen entwischt. Seither verlor sich seine Spur.

Die Erleichterung der Verantwortlichen, dass er offensichtlich in Ostfriesland gesehen worden war, war während des Telefonats unüberhörbar gewesen, auch wenn sie bedauerten, dass Kanther während seines außerplanmäßigen Freigangs offensichtlich einen Passanten – der noch dazu Polizist war – lebensgefährlich verletzt hatte.

Seine Betreuer stuften die Flucht Kanthers nach Ostfriesland zunächst einmal als Zufall ein, denn von Beziehungen familiärer oder sonstiger Art zu diesem Landstrich oder gar zu seinem Opfer Sebastian Hasenkrug war ihnen laut Akte nichts bekannt.

Doch trotz aller Erleichterung durfte nicht übersehen werden, dass Holger Kanther nach wie vor auf freiem Fuß war. Auch konnte man sich keineswegs sicher sein, dass er Ostfriesland nicht längst wieder verlassen hatte. Also blieb nur zu hoffen, dass der Mann kein weiteres Unheil anrichtete und sehr bald wieder festgesetzt werden konnte, was jetzt, nachdem klar war, dass der Entflohene und der Gewalttäter eine und dieselbe Person waren, deutlich wahrscheinlicher wurde. Die erweiterte Suchmeldung lief bereits auf allen Kanälen in Fernsehen, Radio und Internet und würde am Abend in den ersten Zeitungen abgedruckt.

„Ich würde mal behaupten, dass nun zumindest geklärt ist, dass es sich bei dem Mörder von Geert Wibben und dem Messerstecher um zwei unterschiedliche Personen handelt", konstatierte Sophie Reimers, während sie Milch in ihren frisch aufgebrühten Kaffee schüttete.

„Davon ist auszugehen", nickte Büttner, „obwohl man sich natürlich nie ganz sicher sein kann. Schließlich könnte ja auch Geert Wibben diesem Mann über den Weg gelaufen und mit ihm aneinandergeraten sein."

„Wohl kaum", schüttelte Sophie Reimers den Kopf. „Als Geert Wibben starb, saß Holger Kanther noch in der Psychiatrie. Zumindest, wenn man den Angaben der Gerichtsmedizin zum Todeszeitpunkt trauen kann, und davon gehe ich mal aus."

„Stimmt. Also suchen wir nach zwei Tätern."

„Im Fall Geert Wibben haben wir nach wie vor mehrere Verdächtige", sagte Sophie Reimers unaufgefordert und zählte sie sogleich an ihren Fingern ab: „Seinen Bruder Tebbe Wibben, dessen Frau Marion, den Vater der kleinen Melanie mit Namen Hannes Lammers, sowie die Teppichträger André und Manuela Visker. Noch konnten wir keinen von ihnen wirklich ausschließen."

„Vergessen Sie nicht diese … wie hieß unsere Zeugin noch gleich? Die das mit dem Teppich gesehen haben will?"

Sophie Reimers blätterte in der Akte. „Ariane Klobe?"

„Ariane Klobe. Genau. Zwar haben wir sie bisher nicht als Verdächtige gehandelt, aber mein Gefühl sagt mir, dass mit der Dame irgendetwas nicht stimmt."

„Haben Sie sie schon durchleuchtet?"

„Ja. Keine Auffälligkeiten."

„Und was genau macht sie Ihrer Ansicht nach verdächtig?"

„Ganz ehrlich? Ich weiß es nicht. Eigentlich hatte ich sie eher im Mordfall Geert Wibben auf dem Schirm. Und genau genommen hat sie ja auch bei ihrer Aussage, den Kung Fu-Kämpfer beobachtet zu haben, nicht gelogen." Büttner kramte einen weiteren Schokoriegel hervor, bevor er sagte: „Dennoch habe ich bei ihr ein seltsames Gefühl."

„Und wie zuverlässig ist Ihr Gefühl normalerweise?"

„Passt schon", bemühte Büttner den Jargon seiner Tochter Jette.

„Okay, dann behalte ich sie mal im Blick."

„Wir sollten sie als Erstes mit dem Foto des Kung Fu-Kämpfers konfrontieren. Würde mich mal interessieren, ob sie ihn erkennt, wenn wir ihr ein paar Alternativen bieten."

„Sagte sie nicht, sie kann sich an sein Gesicht nicht erinnern?"

„Ja. Da unterscheidet sie sich diametral von unserer Kioskbetreiberin", feixte Büttner.

„Oder sie will sich nicht erinnern."

„Eben." Büttner wollte noch etwas hinzufügen, doch fing

in diesem Moment sein Handy an zu klingeln. Er blickte auf das Display und erkannte Tonjas Nummer. Sofort spürte er wieder diesen Kloß im Hals.

„Ja? Frau Feldmann?", meldete er sich verhalten, nachdem er einmal tief geschluckt hatte.

„Sebastian sagt, ihm fehlen Ihre pampigen Sprüche", erwiderte Tonja ohne einen Gruß, und Büttner fand, dass man aus ihrer Stimme neben ehrlicher Freude auch ihr breites Grinsen heraushören konnte. Seine Erleichterung hätte kaum größer sein können, und er reckte den Daumen in die Höhe, als seine neue Kollegin ihn fragend ansah. „Gott sei Dank", hörte er sie murmeln.

„Das klingt, als wolle er nicht länger auf mich verzichten", flachste Büttner. „Richten Sie ihm bitte aus, dass ich es sehr schätzen würde, wenn er bald wieder zur Arbeit käme. Derweil könnte ich unsere Dienstbesprechungen aber auch ins Krankenhaus verlegen. Ich hoffe, er weiß dieses Entgegenkommen zu schätzen."

Für ein paar Augenblicke hörte Büttner nur leises Getuschel, dann meldete sich Tonja wieder. „Sebastian sagt, er könne es kaum erwarten und er sei Ihnen für Ihr Entgegenkommen außerordentlich dankbar."

„Das ist ja wohl das Mindeste. Sagen Sie ihm, ich fahre sofort los."

„Er könnte es als Drohung auffassen", witzelte Tonja.

„Das soll er auch." Büttner grinste und legte auf.

„Wie schön ist *das* denn!", jubelte Sophie Reimers, als Büttner sich von seinem Platz erhob, sein Handy in die Hosentasche gleiten ließ und auch das Fahndungsbild des Kung Fu-Kämpfers einsteckte. „Ich kann Ihnen gar nicht sagen, wie sehr ich mich für Sie freue! Ich kenne Sebastian Hasenkrug zwar nicht, aber richten Sie ihm bitte meine besten Wünsche aus!"

„Danke, das mache ich gerne." Büttner strahlte über das ganze Gesicht. Erst jetzt bemerkte er, dass ihm ein paar Tränen die Wange hinunterliefen und er wischte sie weg. Aber er schämte sich ihrer nicht.

Es ging ihm einfach nur gut.

„Ich sag es ihm, Susanne." Gut gelaunt drückte David Büttner rund eine Stunde später das Gespräch weg und stieg vor dem Auricher Krankenhaus aus dem Auto, für das er sogar einen Platz im Schatten gefunden hatte. Nachdem er noch schnell einen riesigen Strauß Blumen und eine Schachtel Pralinen gekauft hatte, hatte er das Bedürfnis verspürt, seine Frau Susanne anzurufen, die in den letzten Tagen ganz hibbelig vor Sorge um den Assistenten ihres Mannes gewesen war.

Umso mehr hatte sie sich nun gefreut, von dessen offensichtlich rasch voranschreitender Genesung zu hören und mitgeteilt, sie erwarte ihn so bald wie möglich zu einem kräftigenden Abendessen im Hause Büttner.

Fröhlich vor sich hin pfeifend betrat Büttner das Krankenhaus, dessen Geruchsmischung aus Desinfektionsmitteln, kaltem Essen und Hagebuttentee ihn normalerweise ganz krank machte. Zu seiner Verwunderung aber waren nun sogar seine Kopfschmerzen wie weggeblasen.

Das Leben war schön.

„Moin." Als Büttner Hasenkrugs Zimmer betrat, war er zunächst erschrocken über den Anblick, den sein Assistent bot. War es wirklich erst wenige Tage her, dass Hasenkrug sich sportlich durchtrainiert am Strand und später in der Turnhalle gezeigt hatte? Kaum vorstellbar. Wenn man den bleichen und plötzlich sehr abgemagert wirkenden Mann nun in seinem Krankenhausbett liegen und an zahllose Schläuche angeschlossen sah, konnte man annehmen, er darbe bereits seit Wochen im Hungerstreik vor sich hin.

Büttner versuchte, sich seinen Schrecken nicht anmerken zu lassen und ging forschen Schrittes auf Hasenkrug zu, der ihm aus unnatürlich groß wirkenden Augen lächelnd entgegensah.

„Moin, Chef", sagte er mit einer Stimme, die so klang, als müsste er die größten Anstrengungen unternehmen, um sie zu aktivieren. Und vermutlich musste er das auch. „Dachte mir schon, dass Sie nicht ohne was zu essen hier aufkreuzen", wisperte er.

„Nur, weil ich gehofft hatte, dass Sie mir eine Praline anbieten", entgegnete Büttner. „Sonst hätte ich selbstverständlich auf diese Gabe verzichtet."

Hasenkrug antwortete mit einem Schmunzeln, doch selbst das schien ihm schwerzufallen.

Eine ebenfalls sehr mitgenommen aussehende, aber dennoch strahlende Tonja sprang aus ihrem Stuhl hoch und nahm Büttner Blumen und Pralinenschachtel ab. „Ich hol dann mal 'ne Vase", rief sie fröhlich und drückte ihrem Freund noch schnell einen Kuss auf die Stirn, bevor sie das Zimmer verließ.

Für einen Moment herrschte verlegenes Schweigen zwischen den Männern, dann aber sagte Büttner: „Es tut mir sehr leid, Hasenkrug, dass ich Sie in diese missliche Lage gebracht habe. Ich weiß gar nicht, was in mich gefahren ist, dass ich Sie von Ihrem Urlaub abgehalten habe." Er biss sich auf die Unterlippe, bevor er hinzufügte: „Ich bin ein verantwortungsloser Chef und würde es Ihnen nicht verübeln, wenn Sie mir die Hölle heißmachen, sobald Sie wieder auf den Beinen sind."

Hasenkrug sah ihn lange an, dann schlich sich erneut ein Schmunzeln auf sein Gesicht. „Ich hab's bereits probiert. Leider waren die Fahrten zur Hölle schon ausgebucht." Er machte eine längere Pause, um Atem zu schöpfen. „Das wird wohl auch der Grund sein, warum ich hier noch herumliegen und mir Ihr Gejammer anhören muss", hauchte er dann kraftlos.

„Wie gut, dass Sie mit dem Blut nicht auch Ihren Humor verloren haben." Büttner drückte Hasenkrug die Hand und kämpfte plötzlich mit den Tränen. Ihm war nie bewusst gewesen, wie sehr er seinen Assistenten vermissen würde, wenn er nicht mehr da wäre. Jetzt dankte er dem Schicksal, dass es ihm diese bittere Erfahrung erspart hatte.

„Die Schwester sagte, Tonja sei nie von meiner Seite gewichen." Hasenkrug sah seinen Chef an, als wollte er dafür die Bestätigung haben.

Büttner tat ihm den Gefallen. „Tonja hätten keine drei Lastkräne aus diesem verdammten Krankenhaus heraushieven können, solange Sie hier campieren", entgegnete er. „Was daran liegen könnte, dass ich sie ansonsten einen Kopf kürzer gemacht hätte." Er rieb sich das Kinn und schürzte nachdenklich die Lippen. „Oder daran, dass sie Sie wirklich liebt."

Als nun Hasenkrug Tränen der Rührung in die Augen stiegen, fügte er hinzu: „Sie sind ein echter Glückspilz,

Hasenkrug. Weiß gar nicht, womit Sie diese Frau verdient haben."

„Das hab ich bei Ihrer Frau auch immer gedacht."

„Ihr Glück, dass Sie es nie gesagt haben."

Hasenkrug wollte etwas erwidern, wurde jedoch von einem plötzlichen Hustenanfall geschüttelt, der ihn angestrengt keuchen ließ. Fast war es, als würde er hyperventilieren. Büttner griff nach dem bereitstehenden Becher mit kaltem Kamillentee und hielt ihn ihm an die Lippen, woraufhin sein Assistent in kleinen Schlucken trank. Als der Husten wenig später verschwunden war, stand Hasenkrug der kalte Schweiß auf der Stirn, und er ließ sich erschöpft in die Kissen zurückfallen.

„Habt ihr ihn?", presste er kaum hörbar zwischen den blutleeren Lippen hervor.

Büttner schluckte. „Noch nicht ganz. Aber wir wissen, wer er ist." Er wühlte in seiner Tasche herum und zog schließlich das Fahndungsfoto hervor. Fast hatte er Scheu, es Hasenkrug zu zeigen, schließlich wusste man nie, wie Verbrechensopfer auf eine erneute Konfrontation mit ihrem Peiniger reagierten, und sei es nur über ein schnödes Bild. Natürlich, Hasenkrug war Profi durch und durch. Aber galt das für ihn auch in eigener Sache?

Büttner zögerte noch kurz und räusperte sich dann vernehmlich, als er beschlossen hatte, das Wagnis einzugehen. Er hielt ihm das Foto, auf dem der Täter in Frontalaufnahme zu sehen war, vors Gesicht. „Ist er das?", fragte er mit bemüht ruhiger Stimme.

Für einen Moment sah es so aus, als würde Hasenkrug erneut einen Anfall bekommen, denn er schnappte hörbar nach Luft. Dann jedoch schloss er die Augen, legte sich die rechte Hand auf den Brustkorb und bemühte sich anscheinend um einen ruhigen und regelmäßigen Atem.

Büttner ließ ihn gewähren, obwohl er gespannt war wie ein Flitzebogen. Hatten sie den Richtigen im Visier? Oder war das Ganze doch nur ein perfider Scherz gewesen, den sich Regine Lütjes mit ihnen erlaubt hatte? Wenn dem so war, dann würde er sich ganz persönlich dafür einsetzen, dass die Dame nicht ungeschoren davonkam. Himmel und Hölle würde er in Bewegung setzen, sollte sich herausstellen, dass sie …

Gerade wollte sich Büttner in seine völlig unbegründete Wut gegen die Kioskbetreiberin hineinsteigern, als Hasenkrug die Augen öffnete und sagte: „Ja. Das ist er.“

„Das ist er? Sind Sie sicher?“, vergewisserte sich Büttner routinemäßig, wollte sich dafür jedoch sogleich selbst steinigen und vierteilen, als er sah, dass sein Assistent erneut aufgeregt nach Luft schnappte. Gott sei Dank beruhigte er sich jedoch mit bewährter Atemtechnik schnell wieder.

Selbstverständlich war sich Hasenkrug sicher, schalt sich Büttner selbst, sonst hätte er weder diese Reaktion gezeigt, noch die Frage bejaht! „Können Sie mir sagen, wie der Angriff auf Sie abgelaufen ist?“, fragte er schnell.

Hasenkrug schüttelte den Kopf und sagte schleppend: „Ich weiß nur noch, dass ich die Turnhalle verlassen habe, um draußen auf Tonja zu warten. In einiger Entfernung stand dieser Typ neben einem dunklen Geländewagen. Als er mich sah, winkte er mir, zu ihm zu kommen. Ich dachte, er bräuchte meine Hilfe.“

„Und dann?"

„Sorry, danach ist Filmriss."

„Okay."

„Aber es war dieser Typ."

„Von welchem Typen sprichst du, Sebastian?" Büttner hatte gar nicht bemerkt, dass Tonja das Zimmer wieder betreten hatte. Sie stellte die Vase mit den Blumen auf die Fensterbank und summte dabei fröhlich vor sich hin.

„Sie wissen, wer es war", keuchte Hasenkrug.

„Sie haben den Kerl?", interpretierte Tonja die Aussage nicht ganz richtig. Sie sah Büttner erwartungsvoll an. „Warum haben Sie denn nichts gesagt?"

„Wir haben ihn leider noch nicht", korrigierte Büttner, „aber Ihr Freund hat soeben bestätigt, dass wir nach dem Richtigen fahnden."

„Und wer ist dieses Arschloch?", vergaß Tonja ihre gute Kinderstube. „Bestimmt der gleiche Drecksack, der diesen Geert Wibben auf dem Gewissen hat, oder?"

„Auch das wissen wir noch nicht genau, gehen aber derzeit davon aus, dass die beiden Fälle in keinem Zusammenhang zueinander stehen." Büttner schaute Hasenkrug fragend an, und der nickte kaum merklich. Das alles schien ihn über die Maßen anzustrengen.

Büttner zog erneut das Foto hervor und drehte es so, dass Tonja es genau betrachten konnte – was er schon im nächsten Moment bitterlich bereute.

Zu seinem Entsetzen erstarrte Tonja plötzlich in der Bewegung, als hätte sie jemand schockgefrostet. Ihre Augen wurden so groß wie Untertassen, sie schlug entgeistert die Hände vors Gesicht und stieß einen erstickten Schrei hervor.

„Das kann nicht sein", hauchte sie mehrmals nacheinander. „Das kann nicht sein, das kann nicht sein, das kann nicht sein!"

„Sie kennen ihn?", schlussfolgerte Büttner. Als sie nicht antwortete, fügte er hinzu: „Sein Name ist Holger Kanther. Er ist aus der Psychiatrie in Göttingen …"

Hätte er geahnt, dass Tonja auf diese Worte hin in Ohnmacht kippen würde, dann hätte er gewiss die Klappe gehalten.

19

„Okay, dann wollen wir mal." Sophie Reimers zog ihren Rock glatt, fuhr sich noch einmal durchs Haar und klingelte an der Haustür der Viskers.

Nachdem David Büttner sich auf den Weg ins Krankenhaus gemacht hatte, hatten sie noch kurz miteinander telefoniert, denn sie wollte die Zeit nicht ungenutzt verstreichen lassen und dümmlich in der Turnhalle herumsitzen.

Nach dem intensiven Aktenstudium am Tag zuvor war sie zu dem Ergebnis gekommen, dass man die Sache mit den Viskers noch weiter verfolgen sollte, da sich vor allem Manuela Visker in ihrer nervösen Art höchst verdächtig gemacht hatte. So zumindest die Meinung von Büttner, der diese Dame als Nervenbündel und ihren Mann als Lackaffen charakterisiert hatte.

Seiner Ansicht nach würde André Visker auch bei einer längeren Vernehmung vermutlich die Arroganz selbst bleiben und ohne seinen Anwalt nichts sagen, während anzunehmen sei, dass seine Frau Manuela schon beim ersten schärferen Ton einknickte.

Also brauchten sie die beiden getrennt.

Da das Internet inzwischen alles hergab, was man zu wissen verlangte, hatte Sophie Reimers recherchiert, was André Visker beruflich machte und herausgefunden, dass er als selbstständiger EDV-Berater tätig war. Ein einträglicher Job, so wie es aussah, denn auf seiner Homepage prahlte Visker nicht nur mit seiner fachlichen Kompetenz, sondern frei nach dem Motto *Mein Haus, mein Auto, mein Boot* auch mit seiner Yacht am Mittelmeer und seinem Ferienhaus in der Toskana.

Er musste es wohl nötig haben.

Aufgrund seiner Angaben ging Sophie Reimers davon aus, dass er zu dieser Tageszeit nicht zu Hause, sondern im Büro oder bei einem Kunden war. Eine gute Gelegenheit also, seine nicht berufstätige Frau alleine zu erwischen.

Sie hatte Glück. Kurz nach dem Klingeln wurde die Tür von einer Frau geöffnet, die sie ein wenig unsicher, aber freundlich anlächelte. Sie schien psychisch in keinem besonders stabilen Zustand zu sein. Oder wie sonst war es zu erklären, dass sie sich abwechselnd die eine Hand an der Jeans abwischte und mit der anderen eine Haarsträhne malträtierte, indem sie diese immer wieder um den Finger wickelte?

„Ja, bitte?", fragte die Frau.

„Sie sind Manuela Visker?", fragte Sophie Reimers zurück.

„Ja. Aber ich kaufe nichts." Trotz dieser abweisenden Worte behielt die Frau ihr unsicheres Lächeln bei.

Sophie Reimers lachte kurz auf. „Wenn wir es bei der Polizei irgendwann mal nötig haben, Dinge an der Haustür anzupreisen, dann sollte man sich ernsthafte Gedanken um den Zustand dieses Staates machen." Sie zog ihre Marke, hielt sie der Frau unter die Nase und nannte ihren Namen.

Die Reaktion ließ nicht lange auf sich warten, und nun wusste Sophie Reimers auch, was Büttner mit der Bezeichnung *Nervenbündel* gemeint hatte.

„Mein – mein Mann ist nicht da", stammelte Manuela Visker. „Wenn – Sie müssten bitte abends wiederkommen. So – so gegen sieben vielleicht?"

„Ich wollte nicht zu Ihrem Mann, sondern zu Ihnen. Darf ich reinkommen?"

Noch ehe die Frau etwas erwidern konnte, betrat Sophie Reimers bereits den Flur und ließ ihren Blick unauffällig durch das Haus schweifen. Schon auf den ersten Eindruck roch alles nach Geld. Doch wirkte es keineswegs so steril, wie Sophie es aus anderen Wohnungen reicher Leute kannte. Nein. Bei den Viskers schien man auch Wert auf Gemütlichkeit zu legen, was, so vermutete die Polizistin, sicherlich das Werk der Gattin war.

Die aber schien das, was Sophie Reimers unter Gemütlichkeit verstand, eher als Durcheinander zu interpretieren.

„Ich – bitte entschuldigen Sie die Unordnung", rief Manuela Visker ein wenig zu laut. „Aber ich packe gerade meine Koffer."

„Sie verreisen?", gab sich die Polizistin unwissend.

Auf die Wangen Manuela Viskers schlich sich eine leichte Röte. „Ja. Meine Großtante hat mir eine Kreuzfahrt in der Karibik zum Geburtstag geschenkt. Übermorgen geht's los."

„Kann man die Großtante adoptieren?"

„Nee, kann man nicht, auch wenn Sie ein ganz hübsches Wicht sind."

Sophie Reimers drehte sich überrascht um. Vor ihr stand

eine kleine, dürre und vor allem uralte Frau, die sie aus wachen Augen musterte, während sie mit Hilfe eines Gehstocks auf sie zukam. „Sie sind vermutlich die spendable Großtante", lächelte die Polizistin und reichte der alten Frau die Hand. „Mein Name ist Sophie Reimers. Ich bin von der ..."

„Von der Polizei, ich weiß", schnitt Uroma Wübkea ihr unwirsch das Wort ab, „ich bin ja nicht taub. Von euch war doch kürzlich schon mal jemand hier. So 'n Dicker, der unbedingt Torte essen wollte."

„Sie meinen Hauptkommissar Büttner", half Sophie Reimers ihr auf die Sprünge.

„Was weiß denn ich, wie der heißt. Manuela", wandte sich Uroma Wübkea an ihre Großnichte, „bist du jetzt fertig mit den Koffern?"

„Nein. Ich hab doch gerade erst – zuerst will doch die Polizistin noch mit mir sprechen."

„Ach wat, die soll lieber deinen Mann verhaften, diesen Verbrecher!"

„Aber – aber ..." Manuela Visker machte einen sichtlich geschockten Eindruck, und an ihrem Hals zeigten sich hektische rote Flecken. Sie lachte gekünstelt auf. „Was sagst du denn da, Tantchen? Wieso sollte André denn verhaftet werden?"

„Das würde mich jetzt auch mal interessieren", sagte Sophie Reimers.

„Weil er dich seit Jahren behandelt wie sein Dienstmädchen, darum", brummte die alte Frau. „Tut so, als wärst du seine Leibeigene. Wenn das mein Okko mit mir gemacht hätte – ohohoooooo! Das wäre nicht gut ausgegangen für ihn!" Uroma Wübkea fuchtelte nun so stark mit ihrem Stock in der Gegend herum, dass die anderen beiden Frauen um die Vasen fürchteten, die gleich neben ihr auf einer Anrichte standen.

Sophie Reimers warf einen verstohlenen Blick auf Manuela Visker. Täuschte sie sich, oder hatte diese gerade wirklich erleichtert durchgeatmet?

„Tasse Tee, mien Wicht?", fragte Uroma Wübkea in ihre Gedanken hinein.

„Nein, danke, ich …"

„Dann setz mal eine Kanne auf, Manuela." Uroma Wübkea ignorierte ganz offensichtlich die Ablehnung und tippelte mit unsicheren Schritten in Richtung Küche, wo sie sich umständlich auf einen Stuhl sinken ließ. „Puh, immerzu laufen kann auch anstrengend sein", stöhnte sie, „all die Treppen hier, vor allem bei der Hitze. Mach man sich ja gar nicht auf die Terrasse raussetzen."

„Ich sag doch immer, du sollst einen Rollator nehmen, aber …"

„Papperlapapp! Rollator! Und was soll ich machen, wenn ich mal alt bin?"

Die Frau schien ein Talent zu haben, andere Menschen zu unterbrechen, stellte Sophie Reimers fest. Sie fragte sich, wie alt die rüstige Dame wohl sein mochte, bekam die Antwort darauf jedoch postwendend.

„Wenn du mal alt bist?", fragte Manuela, während sie sich am Wasserkocher zu schaffen machte. „Du bist sechsundneunzig, Tantchen."

„Eben."

Sophie Reimers überlegte, wie sie das Gespräch unter

diesen Umständen in die gewünschte Richtung lenken konnte. Mit der Anwesenheit der alten Frau hatte sie nicht gerechnet. Wenn sie Manuela Visker nun so in die Enge trieb, wie sie es geplant hatte, bekam sie bestimmt den Gehstock ihrer Großtante zu spüren. Am einfachsten würde es wohl sein, sie um ein Gespräch unter vier Augen zu bitten.

Doch zunächst einmal würde sie in den sauren Apfel beißen und eine Tasse Tee trinken müssen, auch wenn sie diesem ostfriesischen Traditionsgetränk noch nicht allzu viel abgewinnen konnte. In Osnabrück war sie im Laufe der Jahre zum reinen Kaffeejunkie mutiert und wäre dies eigentlich auch ganz gerne geblieben. Allerdings sah es bisher nicht danach aus, als bekäme sie die Chance dazu, und das schon allein aus dem Grund, weil ihr Lebensgefährte Simon gar nicht genug vom Tee bekommen konnte, seit sie nach Ostfriesland gezogen waren.

„Dürfte ich mal Ihr Bad benutzen?", fragte sie, weil ihr soeben eine Idee gekommen war.

„Natürlich. Zum Flur raus und dann die zweite Tür links, bitte."

Sophie Reimers ging hinaus und tat so, als würde sie tatsächlich das Gäste-WC aufsuchen. Sie öffnete die Tür und ließ sie gleich darauf geräuschvoll wieder zufallen. Dann wartete sie einen Moment, ob sich in der Küche etwas tat, aber die beiden Frauen schienen in ein Gespräch vertieft zu sein, dessen Inhalt sie akustisch nicht verstehen konnte.

Auf leisen Sohlen schlich sie sich ins Wohnzimmer, dessen Tür sperrangelweit offen stand. Wenn sie hier nicht fand, was sie suchte, musste sie es ein Stockwerk höher versuchen. Irgendetwas würde ihr schon einfallen, um dorthin zu gelangen.

Im Wohnzimmer auf dem Sofa standen zwei offene, aber noch leere Koffer, die vermutlich darauf warteten, mit den Kleidungsstücken befüllt zu werden, die an dem auf der Terrasse stehenden Wäscheständer hingen. Auf dem Tisch lagen ein Reisepass sowie ein Flugticket. Doch all das interessierte die Kommissarin zu diesem Zeitpunkt herzlich wenig. Die Flughäfen waren schnell informiert, wenn sich herausstellen sollte, dass Manuela Visker an einem Verbrechen beteiligt gewesen war.

Und das musste ihr erstmal nachgewiesen werden.

Bevor sie sich weiter umsah, lauschte Sophie Reimers noch mal in Richtung Küche, ob sich dort irgendetwas tat, doch das Einzige, was sie hörte, war das Gebrabbel der alten Dame, die aufgeregt auf ihre Großnichte einredete.

Also machte sie das, wozu sie hergekommen war: Sie inspizierte den Fußboden. Die Sonne verursachte auf diesem unterschiedliche Schattierungen, und doch glaubte sie, in der Mitte des Raumes eine Fläche zu sehen, die sich farblich vom restlichen Parkett abhob.

Sie ging näher heran und betrachtete die Stelle aus unterschiedlichen Blickwinkeln. Danach war sie sich ziemlich sicher: Hier hatte entweder mal ein Teppich gelegen oder ein größeres Möbelstück gestanden, wobei sie Letzteres für ausgeschlossen hielt.

Sie ging in die Hocke und strich über die Vollholz-Paneele. Auch der Abrieb an dieser Stelle schien sich vom Rest des Zimmers zu unterscheiden, außerdem fehlten die üblichen Gebrauchsspuren, die ansonsten deutlich zu sehen waren.

So. Sophie erhob sich wieder. Nun wurde es aber Zeit, in die Küche zurückzugehen. Sie schlich sich zum Gästebad zurück, betätigte die Spülung und stand Sekunden später wieder bei den beiden Frauen.

„Und? Haben Sie gefunden, was Sie gesucht haben?", fragte Uroma Wübkea rundheraus.

„Bitte?" Sophie bemerkte, wie ihr das Blut ins Gesicht stieg.

„Sieht man immer in den Krimis. Wenn die Kommissare angeblich aufs Klo müssen, dann gucken sie sich immer im ganzen Haus um."

„Ähm …" Sophie Reimers wusste ad hoc nicht, wie sie auf diese Feststellung reagieren sollte.

„Weiß gar nicht, warum ihr jungen Dinger euch immer einbildet, wir Alten wären zu blöd, um noch irgendwas zu begreifen." Uroma Wübkea griff mit ihren arthritisch verbogenen Fingern nach der Tasse und schlürfte genüsslich ihren Tee. „Aber eins kann ich Ihnen gleich sagen, mien Wicht: Von diesem Dösbaddel, diesem Geert Wibben, werdet ihr hier nix finden. Nicht mal Manuelas Nichtsnutz von Mann wäre so blöd, den in seinem eigenen Haus abzumurksen. Und das will schon was heißen."

Während Uroma Wübkea sprach, hatte Sophie Reimers die Großnichte genau beobachtet. Mit jedem Wort der alten Frau waren deren Bewegungen hektischer geworden, mit dem Ergebnis, dass sie beim Einschenken jede Menge Tee auf dem Tisch verschüttete.

„Glauben Sie denn, dass er ihn woanders abgemurkst hat?", fragte die Kommissarin frech.

„Gut möglich."

„Aber Tantchen!" Manuela Visker stand da wie vom Donner gerührt. „Du glaubst doch nicht wirklich, dass André …"

„Wieso? Die von der Polizei glauben es doch auch", schnitt ihr die Großtante mit einer schneidenden Geste erneut das Wort ab. „Irgendwas wird dann wohl dran sein. Wird Zeit, dass du ihn endlich mal so siehst, wie er ist, mien Wicht."

Auf diese Worte hin hatte Sophie Reimers Mühe, einen Lachkrampf zu unterdrücken. Die alte Frau gefiel ihr. Sie wünschte, dass alle Menschen ihre Meinung so offen äußerten. Aber wie hieß es immer so schön: Die alten Menschen mussten sich nicht mehr verstellen, denn sie hatten den Vorteil, nichts mehr zu verlieren zu haben. Und den nutzten sie.

„Obwohl Sie es für ausgeschlossen halten, dass Geert Wibben in diesem Haus den Tod gefunden hat, interessiert mich dennoch, was aus dem Teppich geworden ist, der im Wohnzimmer mitten im Raum lag." Sophie Reimers nutzte die Chance zum Frontalangriff, als die beiden anderen Frauen gerade an ihrem Tee nippten. Ihr Timing stellte sich insofern als suboptimal heraus, als Manuela Visker nun vor lauter Schreck ihre Tasse fallen ließ und diese auf dem Fliesenboden in unzählige Scherben zersprang. Aber dennoch stufte die Polizistin ihre Aktion als vollen Erfolg ein.

„Frau Visker, dürfte ich Sie bitten, mit mir in unsere provisorische Einsatzzentrale zu kommen? Ich hätte da ein paar Fragen", sagte sie ruhig.

20

„Frau Feldmann?"

Hätte Hauptkommissar David Büttner geahnt, welche Reaktion er mit dem Fahndungsfoto bei Tonja auslösen würde, hätte er es ihr zu diesem Zeitpunkt ganz gewiss nicht gezeigt. Für einen Moment, in dem er zu spüren bekommen hatte, was Panik bedeutete, hatte er nicht gewusst, um wen er sich zuerst kümmern sollte: Um die ohnmächtige Tonja Feldmann oder den asthmatisch nach Luft schnappenden Sebastian Hasenkrug.

Schließlich hatte er den einzig vernünftigen Gedanken gefasst und ausdauernd auf den roten Klingelknopf gedrückt.

Wie er feststellen musste, war das Pflegepersonal der Station auf Zack, denn es hatte nicht mal eine halbe Minute gedauert, bis sie sich um beide kümmerten.

„Frau Feldmann", wiederholte Büttner nun und sah Hasenkrugs Freundin beschwörend an. „Ich weiß ja, dass Sie jetzt lieber Ihre Ruhe hätten. Aber Sie müssen verstehen, dass wir unbedingt mehr Infos brauchen, wenn wir den Kerl dingfest machen sollen. Wenn Sie ihn wirklich kennen, dann reden Sie bitte mit mir."

Der behandelnde Arzt hatte ihnen erlaubt, sich ins Stationszimmer zurückzuziehen, nachdem er Tonja wieder aus ihrer Ohnmacht zurückgeholt hatte. Natürlich hatte er verhindern wollen, dass Büttner sofort mit ihr sprach, doch hatte der ihm die Dringlichkeit seines Anliegens schnell vermitteln können.

Also saßen sie jetzt zwischen Computern, Medikamentenschränken und Pillendosen und Tonja war trotz der Hitze in eine Decke gehüllt. Hasenkrug schlief nach einer Infusion mit Beruhigungsmitteln derweil den Schlaf des Gerechten.

Tonja hatte beim Anblick des Fotos offensichtlich einen Schock erlitten, auf den Büttner jetzt jedoch keine Rücksicht nehmen konnte.

„Denken Sie an Ihren Freund", versuchte er erneut, zu ihr vorzudringen. „Er wird erst wieder ruhig schlafen und ganz genesen können, wenn wir seinen Peiniger hinter Schloss und Riegel haben."

Nichts.

„Denken Sie auch an all die anderen Leute, die dieser Holger Kanther womöglich noch niedersticht oder anderweitig verletzt. Er ist eine tickende Zeitbombe."

Büttner hatte bemerkt, dass Tonjas Augenlider nervös anfingen zu flattern, als sie den Namen des Kung Fu-Kämpfers hörte. Sie kaute jetzt auf ihrer Unterlippe herum und schien mit sich selbst zu ringen. Was, um Himmels Willen, hatte sie mit diesem Verbrecher zu tun?

Vierter Versuch. „Frau Feldmann, Ihr Lebensgefährte wäre beinahe gestorben. Und wenn Sie wissen, was den Täter antreibt, grundlos auf fremde Menschen einzustechen …"

„Holger sticht nicht grundlos auf fremde Menschen ein", sagte Tonja tonlos, und Büttner war sich für einen

Moment nicht sicher, ob es wirklich ihre Stimme gewesen war, die diesen Satz gesagt hatte, denn sie klang plötzlich ganz anders als zuvor.

Büttner reichte ihr ein Glas Wasser, das sie wortlos an die Lippen setzte. Es sah jedoch nicht so aus, als würde sie auch nur einen Schluck trinken. „Frau Feldmann …"

„Er war mein Mann."

„Bitte?" Büttner glaubte, sich verhört zu haben.

„Wir waren verheiratet. Sechs Jahre lang."

Büttner schluckte. Wie, um alles in der Welt, hatte denn das passieren können?

„Holger war nicht brutal", fuhr sie fort, als hätte sie seine Gedanken gelesen. „Er war aufmerksam und zärtlich."

„Aha. Und dann? Was ist passiert?"

„Keiner weiß es. Er hat schon immer Kampfsport gemacht, schon als kleiner Junge. Er war ein echtes Naturtalent, hat sehr früh seine eigene Kampfsportschule aufgemacht. Es lief super. Er war erfolgreich. Ich hab ihn dort kennen gelernt."

„Was lief schief?"

Tonja seufzte, sagte aber nichts. Als hätte jemand einen Schalter umgelegt, ging ihr Blick plötzlich wieder ins Leere, und sie starrte minutenlang nur auf ihr Wasser, das sie ansonsten jedoch ignorierte.

Büttner wollte schon aufgeben und sich selbst auf den morgigen Tag vertrösten, als Tonja sich räusperte und sagte: „Wir wissen es nicht. Vielleicht gab es einen Auslöser, vielleicht auch nicht. Er wurde aggressiv. Zuerst mir, dann seinen Schülern gegenüber."

Sie zog die Decke enger um sich, als wäre ihr plötzlich kalt.

„Ich wollte ausziehen. Es ging nicht mehr. Er hat mich in der Wohnung eingesperrt und gesagt, dass ich jetzt nur noch ihm gehöre. Jeder, der mir zu nahe käme, den würde er umbringen."

„Hat er es getan? Ich meine, hat er jemanden angegriffen?"

„Ja. Meine beste Freundin hat versucht, mich da rauszuholen. Sie hat die Polizei alarmiert und gesagt, dass ich in meiner eigenen Wohnung gefangen gehalten werde. Die rückte dann in ihrem Beisein mit dem Schlüsseldienst an." Sie stockte und ein Schaudern lief durch ihren Körper.

„Und dann?", hakte Büttner mit leiser, aber entschlossener Stimme nach.

„Holger kam früher als erwartet nach Hause. Er sah sie mit den Polizisten vor der Tür stehen und ist komplett ausgerastet. Er hat – er hat …" Tonja schlug die Hände vors Gesicht und fing bitterlich an zu schluchzen, was Büttner als positives Zeichen wertete. Sie war wieder da.

„Was hat er mit Ihrer Freundin gemacht?"

„Er hat auf sie eingestochen. Einmal, zweimal, dreimal …" Tonja tat, als würde sie jemanden mit dem Messer traktieren. „Ich hab nur ihre Schreie gehört, ihre fürchterlichen Schreie."

„War sie – war sie tot?"

„Nein. Gott sei Dank nicht. Sie war lebensgefährlich verletzt, hat Monate in Kliniken zugebracht. Inzwischen, nach vier Jahren, kann sie wieder wenige Stunden arbeiten."

„Und Ihr Ehemann kam in die geschlossene Psychiatrie."

Tonja nickte kaum merklich. „Ja. Er galt als nicht schuldfähig."

„Hat er Ihnen danach noch mal gedroht?"

„Ja. Ich kannte eine Krankenschwester, die auf seiner Station arbeitete. Sie sagte mir, dass er von nichts anderem reden würde, als dass er alle, die zu mir Kontakt haben, umbringen werde."

„Warum hat sie Sie nicht gewarnt, nachdem er aus der Psychiatrie verschwunden war?"

„Sie ist seit einem halben Jahr in Westafrika und arbeitet dort als Krankenschwester für Ärzte ohne Grenzen."

„Hm. Holger Kanther muss nach seiner Flucht in Erfahrung gebracht haben, dass Sie umgezogen sind und einen neuen Lebensgefährten haben."

„Ja." Tonja nahm nun erstmals einen Schluck ihres Wassers und trank das Glas dann wie eine Verdurstende in einem Zug leer. „Dumm war er nie. Hätte ich gewusst, dass er geflohen ist, hätte ich mich nicht mehr mit Sebastian sehen lassen, sondern mich alleine in irgendwelche Wälder verkrochen."

„Wir werden ihn bald haben. So lange bekommen Sie Polizeischutz, genauso wie Hasenkrug. Er wird Ihnen nichts tun."

„Mir wird er sowieso nichts tun", erwiderte Tonja, „da bin ich mir sicher. Aber was, wenn er sich jemand anderen sucht? Meine Eltern? Meine Geschwister? Meine Freunde? Sie können sie doch nicht alle beschützen."

Büttner holte tief Luft. „Nein, das können wir leider nicht", sagte er dann.

Als Tonja nur nickte und trotz dieser wenig ermutigenden Feststellung ruhig zu bleiben schien, zog er sein Handy aus der Tasche, tippte ein paarmal darauf herum und zeigte ihr ein Foto des Bauwagens, das ihm ein Kollege zugeschickt hatte. „Kennen Sie den?", fragte er.

Sie nickte. „Ja. Er gehört Holger. Er stand die ganzen Jahre, in denen er in der Psychiatrie war, in einer Garage. Früher sind wir oft mit ihm verreist. Was ist mit ihm?"

„Holger Kanther ist mit ihm hier angereist", antwortete Büttner.

„Ach so." Es schien sie nicht zu wundern.

„Okay, Frau Feldmann, das war's dann fürs Erste. Zwei meiner Kollegen werden Sie nach Hause begleiten, wenn Sie es wünschen."

„Danke. Aber ich werde noch eine Weile bei Sebastian bleiben."

„Gut. Sagen Sie den Kollegen dann einfach Bescheid, wenn Sie gehen wollen." Büttner erhob sich und gab ihr die Hand. „Wir kriegen den Kerl, Frau Feldmann, ganz bestimmt", sagte er überzeugter, als ihm in diesem Moment zumute war.

21

„Frau Visker, ich wäre Ihnen wirklich dankbar, wenn wir das hier möglichst schnell hinter uns bringen könnten", ging Sophie Reimers in die Offensive, als sie gerade in der Turnhalle Platz genommen hatten. Zur Sicherheit hatten sich vor der Halle zwei Kollegen postiert, die etwaige Fluchtversuche oder sonstigen Ärger verhindern würden.

„Bitte, ich möchte doch übermorgen in die Karibik fliegen. Ich habe doch noch nie so was Schönes unternehmen dürfen." Manuela Viskers Gesicht war tränenüberströmt, und sie zitterte am ganzen Körper, als hätte man sie nackt in den Schnee gestellt.

„In einem Mordfall kann ich auf Ihre Urlaubspläne leider keine Rücksicht nehmen", erwiderte Sophie Reimers zunehmend ungeduldig. „Wen decken Sie, Frau Visker? Ihren Mann? Das würde ich mir an Ihrer Stelle genau überlegen. Irreführung der Polizei oder gar Beihilfe zum Mord ist kein Kavaliersdelikt und ganz gewiss kein Ticket in die Karibik."

„Aber – aber – ich habe doch nichts getan!" Die Frau fuchtelte nun ziellos mit den Händen herum. „Bitte, Sie müssen mir glauben, dass ich nichts getan habe!"

„Nun, wenn das so ist, dann dürften Sie ja auch kein Problem damit haben, mir zu sagen, was wirklich passiert ist. Hat Ihr Mann Geert Wibben in Ihrem Haus umgebracht? Und haben Sie ihm geholfen, die Leiche in einen Teppich eingewickelt zu entsorgen, wie es eine Zeugin gesehen haben will?"

Sophie Reimers hatte das Gefühl, dass sie mit einer ohne Umschweife formulierten Konfrontation bei der Verdächtigen am meisten erreichen würde. Bei ihrem nervlichen Zustand war es nur eine Frage der Zeit, wann sie im Verhör einknicken würde. Da würde keine ausgefeilte Vernehmungstaktik vonnöten sein.

Sie warf einen Blick auf die Uhr und hoffte, dass ihr Kollege David Büttner bald wieder da sein würde. Er hatte ihr eine kurze SMS geschickt, dass es interessante Neuigkeiten zum Kung Fu-Kämpfer gebe. Außerdem, so nahm sie an, würde der erfahrenere Kollege bei Manuela Visker womöglich schneller ans Ziel kommen – auch wenn sie selbst nichts dagegen hätte, einen eigenen Erfolg vorweisen zu können.

Manuela Visker hielt den Blick gesenkt, und es schien ihr egal zu sein, dass ihre Tränen unaufhaltsam auf ihre Leinenhose tropften. Ihre Hände hatte sie in den Schoß gelegt, wobei sie jedoch nicht zur Ruhe kamen, sondern laufend ihre Position veränderten.

Nach einer kurzen Überlegung entschied sich Sophie Reimers für einen Bluff. „Frau Visker, in Ihrem Haus wimmelt es gerade nur so von Mitarbeitern der Spurensicherung. Wenn sich dort irgendetwas ereignet hat, dann werden sie Hinweise darauf finden, auch wenn Sie die Böden noch so gründlich gesaugt und gewischt haben."

Als die Verdächtige auch nach dieser Ansage stumm

blieb, schoss der Polizistin eine Idee durch den Kopf. Sie kramte in ihrer Handtasche herum, zog einen Nietenknopf hervor und legte ihn auf den Tisch. „Wenn Sie sich den bitte mal ansehen würden, Frau Visker."

Manuela schielte von unten herauf auf den Knopf. „Kenne ich nicht", sagte sie dann knapp.

„Oh, das wundert mich jetzt", entgegnete Sophie Reimers. „Dabei habe ich ihn doch bei Ihnen im Wohnzimmer gefunden. Er lag unter dem Tisch, unweit dem Platz, von dem der Teppich verschwunden ist."

„Ich kenne ihn nicht", wiederholte Manuela Visker beinahe trotzig.

„Das sagten Sie bereits, es ändert jedoch nichts an der Tatsache, dass er in Ihrer Wohnung lag." Sie machte eine kurze rhetorische Pause, bevor sie hinzufügte: „Komisch nur, dass an der Jacke von Geert Wibben sehr ähnliche Knöpfe waren."

Wie angepiekst schoss Manuela Viskers Kopf in die Höhe und sie rief aus: „Aber das kann nicht sein! Das kann überhaupt nicht sein!"

„Es wird nicht schwer sein, genau das zu beweisen", sagte Sophie Reimers.

„Dann viel Spaß dabei." Der Tonfall Manuela Viskers klang nun nicht mehr verunsichert, sondern feindselig. Die Sache mit dem Knopf musste etwas in ihr zum Klingen gebracht haben – auch wenn dieses Corpus delicti keineswegs aus ihrem Haus stammte, sondern sich einige Tage zuvor von Sophie Reimers Jeans gelöst hatte.

Die Polizistin beugte sich über den Tisch und sie sagte leise: „Frau Visker, Sie glauben doch wohl selbst nicht, dass wir Sie übermorgen in die Karibik fliegen lassen, wenn Sie hier einen auf bockig machen. Wenn Sie sich nicht kooperativ zeigen, kann Ihre Großtante diese gutgemeinte Investition getrost abschreiben." Sie ließ sich wieder in ihren Stuhl zurückfallen und verschränkte die Arme vor dem Körper. „Gut möglich, dass sie dann ein wenig verstimmt sein wird. Diese Enttäuschung könnten Sie der alten Dame eigentlich ersparen, meinen Sie nicht?"

„Sie können mich nicht festhalten."

„Oh-oh, da täuschen Sie sich aber, Frau Visker! Sie sind dringend tatverdächtig, schon vergessen?"

Alarmiert wandte Sophie Reimers ihren Blick im nächsten Moment zur Tür, vor der plötzlich ein Tumult unbestimmter Art ausgebrochen war. Sie runzelte die Stirn. War das etwa einer ihrer uniformierten Kollegen, der da zuerst einen Schmerzensschrei und dann einen lauten Fluch ausgestoßen hatte? Sie ging in Habachtstellung.

„Was für eine Frechheit!", hörte sie im nächsten Moment eine wohlbekannte Stimme keifen. „Hat dir deine Mutter nicht beigebracht, dass man alten Leuten die Tür aufhält!? Wenn ich hier rein will, dann will ich hier rein! Und dann stellst du dich mir gefälligst nicht in den Weg! Basta!"

Es tat erneut einen Schlag von Holz auf Glas, dann folgte das regelmäßige Klackern eines Gehstocks, und nur Sekunden später tippelte Uroma Wübkea sichtlich schlecht gelaunt zur Tür herein.

„Tantchen!", rief Manuela Visker erstaunt aus. „Was machst du denn hier?"

„Entschuldigung", klang es gleichzeitig betreten von der Tür her, „aber die Dame wollte sich nicht davon abhalten lassen, hier – ähm – wie soll ich sagen – einzudringen." Einer der uniformierten Polizisten stand mit hochrotem Kopf da und rieb sich den Oberarm, der wohl gerade Bekanntschaft mit den ungeahnten Kräften einer alten Frau gemacht hatte.

„Schon gut." Sophie Reimers machte dem Kollegen ein Zeichen, dass er sich wieder zurückziehen könne. Dabei hatte sie erhebliche Mühe, einen Lachanfall zu unterdrücken.

„Setzen Sie sich, bitte, Frau …"

„Beekmann. Wübkea Beekmann", spuckte die alte Frau aus, und ihre Augen feuerten wütende Blitze auf die junge Polizistin ab.

„Frau Beekmann, eigentlich wollte ich gerne mit Ihrer Großnichte alleine sprechen", sagte die Polizistin in bemüht ernstem Tonfall, wobei sie nicht verhindern konnte, dass zumindest einige der Wörter wie ein unterdrücktes Glucksen klangen.

„Ach, alleine ist bei dem Kind so eine Sache, wissen Sie."

„Tantchen!"

„Ist doch wahr! Schon als Kind konnte man dich nicht alleine lassen, kam nur Blödsinn dabei heraus. Guck dich doch an! Sitzt hier und heulst, anstatt zu sagen, was zu sagen ist und dann endlich deine Koffer zu packen!"

„Tantchen!"

„Ich fürchte", melde sich Sophie Reimers zu Wort, „dass es hier nicht darum geht, dass Ihre Großnichte möglichst schnell ihre Koffer gepackt kriegt. Sie ist derzeit eine unserer Hauptverdächtigen in einer Mordermittlung …"

„Papperlapp!", fuhr Uroma Wübkea dazwischen. „Was

soll Manuela wohl mit einem Mord zu tun haben!? Wenn ihr unbedingt einen Verbrecher braucht, dann buchtet ihren Mann ein, bei dem könnt ihr wenigstens sicher sein, dass er es verdient hat."

„So einfach ist die Sache leider nicht, Frau Beekmann ..."

„Moin. Volles Haus, wie ich sehe."

Selten war Sophie Reimers so froh gewesen, einen Kollegen zur Tür hereinkommen zu sehen. Bestimmt würde er wissen, wie man mit der renitenten Alten umzugehen hatte.

„Moin, Frau Beekmann. Hätte nicht gedacht, dass wir uns so schnell wiedersehen." Büttner reichte der alten Dame mit einem Lächeln die Hand.

„Ich kenn Sie nicht", wiederholte Uroma Wübkea den Satz, mit dem Büttner inzwischen schon rechnete, wenn er sie traf.

„Das ist mein Kollege Hauptkommissar Büttner", sagte Sophie Reimers schnell. „Sie sagten doch selbst, dass er kürzlich noch bei Ihnen war, um Torte zu essen."

„Das hat sie gesagt?" Büttner zog einen Flunsch.

Uroma Wübkea fixierte ihn für eine ganze Weile, dann sagte sie: „Weiß ich doch. Sie sind der dicke Polizist ..."

„Ja." Wie immer beeilte sich Büttner, den Redefluss der alten Dame auszubremsen. „Darf ich fragen, warum Sie Ihre Enkelin ..."

„Großnichte. So viel Zeit muss sein."

„Warum Sie Ihre Großnichte begleitet haben?"

„Hab ich nicht. Bin hinterhergefahren. Mit dem Taxi. Hat ein Heidengeld gekostet. Glaubt man ja gar nicht, was man mit so 'n bisschen Hin- und Herfahren verdienen kann."

„Ich war gerade dabei, Frau Beekmann beizubringen, dass wir ihre Großnichte gerne alleine sprechen würden, aber …"

„Ach wat", schnaubte Uroma Wübkea, „Manuela konnte man doch schon als Kind nicht alleine lassen, kam nur Blödsinn …"

„Jetzt ist aber mal genug gewesen, Frau Beekmann", schlug Sophie Reimers mit der flachen Hand auf den Tisch, „so kommen wir doch nicht weiter!"

Büttner nickte zufrieden, während sowohl die alte Frau als auch Manuela Visker erschrocken zusammenzuckten.

„Also, Frau Beekmann, wenn Sie schon unbedingt dabei sein wollen, dann halten Sie jetzt einfach mal den Mund! Und Sie, Frau Visker", die Polizistin, die langsam aber sicher die Geduld verlor, funkelte die Frau böse an, „kommen jetzt endlich mal zu Potte! Ich habe keinen Bock mehr auf die Show, die Sie hier abziehen! Entweder sagen Sie uns innerhalb der nächsten Minute, was wir wissen wollen, oder es dauert keine zwei Minuten, und Sie sitzen im Peterwagen auf dem Weg in Ihre Zelle! Haben. Wir. Uns. Verstanden!?" Die letzten vier Worte hatte sie jeweils mit einem Schlag auf den Tisch unterstrichen.

„Respekt, Frau Kollegin, Respekt!" Büttner zeigte sich sichtlich beeindruckt.

„Das können Sie nicht machen", flüsterte Manuela Visker und drückte wieder auf die Tränendrüse.

„Also: Sechzig, neunundfünfzig, achtundfünfzig … Ich höre! Nein? … einundfünfzig, fünfzig …" Trotz des lauten Schluchzens und Uromas Wübkeas unüberhörbaren Gegrummels, ließ sich Sophie Reimers nicht beirren.

Büttner hatte sich derweil auf einen an der Wand stehenden Sporthocker zurückgezogen und beobachtete das Geschehen aus sicherer Entfernung. Spätestens, als die Kollegin bei der Zahl zwanzig angekommen war, wusste er, dass sie ihren Stiefel durchziehen würde.

„Vier, drei, zwei, eins, pling!" Sophie Reimers klatschte in die Hände. „Tja, schade, Frau Visker, ich hätte Ihnen den Aufenthalt in der Zelle gerne erspart. Aber anscheinend legen Sie auf diese Erfahrung mehr Wert, als auf Ihre Reise in die Karibik. Gut, mir soll's recht sein. Kollege", rief sie einem der uniformierten Polizisten zu, „die Dame bekommt für achtundvierzig Stunden freie Kost und Logis. Wenn Sie ihr bitte ihre Wohnstatt zeigen würden!"

Der Beamte nickte und ging langsam auf Manuela Visker zu, wobei er zu Uroma Wübkea vorsichtshalber einen Sicherheitsabstand einhielt, denn die hantierte für seinen Geschmack schon wieder viel zu vehement mit ihrem Gehstock herum.

Als der Polizist sie unter dem Arm fasste, wurde Manuela Visker klar, dass sie verloren hatte. Sie warf ihrer Großtante einen verzweifelten Blick zu, aber die murmelte nur: „Sach ich doch, man kann dat Wicht nicht einen Moment alleine lassen."

„Es war ein Unfall", sagte Manuela Visker kaum hörbar, als sie bereits fast an der Tür war, wiederholte dann jedoch lauter: „Es war ein Unfall. Ich bin sicher, André wollte es nicht."

Sophie Reimers stieß hörbar die Luft aus. Erst jetzt merkte sie, unter welcher Anspannung sie die ganze Zeit über gestanden hatte. Verstohlen warf sie einen Blick zu

Büttner, der nach wie vor an die Wand gelehnt auf seinem Hocker saß und ihr jetzt kaum wahrnehmbar zuzwinkerte. Oder hatte sie sich das nur eingebildet?

„Also, dann erzählen Sie mal", sagte sie mit neuem Elan in der Stimme. „Wie genau kam Geert Wibben ums Leben?"

Doch die Antwort auf diese Frage war keineswegs die, die Büttner und seine junge Kollegin erwartet hatten.

22

Die gute Stimmung, die für kurze Zeit in Hasenkrugs Krankenzimmer geherrscht hatte, war nach Büttners Besuch tiefer Besorgnis gewichen.

Nach ihrem Gespräch mit dem Hauptkommissar war Tonja zu ihrem schlafenden Lebensgefährten zurückgekehrt, hatte sich neben sein Bett auf einen Stuhl gesetzt und hielt seither seine Hand.

Sie machte sich Vorwürfe, auch wenn ihr Büttner beim Abschied noch mehrmals gesagt hatte, dass sie keinerlei Schuld träfe. Doch konnte sie die quälende Frage, ob sie den Angriff nicht irgendwie hätte verhindern können, nicht aus ihrem Kopf bekommen.

Natürlich hatte sie nicht damit rechnen können, dass ihr Ex aus dem wie Fort Knox gesicherten Trakt der Psychiatrie ausbrechen würde. Dennoch hätte sie Sebastian über diesen Teil ihres Lebens informieren müssen. Wieder einmal zeigte sich, dass es überhaupt keinen Sinn hatte, Ereignisse aus seiner Vergangenheit einfach verdrängen zu wollen. Auch wenn man der Meinung war, sie damit ungeschehen machen zu können, so holten sie einen doch zwangsläufig irgendwann wieder ein.

Und in diesem Fall leider nicht nur sie.

Auch zwei Jahre nach der Einweisung Holgers in die

Geschlossene war sie noch nicht bereit, über das damals Geschehene zu reden, aus lauter Angst, wieder nur in meist verständnislose, teils sogar ungläubige Gesichter zu schauen.

Über Monate hatte Holger ihr das Leben zur Hölle gemacht, doch nur wenige hatten ihr glauben wollen – zumindest solange, bis er auch in seiner Kampfsportschule häufiger ausfällig wurde und sich seine zunächst nur verbalen Übergriffe irgendwann zu körperlichen auswuchsen.

Doch selbst, als die ersten Eltern begannen, ihre Kinder aus der Schule zu nehmen und Anzeige gegen Holger zu erstatten, wurde ihrem, Tonjas, Leiden keine Beachtung geschenkt. Bis zu dem Tag, als ihr durchgeknallter Ex schließlich auf ihre Freundin einstach. Von da an ging alles sehr schnell.

Tonja selbst hatte mehr als ein Jahr und den Umzug nach Ostfriesland gebraucht, um sich wieder einigermaßen angstfrei in der Welt bewegen zu können. Denn vor seiner Festnahme hatte alles Leid damit angefangen, dass Holger sie auf Schritt und Tritt verfolgte. Ganz egal, was sie unternahm, es dauerte nicht lange, bis er um die Ecke bog, sie abfing und sie zur Rede stellte: Warum hinterging sie ihn, indem sie ohne ihn zu fragen das Haus verließ?

So kam es, dass sie Holger auch nach seiner Verurteilung noch hinter jedem Baum und jeder Häuserecke vermutete, an der sie vorbeikam. Selbst, als sie aus ihrer gemeinsamen Wohnung aus- und in eine neue eingezogen war, hatte sie sich nie ganz von dieser Angst befreien können. Immer wieder glaubte sie, ihn gesehen zu haben und wechselte schnell die Straßenseite, nur um dann festzustellen, dass sie sich getäuscht hatte.

Von dem Umzug nach Ostfriesland hatte sie sich das endgültige Ende ihrer Angstzustände und Panikattacken erhofft und mit Sebastian endlich einen Mann gefunden, auf den sie sich bereitwillig einlassen konnte und in dessen Nähe sie keinerlei Furcht mehr verspürte.

Doch war es nun ausgerechnet hier, in ihrer scheinbar so friedlichen und heilen neuen Welt, zum Super-Gau gekommen.

Ohne Zweifel würde sie professionelle Hilfe brauchen, um diesen Schock zu verarbeiten.

Am meisten Sorgen aber machte sie sich um Sebastian. Würde er nach alldem noch mit ihr zusammensein wollen? Ganz sicher würde ihre so wundervolle Beziehung nicht mehr so unbelastet sein wie zuvor. Würde er ihr Vorwürfe machen, weil sie ihm nichts von Holger erzählt hatte?

Aber anderseits: Was hätte das genutzt? Keiner konnte schließlich damit rechnen, dass er hier auftauchen und seine Drohung wahrmachen würde. Oder hätte sie es wissen müssen?

Konnte sie Sebastian also überhaupt zumuten, bei ihr zu bleiben? Müsste er dann nicht auch in Zukunft ständig mit der Angst leben, dass sich so etwas wiederholen könnte? Wenn Holger es einmal gelungen war, aus der Psychiatrie auszubrechen, warum dann kein zweites Mal?

Tonja strich dem schlafenden Hasenkrug über die Wange und spürte, dass sich ihre Augen mit Tränen füllten. Womöglich, so sagte sie sich, hatte Holger nicht nur einen Abschnitt ihres Lebens zerstört, sondern sie für immer dazu verdammt, alleine zu bleiben.

„Alles klar, mein Schatz?", hörte Tonja plötzlich die noch etwas kratzige Stimme ihres Freundes.

Sie lächelte und wischte sich mit einer hastigen Bewegung die Tränen von der Wange. „Alles prima", nickte sie.

„Du weinst."

„Sind nur die Spätfolgen."

„Hm." Er brauchte einen Moment, bis er wieder ganz in der Realität angekommen war, dann aber fragte er sofort: „Was ist mit dem Kerl von dem Foto? Warum hast du so – ähm – extrem reagiert?"

Erst in diesem Moment wurde Tonja klar, dass er all das, was ihr gerade durch den Kopf gegangen war, ja noch gar nicht wusste, da ihm der Arzt das Beruhigungsmittel verpasst hatte.

Sie fuhr sich nervös durch die Haare. „Ich – also – weißt du …"

Noch ehe sie den Satz zu Ende bringen konnte, wurde ihr Gestammel vom Klopfen an der Tür unterbrochen, und im nächsten Augenblick traten Maarten und Tomke ins Zimmer. „Stören wir?"

„Nein, gar nicht, ich freu mich", krächzte Hasenkrug.

Tonja spürte eine gewisse Erleichterung, auch wenn sich der Moment der Wahrheit durch die Ankunft der beiden lediglich nach hinten verschob. „Wirklich schön, euch zu sehen", nickte sie.

„Wir haben quasi stündlich mit Ihrem Chef telefoniert, seit Sie hier eingeliefert wurden", meinte Maarten, nachdcm sic Hasenkrug cincn Blumenstrauß und ein Buch überreicht hatten. „Nun endlich hat er uns gesagt, dass Sie wieder ansprechbar sind, und da konnten wir nicht abwarten, Ihnen persönlich zu sagen, wie sehr uns das freut."

„Das ist lieb. Ich danke Ihnen." Hasenkrug wirkte gerührt.

„Vielleicht können wir dann ja entsprechend mal mit der blöden Siezerei aufhören", sagte Tonja und reichte den beiden die Hand. „Hi, ich bin Tonja."

„Maarten."

„Tomke."

„Sebastian", winkte Hasenkrug aus dem Bett heraus.

„So, und nun wüsste ich gerne, was es Neues gibt", meldete sich Maarten wieder zu Wort, nachdem alle für eine Weile still vor sich hingegrinst hatten.

Tonjas Gesicht umwölkte sich. Sie seufzte. Da hatte die Stunde der Wahrheit ja nicht lange auf sich warten lassen. Sie überlegte kurz, ob es nicht vielleicht besser sein würde, wenn sie zunächst mit Sebastian unter vier Augen über Holger sprach. Immerhin konnte es sein, dass durch dessen unzweifelhaft vorhandene geistige Störung ihre Beziehung auf dem Spiel stand.

Andererseits war sie ganz froh, dass Maarten und Tomke bei ihr waren. Sie vertraute ihnen, und mit ihrer vermittelnden Art würden sie sie sicherlich moralisch unterstützen, wenn es hier zu einem wie auch immer gearteten Eklat kam.

Dennoch schlug ihr angesichts der anstehenden Offenbarungen das Herz bis zum Hals, weil sie überhaupt nicht absehen konnte, was als Nächstes geschehen würde. Sie räusperte sich und wollte gerade etwas sagen, als ihr

Freund meinte: „Nun sagt nur, Büttner hat euch über nichts informiert."

Maarten zuckte die Schultern. „Wir sind raus. Er meinte, es sei zu gefährlich, nach allem, was mit Ihnen – ähm – mit dir passiert ist."

„Und was genau ist mit mir passiert?"

„Du weißt auch von nichts?", zog Tomke erstaunt die Stirn hoch.

Hasenkrug deutete auf Tonja und sagte mit schleppender Stimme: „Ich weiß nur, dass meine Freundin in Ohnmacht gefallen ist, als mein Chef ihr das Fahndungsfoto unter die Nase hielt. Was wiederum mir nicht so gut bekommen ist und mir eine Infusion mit Beruhigungsmitteln eingebracht hat."

„Ach herrje", entfuhr es Tomke.

Maarten schaute von einem zum anderen und hob die Hände. „Also, wenn ihr es lieber erstmal unter euch besprechen wollt, dann können wir auch ein anderes Mal wiederkommen."

„Nee." Tonja schüttelte den Kopf. „Es ist zwar nicht schön, darüber zu reden, aber dann ist es wenigstens raus." Sie kaute auf ihren Fingernägeln, ohne es zu bemerken. Als sie jedoch alle erwartungsvoll ansahen, begann sie zu erzählen, was es mit dem für die anderen noch so ominösen Kung Fu-Kämpfer auf sich hatte.

Je länger sie sprach, desto länger wurden auch die Gesichter. Sie versuchte, alles so wenig dramatisch wie möglich rüberzubringen, da sie auf keinen Fall riskieren wollte, dass ihr Freund wieder einen seiner Anfälle bekam. Und doch reichte das, was sie sagte, aus, um Hasenkrugs ohnehin schon bleiche Gesichtsfarbe beinahe so weiß werden zu lassen wie die seines Kopfkissens.

Als Tonja schließlich geendet hatte, ohne dass sie nur ein einziges Mal von den anderen unterbrochen worden war, herrschte im Zimmer minutenlanges Schweigen. Alle waren von dem Gehörten über die Maßen erschüttert, zumal sie bis zu diesem Zeitpunkt davon ausgegangen waren, dass der Überfall auf Hasenkrug in einem ursächlichen Zusammenhang mit den Ermittlungen im Mordfall Geert Wibben stand.

Mit solch einer Entwicklung jedoch hätten sie selbst in ihren kühnsten Träumen nicht gerechnet.

„Oh, mein Gott, Tonja, wie furchtbar!", brach Tomke schließlich als Erste das Schweigen. „Du kommst ja direkt aus der Hölle! Ich – ich kann gar nicht glauben, dass – oh mein Gott, mir fehlen echt die Worte!"

Sebastian Hasenkrug hatte seine Freundin die ganze Zeit über mit einem unergründlichen Gesichtsausdruck angesehen. Tonja wusste nicht zu sagen, ob sich in seinem Blick Erschütterung, Entsetzen, Angst oder Fassungslosigkeit spiegelten. Wahrscheinlich von allem etwas. Er öffnete ein paarmal den Mund, doch entwichen ihm lediglich unartikulierte Laute. Er schien mit der Situation völlig überfordert, und sie überlegte, ob sie nicht besser einen Arzt rufen sollte.

„Alles okay, Sebastian?", fragte nun auch Maarten besorgt. Als der nicht antwortete, sondern immer noch nur weiter seine Freundin ansah, fuhr er sich zerstreut durch die Haare. „Mist! Hätte ich gewusst, was für eine Story dahintersteckt, hätte ich niemals von dir verlangt, sie hier und jetzt zu erzählen, Tonja. Ich war wirklich der Überzeugung, dass – dass – ach, ich weiß auch nicht! Himmel noch eins, was für ein verdammter Mist!"

„Und – er ist noch nicht – ich meine – der Kerl läuft immer noch frei herum, oder?", stammelte Tomke und erreichte damit erstmals, dass Hasenkrug seinen Blick von Tonja abwandte.

„Ich muss unbedingt mit Büttner sprechen", krächzte der. „Ich meine, vielleicht haben sie ihn ja schon und …"

„Büttner wollte mich sofort anrufen, wenn Holger gefasst ist", schnitt ihm Tonja das Wort ab. „Da er es nicht gemacht hat, halte ich es für höchst unwahrscheinlich, dass es diesbezüglich gute Neuigkeiten gibt."

„Oh Gott, was für ein Albtraum! Können wir denn nicht irgendwas tun?", stöhnte Maarten. „Es kann doch nicht sein, dass wir hier alle nur dumm rumsitzen und dieser Psychopath womöglich …"

Auch wenn er den Satz nicht zu Ende brachte, so wusste doch jeder der Anwesenden, was er hatte sagen wollen.

„Deshalb sitzen die Polizisten wohl gleich im Doppelpack draußen vor der Tür", bemerkte Tomke. „Ich habe mich schon gewundert. Aber unter diesen Umständen …" Sie machte eine unbestimmte Handbewegung „Stehst du auch unter Polizeischutz?", fragte sie dann an Tonja gewandt.

„Ja. Obwohl ich nicht glaube, dass Holger mir etwas antun würde. Er hat es nur auf diejenigen abgesehen, die zu mir in enger Beziehung stehen. Wie damals auf meine Freundin. Er ist wohl der Überzeugung, dass sie alle böse Dämonen sind, die mich zuerst einlullen und dann vernichten wollen. Zumindest hat er so was immer gefaselt, bevor er in die Klinik kam."

„Und du hast keine Ahnung, warum er damals so durchgeknallt ist?", hakte Maarten nach.

„Nein. Es kam schleichend. Die behandelnden Psychiater vermuten, dass er sich in die Sache mit seinem Kampfsport so hineingesteigert hat, dass er irgendwann eine Paranoia entwickelte und begann, alle anderen Menschen nur noch als potenzielle Feinde zu sehen. Sie nehmen an, dass er mich nur deshalb eingesperrt hat, weil er mich vor dem seiner Meinung nach omnipräsenten Bösen beschützen wollte. Aber er scheint so therapieresistent zu sein, dass den Ärzten nur Vermutungen bleiben. Sie rechnen wohl nicht damit, jemals Gewissheit zu erlangen."

„Bitter", sagte Maarten knapp.

„Der absolute Horror", ergänzte Tomke.

Sebastian Hasenkrug schwieg. Anscheinend hatte ihn eine plötzliche Müdigkeit übermannt und er schien alle Mühe damit zu haben, die Augen offen zu halten.

„Das Schlimmste ist, dass niemand weiß, wo er sich jetzt aufhält. Es gibt keinerlei ernst zu nehmende Hinweise", nickte Tonja, vergrub ihren Kopf in den Händen und begann plötzlich zu weinen.

Als Tomke aufstand und tröstend den Arm um sie legte, schluchzte sie auf: „Ich habe solche Angst, dass er sich jetzt jemand anderen schnappt. Meine Eltern oder meine Geschwister. Oder vielleicht meine Freunde. Es ist der blanke Horror, einfach nur dazusitzen und nichts tun zu können!"

Maarten erhob sich nun ebenfalls und flüsterte seiner Frau etwas ins Ohr. Die nickte und sagte nach einem Blick auf den Patienten: „Sebastian sieht müde aus. Wollen wir kurz einen Kaffee trinken gehen und dann später noch mal reinkommen?" Zur Unterstützung ihrer Worte flüsterte sie Tonja nun ihrerseits etwas zu.

„Okay." Tonja gab ihrem Freund einen Kuss auf die Stirn. „Schlaf ein bisschen, wir sind gleich wieder da."

„Wie war es denn früher?", knüpfte Maarten nahtlos an ihr Gespräch an, sobald sie vor der Tür standen. „Hat dein Ex da wahllos Menschen attackiert, von denen er wusste, dass sie dir emotional nahe standen? Oder hat er sich an die gehalten, die dir seiner Ansicht nach rein räumlich gesehen zu nahe kamen?"

Tonja überlegte einen Moment, während ihr Körper von Schluchzern geschüttelt wurde, dann sagte sie: „Eher Letzteres. Es ging ihm ja in erster Linie darum, auf mich aufzupassen und mich vor dem angeblich gefährlichen Einfluss anderer Menschen zu beschützen."

„Okay." Maarten holte tief Luft und schaute von einem zum anderen, bis sein Blick an Tonja hängenblieb. „Wenn das so ist, dürfte es nicht allzu schwierig werden, ihn zu erwischen."

Für einige Augenblicke starrten ihn die beiden Frauen nur perplex an.

„Worum geht's?", fragte Tomke schließlich, und auch Tonja konnte sich nicht erklären, worauf Maarten hinauswollte.

Der aber grinste nur sein breitestes Grinsen und sagte: „Tonja, würde es dir etwas ausmachen, heute Abend mit mir auszugehen?"

23

Eine drückende Schwüle lag in der Luft, und fast sah es so aus, als könnte es in dieser Nacht endlich das lang ersehnte abkühlende Gewitter geben. So ganz wollte allerdings noch keiner daran glauben, denn die hohen Wolkentürme, die sich in den letzten Stunden am Horizont gebildet hatten, waren auch schon an den Abenden zuvor dagewesen – doch hatten sie über Ostfriesland nicht einen Schauer gebracht, sondern sich letztlich irgendwo im südöstlichen Niedersachsen abgeregnet.

Entsprechend gleichgültig oder auch skeptisch warfen die Leute heute einen Blick zum Himmel und zuckten die Schultern. Inzwischen hatten sich alle daran gewöhnt, dass sie ihre Klamotten gar nicht so schnell wechseln konnten, wie sie ihnen wieder am verschwitzten Körper klebten. Es war zwar unangenehm, doch scherte sich kaum noch einer darum, schließlich ging es allen gleich.

Und nichts war doch wichtiger, als sich nicht von der Masse abzuheben. Solange das gewährleistet war, konnte man auch mit stinkenden Klamotten ganz gut über den Tag kommen.

David Büttner und seine Interims-Assistentin Sophie Reimers war es nach diesem Tag auch egal. Zwar hatten sie soeben die Kollegen losschicken können, um eine Verhaftung vorzunehmen, doch waren sie damit im Grunde genommen kaum einen Schritt weiter als zuvor.

Denn wie Manuela Visker schließlich ausgesagt hatte, war in dem Teppich, der aus dem Haus geschafft worden war, nicht Geert Wibbens Leiche gewesen, sondern die des vermissten Bankers Markus Köhler.

Sie hatten also einen Fall gelöst, den es für sie nie wirklich gegeben hatte. Bingo!

Als die umgehend an den Tatort geschickten Mitarbeiter der Spurensicherung trotz intensiver vorangegangener Reinigungsarbeiten noch nachzuweisende Blutspuren gefunden, analysiert und schließlich die Aussage Manuela Viskers bestätigt hatten, hatte Büttner nicht gewusst, ob er lachen oder weinen sollte.

Markus Köhler war – so zumindest die Aussage Manuela Viskers – das Opfer eines im Affekt stattgefundenen Totschlags geworden, weil er seinem langjährigen Kunden André Visker keinen Kredit mehr habe gewähren wollen, den sein Betrieb aufgrund kürzlich schiefgegangener Finanztransaktionen jedoch bitter nötig gehabt habe. Auch war angeblich nicht Manuela Visker diejenige gewesen, die ihrem Mann bei der Beseitigung der Leiche geholfen habe, sondern seine aktuelle Geliebte. Sie selbst habe sich in besagter Nacht strikt geweigert, sich an der Entsorgung des Toten zu beteiligen, den ihr Mann irgendwo im Kanal versenkt habe.

Ob an dieser Aussage etwas dran war, musste allerdings noch überprüft werden. Büttner hatte diese Aufgabe liebend gerne an seine Kollegen übertragen und würde sich irgendwann das Ergebnis ihrer Ermittlungen präsentieren lassen.

Was aus der Karibikreise wurde, hatte jetzt der Richter zu entscheiden.

Doch was nun?

Weder in Sachen Geert Wibben, noch zum entflohenen Holger Kanther gab es irgendwelche neuen Erkenntnisse.

Mit gemischten Gefühlen hatte Büttner durch ein Telefonat mit Tonja Feldmann vernommen, dass sie gemeinsam mit Maarten Sieverts gedachte, dem Kung Fu-Kämpfer eine Falle zu stellen. Zunächst hatte er dieses Vorhaben, für das sie nicht nur seine Genehmigung, sondern auch seine Unterstützung angefragt hatten, rundweg abgelehnt. Keineswegs war er damit einverstanden, dass sich Maarten Sieverts unnötig in Gefahr begab, wo er ihn doch quasi gerade erst vom Dienst suspendiert hatte! Wo käme man denn da hin!

Nach einigem Nachdenken und intensiver Rücksprache mit Sophie Reimers aber war er zu dem Ergebnis gekommen, dass es gewiss keine effektivere Möglichkeit geben konnte, als den geistesgestörten Schwerverbrecher anzulocken – so man sich denn auf die Expertisen der behandelnden Ärzte und die Aussage Tonja Feldmanns verlassen konnte.

„Ich bin sicher, dass er mich Tag und Nacht beobachtet", hatte Tonja gesagt. „Also wird er ruckzuck bemerken, dass es einen neuen Mann in meinem Leben gibt. Ob eine neue Liebschaft zu diesem Zeitpunkt Sinn macht oder nicht, ist ihm dabei ganz egal, er hinterfragt es nicht einmal. Fakt ist, dass ihn die Wut packen und er versuchen wird, nun ebenfalls Maarten umzubringen. Und an dieser Stelle kommt dann die Polizei ins Spiel."

Um sich abzusichern, hatte Büttner daraufhin mit dem behandelnden Psychiater in der Göttinger Klinik telefoniert, und der hatte bestätigt, dass genau dieses Verhalten bei seinem Patienten zu erwarten sein würde, wenn man ihn einer solchen Situation aussetzte.

Auf die Frage, warum Holger Kanther bis zu diesem Zeitpunkt niemals versucht habe, mit Tonja in Kontakt zu treten, hatte der Arzt kurz gezögert und dann gesagt: „Sein Lebensziel ist ein anderes. Es gilt, die angeblich bösen Kontaktpersonen der Exfrau auszuschalten. Vermutlich ist ihm damals, als die Freundin mit der Polizei vor der Tür stand, klargeworden, dass Tonjas Schutz nicht damit gewährleistet ist, dass er sie einsperrt. Nein. In dieser Situation wurde ihm klar, dass er sein Ziel nur erreichen würde, indem er die Gegner eliminierte."

Auf die Frage, ob man denn davon ausgehen könne, dass Holger Kanther seine Exfrau noch liebe, hatte Büttner zur Antwort bekommen: „Nein. Ich gehe davon aus, dass er zu solch einem Gefühl gar nicht mehr fähig ist. Bei ihm geht es nur darum, dass er einen Feind ausgemacht hat, den es zu vernichten gilt. Ganz sicher aber geht es nicht mehr um einen Besitzanspruch, den er seine Exfrau betreffend anmeldet. Ihm ist es nur wichtig, die ihm von sich selbst gestellte Aufgabe zu erledigen, sonst nichts. Und bei dieser Aufgabe handelt es sich um den Schutz von Tonja Feldmann. Für alle einfacher wäre es gewesen, er hätte sich in seinem Wahn nicht auf einen bestimmten Menschen, sondern auf eine Sache konzentriert. Die hätte man ihm zur Bewachung ins Zimmer stellen können und basta. Keinem wäre etwas passiert."

Also hatte Büttner seine Einwilligung zu der Wir-spielen-verliebt-Aktion von Tonja und Maarten gegeben und alles veranlasst, dass sie währenddessen nicht eine Sekunde aus dem Blickfeld des angeforderten Sondereinsatzkommandos gerieten.

Zu ihrem anderen Fall jedoch fehlte ihnen derzeit noch jede Idee. Wer, in drei Teufels Namen, war der Mörder von Geert Wibben?

Büttner und Sophie Reimers hatten beschlossen, in dieser Angelegenheit eine neue Strategie zu entwickeln und gestanden sich hierfür den Besuch einer Eisdiele zu. Sie brauchten Nervennahrung, die bei den Temperaturen – so Büttners unumstößliche Meinung – konsistenzbedingt nicht vollumfänglich durch den Verzehr von Schokoriegeln sicherzustellen war.

„Unsere Zeugin Ariane Klobe hat sich ja nun als äußerst wertvoll herausgestellt", bemerkte Sophie Reimers, als sie und Büttner jeweils vor einem Teller Spaghetti-Eis saßen.

„Inwiefern?", schmatzte Büttner. Seinem entrückten Gesichtsausdruck war unschwer anzusehen, dass dieses Eis für ihn nach all dem Stress einer Offenbarung gleichkam.

„Zum einen hat sie den entscheidenden Hinweis auf den Kung Fu-Kämpfer gegeben, der vor der Turnhalle herumlungerte. Ohne diesen Hinweis hätten wir keine Ahnung gehabt, nach wem wir suchen sollen."

„Stimmt."

„Das Gleiche gilt für André Visker. Sie war diejenige, die die nächtliche Aktion mit dem Teppich beobachtet hat. Die Viskers wären ansonsten womöglich nie in Verdacht geraten."

„Stimmt auch. Nur dass sie mir damit die zweifelhafte Ehre hat zuteil werden lassen, einen Fall gelöst zu haben, den ich nie hatte. Ich bin mir noch nicht sicher, ob mir das gefällt. Zum Prahlen gibt's da für uns jedenfalls nichts."

„Gelöst ist gelöst. Die Familie des Bankers wird uns dankbar sein."

„Nicht mal das ist gesichert", knurrte Büttner. „Vielleicht wollte diesen Fall ebenso wenig jemand aufgeklärt haben, wie den von Geert Wibben. Bei dem hege ich noch immer die Befürchtung, dass wir uns mit einer Verhaftung des Täters keine Freunde machen."

„Das kann man Ariane Klobe kaum zum Vorwurf machen." Sophie Reimers schleckte einen Klecks Schlagsahne von ihrem Löffel, dann sagte sie: „Jetzt müsste sie uns nur noch einen Hinweis auf den Mörder unserer Strandleiche liefern, und ich würde sie als *witness of the month* vorschlagen, als Zeugin des Monats."

Büttner schnaubte. „Ehrlich gesagt, bin ich immer noch nicht … Was ist denn das?", unterbrach er sich im nächsten Moment selbst und kniff die Augen zusammen, um irgendetwas in der Ferne besser fokussieren zu können.

„Was denn?"

„Dahinten, vor der Apotheke. Ich frage mich gerade …"

„Ich sehe nichts. Nur ein paar Leute. Und ein Paar, das sich lauthals anschreit."

„Genau die meine ich. Erkennen Sie sie nicht?"

„Nö." Nun kniff auch Sophie Reimers die Augen zu schmalen Schlitzen zusammen. „Obwohl – die Dame in der knallbunten Bluse kommt mir ein wenig bekannt vor. Und der Herr – ach! Ist das nicht der Zeuge, der damals mit Ihnen in der Turnhalle saß, als ich dazukam, um meinen Dienst anzutreten?"

„Ganz genau. Das ist …ähm …" Büttner zog die Stirn in Falten. Nun fiel ihm doch der verdammte Name wieder nicht ein!

„Sagten Sie nicht, er hieße Hannes Lammers?", half ihm seine Kollegin auf die Sprünge.

Büttner schlug mit der flachen Hand auf den Tisch, was ihm sein Glas Wasser, das er zum Eis bestellt hatte, übelnahm und überschwappte. Schnell griff er nach einer Serviette, um die entstandene Pfütze aufzunehmen. „Genau, Hannes Lammers, der Vater der kleinen Marlene."

„Melanie."

„Melanie. Und die Dame ist keine Geringere als unsere Zeugin Ariane Klobe."

„Ach was!", rief Sophie Reimers erstaunt aus und betrachtete die Szenerie an der Apotheke nun ein wenig genauer. Allem Anschein nach kannten sich die beiden, denn sie stritten wie ein altes Ehepaar. Hannes Lammers schwankte, als würde er gerade abgefüllt aus der Kneipe kommen. Und vermutlich tat er das auch. Als die dazugehörige Dame ihr Gesicht nun etwas mehr in ihre Richtung drehte, erkannte sie sie. Ja, diese Lady war eindeutig ihre ungekrönte Zeugin des Monats.

„War uns bekannt, dass die beiden sich kennen?", fragte sie.

„Ich wüsste nicht", antwortete Büttner. „Ich glaube allerdings auch nicht, dass es bei unseren Ermittlungen bisher irgendwelche Berührungspunkte zwischen den beiden gab."

„Die scheint es aber ganz offensichtlich auf anderer Ebene zu geben", schmunzelte Sophie Reimers. „Sie führt sich auf wie die enttäuschte Geliebte. Es fehlt nicht viel, und sie zieht ihm die Handtasche über den Kopf."

„Büttner schob sich einen gut gefüllten Löffel Eis in den Mund. „Ihr Mann ist für ein paar Tage beim Hochseeangeln", sagte er. „Sie kennt hier 'ne Menge Leute, weil sie hier schon seit Ewigkeiten mehrere Wochen Urlaub pro Jahr macht. Dieser Hannes Lammers scheint dazuzugehören." Er schob zweifelnd die Unterlippe vor. „Aber ob der sich eine Geliebte hält? Kaum vorstellbar, so abgerissen, wie der ist."

„Wir könnten uns mal ein wenig umhören", schlug Sophie Reimers vor. „Oder wir gehen jetzt mal rüber und fragen sie, woher sie sich kennen."

„Da Hannes Lammers nach wie vor zu unseren Hauptverdächtigen gehört, würde ich vorschlagen, wir gehen subtiler vor", erwiderte Büttner. „Wenn wir nachher in unser Provisorium zurückgekehrt sind, nehmen Sie sich doch bitte noch mal die Akte und alles Drumherum von Ariane Klobe vor."

„Nicht von Hannes Lammers?", fragte Sophie Reimers erstaunt.

„Meinetwegen auch das. Obwohl mir mein Gefühl sagt, dass es über ihn nicht viel mehr herauszufinden gibt als wir schon haben. Er müsste jetzt nur noch gestehen. Aber zuerst bitte die Klobe."

„Die Klobe soll gestehen?", fragte die Polizistin verwundert.

„Nee. Ja. Ach." Büttner machte eine wegwerfende Handbewegung. „Ist mir ganz egal, wer gesteht, Hauptsache es tut endlich mal jemand. Nee, ich meinte, dass Sie sich zuerst Ariane Klobe und dann Hannes Lammers vornehmen."

„Damit hab ich kein Problem."

„Das freut mich."

Sophie Reimers tippte auf ihre Armbanduhr. „Dann sollten wir uns jetzt mal auf den Weg machen."

„Nee. Zuerst will ich noch einen vernünftigen Cappuccino. Die Plörre aus unserer Kaffeemaschine geht mir auf den Geist."

„Na denn", nickte Sophie Reimers und hob eine Hand, um die Bedienung herbeizurufen. Ein anschließender Blick zur Apotheke sagte ihr, dass das Paar Klobe/Lammers verschwunden war.

24

Nichts. So sehr sich Sophie Reimers auch bemühte, war über Ariane Klobe doch nicht viel mehr herauszubekommen als sie bereits wussten. Es gab absolut keine Auffälligkeiten, weder beruflich noch privat. Das einzig Außergewöhnliche an ihr schien zu sein, dass sie seit beinahe dreißig Jahren in Dornumersiel ihren Urlaub verbrachte. Aber das war ja nicht verboten.

Die Polizistin verschränkte die Arme hinter dem Kopf und lehnte sich in ihrem Stuhl zurück. Ihr Blick fiel auf die Sportgeräte, die ordentlich verstaut an ihrem Platz standen und darauf warteten, dass sie im kommenden Schuljahr wieder von den Schülerinnen und Schülern genutzt wurden.

Rund ein Dutzend Bälle baumelten in einem Netz von der Decke.

Sophie seufzte. In Osnabrück war sie regelmäßig zum Basketballtraining gegangen, was ihr nicht nur viel Spaß gemacht hatte, sondern zugleich auch eine willkommene Abwechslung zu ihrem Job gewesen war. Während so mancher Mordermittlung hatte sie sich nach Feierabend an den Bällen abreagiert.

Seit sie in Leer lebte, war sie auf der Suche nach einem passenden Verein, doch irgendwie hatte sie sich noch für nichts Festes entscheiden können.

Bei den schönen Erinnerungen, die sie mit dem Basketballspiel verband, spürte sie ein verräterisches Kribbeln in den Fingern, und es dauerte nicht lange, bis sie aufstand und sich dem Netz mit den Bällen näherte. Die vier orangefarbenen unter ihnen schienen sie geradezu anzulächeln.

Was, so dachte sie sich und blickte sich verstohlen in der Halle um, was hinderte sie eigentlich daran, einfach mal ein paar Körbe zu werfen? Ihre Recherchearbeit war praktisch erledigt, wenn auch ergebnislos. Hautkommissar Büttner würde so schnell nicht wieder hier auftauchen, denn er war nach einem Anruf seiner Frau kurzentschlossen ins Auto gestiegen und nach Hause gefahren.

Also hatte sie freie Bahn.

Ein zufriedenes Lächeln glitt über ihr Gesicht, und keine zwei Minuten später preschte sie schon durch die Halle, vollführte allerhand Kunststücke mit dem Ball und warf sie in allen möglichen und unmöglichen Verrenkungen in die Körbe, die an den Giebelseiten angebracht waren.

Es dauerte nicht lange, bis ihr der Schweiß in Strömen an allen Körperteilen hinunterrann, aber das war ihr egal. Sie hatte im Auto immer eine Tasche mit Ersatzklamotten liegen, und außerdem gab es in jeder Turnhalle auch Duschen.

„Fünfundzwanzig", rief sie eifrig, pfefferte den Ball in den Korb, nahm ihn wieder auf und begann von Neuem. „Sechsundzwanzig, siebenundzwanzig, achtundzwanzig … achtundzwanzig."

Als hätte bei ihr jemand die Aus-Taste gedrückt, blieb sie plötzlich wie festgetackert stehen, während der Ball sich seinen Weg durch die Halle bahnte und schließlich kurz vor ihrem provisorischen Schreibtisch liegen blieb.

„Achtundzwanzig."

Sophie Reimers konzentrierte sich noch einen Moment auf ihren Gedanken, schlug dann drei Räder am Stück, bis auch sie vor ihrem Arbeitsplatz stand. Sie griff nach dem Aktenordner zum Fall Geert Wibben und blätterte hektisch darin herum.

Nur wenige Minuten später schlug sie mit der flachen Hand auf den Tisch und rief: „Jawoll, das könnte es sein!" Mit einem entschlossenen Gesichtsausdruck nahm sie erneut den Ball auf und schmiss ihn in hohem Bogen in einen der Körbe.

Hauptkommissar David Büttner sah die zwei Personen, die ihm rund drei Stunden später gegenübersaßen, prüfend an. An ihrer Mimik war nicht abzulesen, wie sie sich gerade fühlten. Er war sich aber sicher, dass ihnen gewaltig was auf Grundeis ging.

„Sie wissen sicherlich, warum Sie hier sind", eröffnete er die Vernehmung, während Sophie Reimers das Aufnahmegerät startete.

„Keine Vorstellung", erwiderte Hannes Lammers und verschränkte abwehrend die Arme vor dem Körper.

„Ich kenne diesen Mann überhaupt nicht", behauptete Ariane Klobe. Sie rückte mit ihrem Stuhl demonstrativ von ihrem Sitznachbarn ab und rümpfte die Nase.

Sein Körpergeruch, der nur aus Schweiß und Alkohol zu bestehen schien, war aber auch wirklich zu unangenehm, dachte Büttner, obwohl ihm klar war, dass das Wegrücken vermutlich einen anderen, symbolischeren Grund gehabt hatte.

„So. Und darum haben Sie heute Mittag auch so heftig miteinander gestritten", stellte Sophie Reimers ruhig fest.

Nach einer Schrecksekunde, in der sich in den Gesichtern merklich etwas veränderte, behauptete Hannes Lammers: „Ich hatte ihr mit meinem Duselkopp meinen Kaffee über die Bluse geschüttet, da war die Dame ein wenig aufgebracht."

Gar nicht blöd, dachte Büttner und grinste anerkennend. In Hannes Lammers zeigte sich immer noch der Profi. Er hatte sofort erkannt, dass er mit Ariane Klobe tatsächlich gesehen worden war und ruckzuck eine Ausrede parat, die zumindest plausibel hätte klingen können, wenn Büttner selbst es nicht besser gewusst hätte.

„Aha. Da müssen Sie Ihre Bluse aber im Schnellwaschgang wieder in Schuss gesetzt haben, Frau Klobe", stellte er fest. Das knallbunte Kleidungsstück hätte er auch Tage später wiedererkannt, obwohl er alles andere als ein Gedächtniswunder war. „Ich bin mir nämlich ziemlich sicher, dass Sie sie vorhin trugen, als Sie vor der Apotheke standen."

„Okay, was wollen Sie von uns?", trat Hannes Lammers die Flucht nach vorne an.

„Ich habe vorhin ein Telefonat geführt", antwortete Sophie Reimers. „Mit dem Standesamt in Aurich."

„Ja, und?" Trotz seiner zur Schau gestellten Gelassenheit schien Hannes Lammers zu wissen, was ihm blühte, denn er rutschte nun unbehaglich auf seinem Stuhl hin und her und verzog dabei schmerzhaft das Gesicht.

„Man war dort sehr kooperativ und hat mir eine Abschrift der Geburtsurkunde Ihrer Tochter gemailt."

„Ich wüsste nicht, was Melanie mit all dem hier zu tun hat."

„Doch, Herr Lammers, das wissen Sie sehr gut", erwiderte nun Büttner. „Denn Sie haben Geert Wibben umgebracht, weil er vor zwanzig Jahren Ihre Tochter Melanie überfahren hat."

„Quatsch! Ich hab dieses Schwein nicht umgebracht!"

„Das könnte sogar stimmen", nickte Büttner und sah nun Ariane Klobe lange an, die daraufhin damit begann, nervös ihre Hände zu kneten. „Und Sie, Frau Klobe", fragte er schließlich, „haben Sie den Tod Ihrer Tochter gerächt?"

„Ich habe keine Kinder", antwortete sie, und es klang fast wie eine Frage.

Büttner nahm ein Schriftstück in die Hand und wedelte damit in der Luft herum. „Na, da wundert es mich aber, dass das Standesamt Aurich Sie als Melanies Mutter in der Geburtsurkunde registriert hat. Hier steht's." Er deutete mit dem Finger auf eine Zeile. „Karin Christa Ariane Heithmann."

„Sehen Sie, das bin ich nicht."

Büttner seufzte und beugte sich nach vorne. „Frau Klobe", sagte er leise aber bestimmt, „nun machen Sie es uns doch nicht so schwer. Auch, wenn Sie uns offenkundig für dämlich halten, muss das ja nicht heißen, dass wir tatsächlich dämlich sind. Na gut, es hat eine ganze Weile gedauert, bis wir drauf gekommen sind. Und ich persönlich würde auch immer noch im Dunkeln tappen, wenn nicht wenigstens meine Kollegin", er deutete kurz auf Sophie Reimers, „ein wirklich ausgeprägtes logisches Denkvermögen hätte. Sie hat einfach eins und eins und noch ein bisschen mehr zusammengezählt und – Abrakadabra! – wurde aus Karin Christa Ariane Heithmann eine Ariane Klobe. Fantastisch, oder?"

„Ganz entzückend", verzog die Angesprochene das Gesicht.

„Also?" Büttner lehnte sich wieder zurück und sah von einem zum anderen. „Wer will als Erster?"

„Okay, Melanie ist unsere gemeinsame Tochter. Ja und? Ich wüsste nicht, was daran einen Straftatbestand darstellt", sagte Hannes Lammers nach kurzem Zögern.

„Ich frage mich nur, warum Sie es uns nicht gesagt haben", wunderte sich Büttner.

„Weil ich nicht wollte, dass es jemand weiß", meldete sich nun Ariane Klobe zu Wort. „Achtundzwanzig Jahre lang hat es keiner gewusst, und nun kommen Sie daher." Sie zog einen Schmollmund, der irgendwie nicht zu ihr passen wollte.

„Keiner hat es gewusst? Wirklich keiner?", fragte Sophie Reimers verwundert.

„Keiner", nickte Hannes Lammers.

„Und aus welchem Grund?"

„Ich wollte es nicht", sagte Ariane Klobe. „Als ich von Hannes schwanger war, habe ich meinen jetzigen Mann kennen gelernt. Wir wollten beide kein Kind, es passte nicht in unsere Situation. Wir hatten kein Geld und wollten studieren. Aber trotzdem war es mein Kind, und ich wollte sehen, wie es aufwächst. Also war ich seit Melanies Geburt mindestens einmal im Jahr für längere Zeit hier."

„Hm. Hat Melanie davon gewusst?"

„Nein. Sie hat nie erfahren, dass ich ihre Mutter bin."

Büttner hatte nach diesen Worten Mühe, Ariane Klobe

nicht wie eine Aussätzige anzustarren. Wo gab es denn so was, dass sich eine Mutter dem eigenen Kind gegenüber so absolut verweigerte!? „Seltsames Arrangement", war alles, was ihm dazu einfiel.

Sophie Reimers wandte sich an Hannes Lammers: „Sie haben ausgesagt, dass die Mutter von Melanie das Kind auf keinen Fall wollte, dass sie sich gegen Geldzahlungen aber bereiterklärte, es auszutragen. Ist das richtig?"

„Ja. So war es."

„Und warum dann der Sinneswandel, Frau Klobe?"

„Die Hormone, was weiß ich." Sie zuckte die Schultern. „Als das Kind da war, war plötzlich alles anders. Ich konnte mich nach wie vor nicht um sie kümmern. Aber dennoch tat es weh, sie wegzugeben. Ich habe ständig an sie denken müssen und wollte wissen, wie es ihr geht. Also haben Hannes und ich uns geeinigt, dass ich sie sehen darf, wenn ich hier bin, unter der Voraussetzung, dass ich ihr nicht sage, wer ich bin."

„Und warum durfte sie das nicht wissen?", fragte Büttner.

„Meinen Sie nicht, es hätte das Kind irritiert, wenn es seine Mutter nur wenige Wochen im Jahr gesehen hätte?", stellte Hannes Lammers die Gegenfrage. „Melanie hätte sich doch ständig gefragt, warum ihre Mutter sie ablehnt. Vielleicht hätten wir ihr später mal die Wahrheit gesagt, aber …" Er hob resigniert die Hände und ließ sie wieder fallen.

„Melanie starb durch den Unfall, als sie acht Jahre alt war. Warum kamen Sie in den nächsten zwanzig Jahren trotz-dem noch her?", fragte Büttner an Ariane Klobe gewandt.

„Ich wollte ihr nahe sein. Sie sollte nicht denken, dass ich sie vergessen habe, nur weil sie tot ist."

„Aha."

„Das können Sie nicht verstehen", sagte Ariane Klobe, als sie Büttners irritierten Gesichtsausdruck bemerkte.

„Stimmt", nickte der, „ich habe tatsächlich gerade ein Problem damit."

„Mein Mann wäre nie hierher in Urlaub gefahren, wenn er gewusst hätte, dass ich wegen Melanie komme."

„Ihr Mann hat nicht gewusst, dass das Kind, das Sie nach der Geburt abgegeben haben, hier aufwuchs?"

„Nein."

„Was mich verwundert, ist, dass es hier in Dornumersiel und Umgebung überhaupt keinen Menschen gegeben haben soll, der wusste, dass Sie Melanies Mutter sind", meinte Sophie Reimers. „Aber irgendjemand muss Sie doch gekannt haben."

„Ich sagte doch bereits, dass das zwischen uns nur eine kurze Affäre war", antwortete Hannes Lammers. „Ariane lebte damals nicht hier. Wir sind uns rein zufällig über den Weg gelaufen, weil sie mit ihrem Fahrzeug im Kurzurlaub einen Verkehrsunfall gehabt hatte und auf dem Polizeirevier auftauchte. Irgendwie hat es gefunkt, aber die Anziehung war rein physischer Natur. Mit Liebe hatte es nichts zu tun."

„Sehen Sie das genauso, Frau Klobe?"

„Ja."

„Und Ihr jetziger Mann weiß von nichts?"

„Natürlich nicht. Das hab ich doch gerade gesagt."

„Aha."

„Und wie haben Sie Geert Wibben umgebracht?", fuhr Sophie Reimers die Überrumpelungstaktik.

„Ich habe ihn nicht umgebracht", kam es prompt zurück.

„Sie haben versucht, den Verdacht auf die Viskers zu lenken."

Ariane Klobe machte eine unbestimmte Handbewegung. „Ich wollte ihnen nur eins auswischen, vor allem ihm. Ist doch nicht mehr feierlich, wie André mit seiner Frau umspringt. Da tat ihm ein bisschen Stress mal ganz gut." Sie lachte einmal grell auf. „Was für ein Quatsch! Ich habe doch nicht wirklich geglaubt, dass in diesem blöden Teppich eine Leiche ist! Ich war ganz verwundert, als plötzlich alle auf die Story angesprungen sind. Inklusive der Polizei. Eine Leiche im Teppich! Pah! Wer glaubt denn an so was! Das Leben ist doch kein verdammter Film!"

„In dem Teppich war aber eine Leiche", sagte Büttner betont ruhig.

„Was?"

„In dem Teppich war aber eine Leiche", wiederholte Büttner. „Wir haben André Visker soeben verhaftet."

„Nun erzählen Sie doch keinen Mist!", sprang Ariane Klobe auf die Provokation an. „Wie soll denn die Leiche von Geert Wibben bitte schön in den Teppich gekommen sein, wo ich ihn doch am Strand habe liegen …!"

Hannes Lammers versetzte ihr einen Stoß in die Seite, doch es war zu spät.

„Ich höre", sagte Büttner nur und lehnte sich scheinbar entspannt zurück. In Wirklichkeit aber klopfte sein Herz angesichts des gelungenen Coups so stark gegen die Rippen, dass er meinte, jeder in der Halle müsse es hören. Aus den Augenwinkeln sah er, dass seine junge Kollegin ihm verschmitzt zuzwinkerte.

„Er hat mein Kind umgebracht", sagte Ariane Klobe nun schon deutlich kleinlauter. „Ob Sie es mir glauben oder nicht, ich hab die ganzen Jahre unter ihrem Tod gelitten. An jenem Abend dann kam ich zufällig an Geert Wibben vorbei. Die Sonne versank gerade blutrot im Meer. Er saß am Strand und schnitzte mit dem Messer an einem Stück Holz herum. Es war irgendwie – ja, ein idyllisches Bild. Aber ich habe bei diesem Anblick plötzlich rotgesehen. Wieso darf diese Missgeburt am Strand sitzen, während mein Kind … ich wurde so wütend! Wie versteinert stand ich da und starrte ihn nur an. Dann legte er plötzlich das Messer beiseite, ließ sich in den Sand zurückfallen und schloss die Augen. In den letzten Sonnenstrahlen blitzte das Messer kurz blutrot auf. Es war wie ein Zeichen …"

„Sie haben es genommen und zugestochen", konstatierte Büttner.

„Ja."

„Und dann?"

„Nichts. Ich hab ihn liegenlassen, habe das Messer ins Wasser geschleudert und bin weggerannt. In der Nacht begann dann dieses fürchterliche Unwetter. Als ich am Morgen wieder an der Stelle vorbeikam, war er weg."

„Haben Sie davon gewusst?", wandte sich Büttner nach einer längeren Pause an Hannes Lammers, der die Mutter seiner Tochter mit unergründlichem Blick ansah.

„Hannes hat von nichts gewusst", antwortete Ariane Klobe, noch bevor dieser ein Wort sagen konnte. „Für ihn ist alles genauso neu wie für Sie."

Büttner wusste nicht, ob er ihr das glauben sollte. Aber er wollte es zunächst einmal so stehen lassen.

25

Eng umschlungen saßen Maarten und Tonja am Abend im noch warmen Sand am Strand. Für Außenstehende musste es den Anschein haben, als würde hier ein verliebtes Paar den lauen Sommerabend genießen.

Die Sonne stand schon angenehm tief über dem Horizont. Es war Hochwasser, doch plätscherten die Wellen nicht mehr so seicht an den Strand wie an den Abenden zuvor, da der Wind merklich aufgefrischt war. Nach Tagen der Flaute hatten ein paar Surfer und Wellenreiter diesen Glücksfall zum Anlass genommen, ihre Bretter zu Wasser zu lassen und sich vor der Küste von den Wellen tragen zu lassen.

Außer Maarten und Tonja war am Strand kaum ein Mensch zu sehen. Das lag allerdings nicht daran, dass ansonsten keiner Interesse daran hatte, den Tag an diesem lauschigen Plätzchen ausklingen zu lassen; vielmehr achteten mehrere Polizisten in Zivil an unterschiedlichen Posten darauf, dass sich möglichst wenige Leute hierher verirrten, da es für diese gegebenenfalls gefährlich werden konnte.

Maarten sah sich unauffällig um und entdeckte sechs Personen, die sich in ihrer Nähe aufhielten. Da war zum einen ein Mann, der seinem Schäferhund laufend eine

Frisbee-Scheibe warf, damit dieser sie apportieren konnte. Etwa zehn Meter von ihnen entfernt hatte es sich ein Pärchen auf einer Picknickdecke bequem gemacht, während ein weiteres einfach nur Hand in Hand am Strand auf und ab ging und sich angeregt zu unterhalten schien. Zu guter Letzt war ein einzelner Mann damit beschäftigt, ein Modellflugzeug seine Runden am Himmel drehen zu lassen.

„Sind sie alle da?", fragte Tonja, und obwohl es keinen Grund gab zu flüstern, tat sie es trotzdem. Ob aus Nervosität oder einfach nur, weil es die Abendstimmung so hergab, wusste sie selbst nicht zu sagen.

„Ja. Alle, die Kommissar Büttner uns benannt hatte, sind auf ihrem Posten", antwortete Maarten. „Darum dürften sich inzwischen auch die Scharfschützen postiert haben, aber die kann ich natürlich nirgends entdecken."

„Wenn du es dir anders überlegst, können wir die Sache gerne abbrechen", raunte Tonja ihm zu und drückte sich enger an ihn, weil ihr plötzlich furchtbar kalt war. „Mir ist sowieso überhaupt nicht wohl bei dem Gedanken, dass du für mich dein Leben aufs Spiel setzt."

„Es ist die einzige Möglichkeit, den Kerl zu erwischen, und deswegen ziehen wir das jetzt durch. Mal ganz ehrlich: Was soll uns denn schon groß passieren? Büttner hat anscheinend den gesamten niedersächsischen Polizeiapparat mobilisiert. Ich glaube, dass nicht einmal der amerikanische Präsident besser geschützt wäre als wir, wenn er hier zu Besuch wäre."

„Trotzdem." Tonja schlug sich fröstelnd die Arme um den Körper. „Von Minute zu Minute glaube ich mehr, dass es eine blöde Idee war. Ich muss wahnsinnig sein, dich da mit reinzuziehen, nach allem, was mit Sebastian passiert ist."

„Bleib ganz ruhig, Tonja. Wenn wir Glück haben, ist schon bald alles vorbei. Außerdem war es meine Idee. Ich hätte sie ja nicht äußern müssen." Maarten kramte ein paar Pfefferminzbonbons aus der Hosentasche und hielt seiner Begleiterin die Tüte hin. „Magst du?", fragte er und nahm sich selber eins.

„Ja. Danke." Tonja schob sich einen Bonbon in den Mund. Zu gerne hätte sie sich umgedreht und den Strand nach Holger abgesucht. Irgendwie hatte sie das Gefühl, dass er sich ganz in der Nähe aufhielt. Sie bildete sich ein, seine Blicke auf sich zu spüren. Aber konnte das sein? Wäre er dann nicht längst von einem der Polizisten entdeckt worden, die hier so zahlreich Patrouille schoben?

„Oh Gott, mir ist so furchtbar schlecht", stöhnte sie und hielt sich den Bauch. Von einem Moment auf den anderen hatte sie das Gefühl, sich übergeben zu müssen.

„Alles wird gut." Maarten nahm ihre Hand in die seine und drückte sie. „Du wirst sehen, dass …"

„Was ist das!?", unterbrach ihn Tonja mit krächzender Stimme. Ihr Kopf fuhr herum, weil sie meinte, unmittelbar hinter sich ein Geräusch gehört zu haben. Hektisch ließ sie ihren Blick über den Strand schweifen, bis ihre Augen an einer Möwe hängenblieben, die wenige Meter hinter ihnen damit beschäftigt war, auf der Suche nach etwas Schmackhaftem eine liegengebliebene Papiertüte zu zerreißen.

„Oh Mist, ich halte das nicht aus", keuchte sie, „mein Herz wäre vor lauter Schreck beinahe durch die Rippen gesprungen. Dabei war es nur eine bescheuerte Möwe!"

Maarten drückte erneut ihre Hand, dann saßen sie für eine ganze Weile nur schweigend nebeneinander.

Es hätte ein so friedlicher Abend sein können, dachte Tonja, und wünschte sich plötzlich mit jeder Faser ihres Herzen Sebastian herbei. Natürlich hatte sie die ganze Zeit gewusst, dass dieser Mann für sie etwas Besonderes war. Doch nach allem, was in den letzten Tagen passierte, hatte sie die Gewissheit bekommen, dass genau er es war, den sie an ihrer Seite haben wollte. Die Angst um ihn hatte ihr so deutlich vor Augen geführt, was sie für ihn empfand, dass sich ihr Herz beim Gedanken an ihn fast schmerzhaft zusammenzog. Was, wenn sie ihn verloren hätte?

„Ich glaube, da passiert was!" Maartens Finger krampften sich plötzlich um ihren Arm, und sie schrak auf.

„Was?"

Maarten warf einen Blick in die Runde. „Sie sind auf einmal alle so aufmerksam. Guck mal!" Er deutete unauffällig auf das Pärchen, das es sich auf der Picknickdecke bequem gemacht hatte. „Sie halten sich die Finger ans Ohr. Bestimmt bekommen sie gerade eine Meldung, dass sich irgendetwas tut."

Tonja sah zu dem Mann mit dem Hund. Auch seine Bewegungen schienen jetzt viel langsamer zu sein, genauso wie bei dem Statisten mit dem Modellflugzeug, der dieses jetzt offensichtlich zur Landung brachte und – die Hand am Hosenbund – aufmerksam zunächst in ihre Richtung und dann aufs Wasser sah.

„Oh mein Gott, was ist denn das jetzt?", schrie Tonja auf, als plötzlich jemand einem Meeresungeheuer gleich vor ihr aus dem Wasser schoss und laut *Da hast du's, du*

Schwein! schrie, während das schon wenige Augenblicke zuvor von der Picknickdecke aufgesprungene Paar in wenigen Schritten zu ihnen hinüberlief und sich mit einem Hechtsprung über sie warf.

Das Letzte, was Tonja hörte, bevor ihr schwarz vor Augen wurde, war ein gellender Schrei.

26

Was war schief gelaufen?

Hauptkommissar David Büttner saß auf einer Bank direkt hinter der Düne und ließ seinen Blick über die Szenerie schweifen – und die war weiß Gott nicht so, wie er es sich gewünscht hätte. Vor allem der Krankenwagen mit dem sich drehenden Blaulicht störte ihn. Er hatte gehofft, wenigstens an diesem Abend auf ihn verzichten zu können, doch leider war es anders gekommen – vom Leichenwagen, der gerade vorfuhr, mal ganz abgesehen.

Trotz aller Vorsichtsmaßnahmen war es diesem Holger Kanther offensichtlich gelungen, näher an Maarten und Tonja heranzukommen, als es ihm eigentlich hätte möglich sein sollen. Auf irgendeine Weise musste er im Tauchgang durchs Wasser geschwommen und direkt vor Maarten und Tonja wieder aufgetaucht sein. Vermutlich hatte er sich zuvor unter die Surfer gemischt. Noch dazu schien er auch über längere Distanzen hinweg sein Wurfmesser perfekt zu beherrschen, denn zwischen ihm und dem vermeintlichen Paar hatten bei Abwurf bestimmt sechs bis acht Meter gelegen.

Doch wie, um Himmels Willen, hatte er sich trotz aller Beobachtungsposten, die zum Teil auch auf das Meer konzentriert gewesen waren, so nah an die beiden heranpirschen können? Hierzu würden bei der Polizei intern ein paar Untersuchungen fällig, das war mal klar.

Vom Angreifer selber würden sie es wohl nicht mehr erfahren, denn Holger Kanther war tot. Niedergestreckt durch die Kugel eines Präzisionsgewehrs – das sein Ziel jedoch den Bruchteil einer Sekunde zu spät erreicht hatte.

„Wie geht es Herrn Sieverts?", fragte Büttner, als nun der diensthabende Arzt zu ihm trat und sich die Einweghandschuhe von den Händen streifte.

„Er hat Glück gehabt. Auf diese Entfernung wird's selbst beim begnadetsten Messerwerfer schwierig, sein Ziel punktgenau zu erwischen. So steckte das Messer in der linken Schulter, statt, wie sicherlich geplant, im Herzen. Es hätte auch anders ausgehen können."

Büttner spürte alleine bei der Vorstellung, sein Lockvogel könnte jetzt wie Holger Kanther in einen Zinksarg verladen werden, einen eiskalten Schauer durch den Körper fahren. Er warf einen Blick auf Maarten, der in etwa zwanzig Metern Entfernung auf einer Trage lag und gleich ins Krankenhaus gefahren werden würde. Neben ihm stand seine Frau Tomke und strich ihm beruhigend über den Kopf. Tonja saß zusammengesackt und in eine Decke gehüllt auf einer Bank und starrte ins Leere, während ein Sanitäter beruhigend auf sie einredete.

„Wird er bleibende Schäden zurückbehalten?"

„Kaum anzunehmen. Er wird zwar so schnell nicht wieder voll einsatzfähig sein, aber das dürfte sich in ein paar Wochen erledigt haben."

„Gott sei Dank!" Büttner fuhr sich müde übers Gesicht, während der Arzt sich mit einem kurzen Gruß verabschiedete.

„Herr Hauptkommissar?", meldete sich im nächsten Moment ein uniformierter Kollege zu Wort.

„Was gibt's?"

„Gerade kam ein Anruf von der KTU. Sie sagten, Sie hätten wohl Ihr Handy nicht an."

„Stimmt." Büttner kramte sein Telefon aus der Hosentasche und schaltete es wieder ein. „Haben sie gesagt, was sie von mir wollten?"

„Ja. Es ging um den Bauwagen. Er wurde eindeutig von Holger Kanther bewohnt. In dem Wagen haben sie auch das Portemonnaie von Sebastian Hasenkrug sichergestellt. Es lag im Mülleimer."

„Hm. Er selbst lag aber unter dem Wagen."

„Ja. Die KTU nimmt an, dass der Täter ihn aus seinem BMW heraus direkt unter den Bauwagen gelegt hat, weil es zu auffällig gewesen wäre, ihn tagsüber in den Wagen zu schaffen. Aber das ist natürlich nur eine Vermutung."

„Bleibt die Frage, warum er ihn dann nicht in der Nacht weggeschafft hat."

„Das weiß keiner. Das könnte auch nur der Täter beantworten."

„Aber der wird's wohl nicht mehr tun."

Büttner fuhr erschrocken zusammen, als in diesem Augenblick sein Handy lautstark anfing zu schrillen. Er warf einen Blick aufs Display. Hasenkrug! Den hatte er ja ganz vergessen! Natürlich hatte sein Assistent gespürt, dass irgendetwas im Busch war und nicht eher lockergelassen, bis Tonja ihm von der geplanten Aktion berichtete.

„Hasenkrug?", meldete er sich und fügte schnell hinzu: „Hier ist alles soweit okay."

„Was heißt soweit okay?", fragte sein Assistent lauernd. Er hörte sich nach wie vor sehr schwach an.

„Wir haben Kanther erwischt, er ist tot. Maarten Sieverts wurde leider verletzt, es ist aber nichts Ernstes."

„Und Tonja? Sie geht nicht an ihr Handy."

„Sie wird es noch nicht wieder eingeschaltet haben." Büttner musterte Hasenkrugs Freundin, die nach wie vor mit bleichem Gesicht auf der Bank saß und an einem Becher Tee nippte. „Ihr geht es gut. Ein klein wenig mitgenommen natürlich, aber das wird sie bald überwunden haben."

„Der Einsatz lief nicht nach Plan?", hakte Hasenkrug nach einem kurzen Aufatmen nach, und Büttner verzog das Gesicht zu einer Fratze. Es war klar, dass sein Assistent aus dem Geschilderten heraus sofort geschlussfolgert hatte, dass etwas schiefgelaufen war, dafür war er lange genug im Dienst.

„Nein. Der Typ war wohl noch cleverer als wir dachten. Aber damit ist es jetzt ja für alle Zeiten vorbei."

„Gut."

Büttner lächelte. Es war erstaunlich, wie in einem so kleinen Wort ein so großes Maß an Erleichterung Platz fand. „Wir sehen uns, Hasenkrug", sagte er. „Aber erstmal lasse ich Ihrer Freundin den Vortritt, sie wird sicherlich bald bei Ihnen aufkreuzen." Er zögerte kurz und fügte dann hinzu: „Hatte ich Ihnen eigentlich schon gesagt, was für ein unbeschreibliches Glück Sie mit dieser fantastischen Frau haben?"

Das erstickte Aufschluchzen, das nun am anderen Ende zu hören war, war ihm für diesen Moment Antwort genug.

ENDE

DANKE!

Mein besonderer Dank gilt diesmal meiner wundervollen Kollegin Babsy Tom (babsytom.blogspot.de), denn als mir die Berliner Touristin ins Bild sprang und partout kein Hochdeutsch sprechen wollte, war ich zunächst komplett aufgeschmissen. Die liebe Babsy aber war sofort bereit, mir mit Übersetzungsdiensten beiseite zu stehen – mit einem wirklich ganz entzückenden Ergebnis, wie ich finde.

Ein herzliches Danke geht auch an Ariane Klobe, die mir nach einem Gewinnspiel auf Facebook ihren guten Namen für dieses Buch geliehen hat. In welche Rolle sie im Laufe der Zeit hineingewachsen ist – hm – es war zunächst anders geplant. Aber manchmal entwickeln die Protagonisten ein Eigenleben, das man als Autorin kaum noch steuern kann. Ariane trägt es mit Fassung, und dafür bin ich ihr wirklich dankbar.

Ein besonders großes DANKESCHÖN geht diesmal an meine treuen Leserinnen und Leser, die die erste Staffel meiner Büttner/Hasenkrug-Reihe zu einer der erfolgreichsten Reihen im eBook-Shop haben werden lassen. Ich hoffe, dass sie sich auf die kommende Staffel genauso freuen wie ich. Ihr seid die Besten!

Wie immer freue ich mich sehr über das gelungene Cover, das auch diesmal wieder von Susanne Elsen (www.mohnrot.com) gestaltet wurde, sowie über die Unterstützung von Corinna Rindlisbacher (www.ebokks.de), die sich mit den technischen Feinheiten der Konvertierung deutlich besser auskennt als ich. Wertvolle Tipps gab mir mein Lektor und Korrektor Michael Mogel, auch dafür ein dickes Dankeschön!

Liebe Leserin, lieber Leser,

ich freue mich sehr, dass Sie „Strandboten" als Lektüre ausgewählt haben und hoffe, dass ich Ihnen mit dieser Geschichte ein paar angenehme Stunden bereiten konnte. In diesem Fall würde ich mich über eine Rezension in den Online-Shops oder ein Feedback auf meiner Homepage (www.elke-bergsma.de) oder per E-Mail (mail@elke-bergsma.de) sehr freuen. Sollten Sie Lust haben, mehr von Büttner und Hasenkrug zu lesen, darf ich Ihnen an dieser Stelle meine weiteren Ostfrieslandkrimis ans Herz legen, die in dieser Reihenfolge erschienen sind:

„Windbruch"
„Das Teekomplott"
„Lustakkorde"
„Tödliche Saat"
„Dat witte Lücht" (Kurzkrimi)
„Puppenblut"
„Stumme Tränen"
„Schweigende Schuld"
„Fluchträume"
„Brandwunden"
„Strandboten"
„Maskenmord"
„Eisige Spuren"
„Seelenrausch"
„Scheinwelten"
„Dunstkreise"
„Zornesbrut"
„Sippenverfall"

„Todesgruft"
„Bitteres Erbe"
„Lodernde Wut"
„Dünennebel"
„Meeresklagen"
„Herbstzeittode"
„Schwarze Lettern"
„Hetzjagd"
„Platzverweis"
„Abschiedsklänge"
„Lebensfesseln"
„Klosterchoräle"
„Späte Reue"
„Innerer Dämon"
„Tummelplatz"
„Wellenschlag"
„Froststarre"
„Siedepunkt"

Vielleicht haben Sie Lust, auch in meine historisch-zeit-genössische Ostfrieslandkrimireihe „Wibben und Weerts ermitteln" reinzuschnuppern? In dieser Reihe sind bisher erschienen:
„Moorsmaragd"
„Flutrubin"
„Inselsaphir"

Im Sommer 2018 erschien zudem der erste Band meiner ost-friesisch-niederländischen Krimireihe „Grenzfälle". Schauen Sie doch mal rein in: „Wie Mauern so kalt"

Im Herbst 2019 erschien mein Arktis-Thriller: „Verloren im Eis."

Mit meiner Kollegin Anna Johannsen veröffentlichte ich 2019 zudem den Ostfrieslandkrimi „Juister Mohn" sowie 2024 die Ostfrieslandkrimi-Trilogie mit den Bänden „Die Stille der Flut", „Die Gewalt des Sturms" und „Die Kraft der Ebbe".

Völlig neu erfunden habe ich mich 2022/2023 mit meiner historischen Trilogie „Wege in eine neue Zeit", die in der Weimarer Republik angesiedelt ist.
Band 1: „Die Bürde der Freiheit"
Band 2: „Die Kraft der Entbehrung"
Band 3: „Der Makel der Hoffnung"

Möchten Sie regelmäßig und unkompliziert über alles, was rund um meine Bücher herum passiert, informiert werden, dann abonnieren Sie doch einfach meinen Newsletter unter www.elke-bergsma.de/newsletter oder folgen Sie mir auf Facebook und Instagram.

Herzliche Grüße
Elke Bergsma

www.elke-bergsma.de
www.facebook.com/elkebergsmaautorin
www.instagram.com/bergsmaautorin